「お前が死ねば良かったのに」と
言われた囮役、同僚の最強軍人に
溺愛されて困ってます。

Character
シンレイ
ユウヒと同時に『製造』
された神凪。ユウヒの
みに関心を示す。
カムイ
神凪の中でも一、二
を争う実力者。ユウヒ
を庇い死亡したと思
われていたが……？
ユウヒ
ウミナオシケという化物を退
治する神凪部隊の隊員。足が
速く、主に囮役を担う。能力的
には他の隊員に劣るため、周
囲から軽んじられている。

ベニマル
幼い見た目をした神凪。
ハクマルとは『双子機』。
ソウイチロウ
神凪部隊の現隊長。明朗
快活で人望が厚い。
ハクマル
長身の神凪。ベニマルと
は反対に言動が幼い。
ヤツデ
神凪部隊の副隊
長。ソウイチロウと
仲が良い。
マガムネ
懲罰房常連の神凪。反抗的
な態度をとるが自身の『母』
を深く愛している。

序章

五体が崩れる。

闇の海に血肉が混ざり、更に深く沈んでゆく。

無力で弱虫な私は、このまま誰とも出逢えずに消えゆく側なのだと、そう思っていた。

そんな誰もが疎む我が身を掬《すく》い上げてくれたのは、強く輝く美しい存在。

おぞましい肉塊だった我が心身をヒトにしてくれた、誰よりも強く気高く勇敢な男。

貴方が身の危険も顧《かえり》みず、自身の全てを分け与えてくれたから、私はヒトになれたのだ。

ヒトでなくなっていく途中で無償の愛を知ったから、私は救われた。

だから愛する事に恐れも怯えも何も無い。

この命が続く限り、貴方を求めて闇の中を走る事に躊躇いも無い。

報われなくとも善い。この生に何の意味も遺せなくとも善い。

貴方を喪う事こそが、何よりも怖いのだから。

第一章　ハズレの神凪《かんなぎ》

夜の帝都に軍靴の音が響き渡る。

漆色の闇に染まった建造物の間には瓦子灯《ガス》の仄青い光が散らばっていた。

その何処か切ない輝きを目にしたユウヒは一人、流れゆく景色から視線を戻し、走り続ける。

後方からは生温かい吐息と胸が悪くなるような血臭が迫ってくる。

僅かに振り返ってみた。

視界の端では、魚の胴に百足の如《ごと》き無数の脚を生やした異形が口を開け、ユウヒを丸呑みにしようと速度を上げてくるのが確認できる。

ぬめりを帯びた胴体が瓦子灯《ガス》の光を照り返した際、異形の脚に無数の円形の模様があるのも見えた。

それらは全て異形に喰われた人間達の顔だった。

犠牲者の顔は虚ろな目で唇を動かし、死者の声で何かを訴えている。

『タベタイ』『タベタイ』『オマエノ、アタマヲタベタイ』

死人の口から異形の願望が語られている。

そのおぞましさにユウヒは思わず総毛立った。

（怖い……！）

異形の名は【ウミナオシケ】と言う。

ウミナオシケは人間の脳を捕食する事で姿と記憶を盗み取り、知性を得る。

人の頭部を食えば食う程に知能が増し、進化してゆくのだ。

その人喰いの異形を相手に、ユウヒは何時間も走り続けていた。

頭がおかしくなりそうだった。

ユウヒの蒼い瞳からは涙が溢れ、歯の根は合わず、皮膚からは脂汗が吹き出してくるのに、体は魂の芯まで凍えそうな程に寒い。脳髄の中が『死にたくない』という、本能的で単純な思考で満たされる。死にたくないのに、生きている限り、この恐怖がいつ終わるか分からない事もユウヒは理解していた。

今日を生き延びたとしても、明日も心を削る感覚は続く。寝て起きて、朝が来る度に心は廃油の中で目覚めたように淀む。いっそ、逃げるのを止めて喰われた方がラクなのかもしれない。

そう何度も思った。だが、その度にユウヒを生へ引き留めるものがあった。

（カムイさん……）

瞬きをするだけで目蓋の裏に鮮明に思い浮かぶ、魂の恩人の背中。長い髪を翻《ひるがえ》し、常に先陣を切って味方を守って敵を屠《ほふ》り続けた精悍《せいかん》な男は、死の間際までユウヒを案じていた。

『ユウヒ、お前だけは……生きろ』

そう告げてユウヒを守り、無残な死を遂げたカムイを思う度、明日を放棄する事は許されない罪なのだと思い知る。

そんなユウヒは前方の石橋の上で、とあるものを見つけた。

石橋に撒き散らされた臓物と、泣き叫ぶ人間の女、その目の前では幼子を捕らえたウミナオシケが確認できたのだ。幼子は泣き叫んでいる。

「おねえちゃーん！　こわいよー！　おとうちゃんが、ばらばらになっちゃったよー！」

「美代子！　止めて！　妹まで食べないで！」

その光景にユウヒは恐怖の中に残る、一握りの理性を稼働させて思考する。

周辺の原型が残っていない遺骸は、恐らくは彼女らの父親で、残された姉妹は今まさに、ウミナオシケの更なる犠牲者となろうとしているのだろう。

幼子を捕まえた異形は巨大な巻貝のような外貌《がいぼう》をしていたが、中身が出入りするであろう場所からは人間の腕が生えて子供を掴《つか》んでいる。

貝殻の部分には人の顔が四つ浮かんでいた。そこでユウヒは瞬時に異形の状態を把握する。

(十人以上の人間様を食った個体……ロ型か！)

それから後方の様子を伺うと、魚の異形はまだ追いかけてきている事が確認できた。

視線を前方に戻し、眉を寄せて唇を噛む。

(後方から私を追っている個体は……捕食三桁以上のハ型……、前方には捕食数が一桁代の雑魚のイ型が一体……これならば、往ける！)

煉瓦造りの道を滑るようにして姉妹の元に向かう。

二人はユウヒの衣服を見て表情を一変させた。

「そ、その軍服……！　神凪の兵士様ですね！　良かった！　妹を助けてください！」

「たすけて！　かんなぎのおにいちゃん、バケモノやっつけて！」

助けを求める二人にユウヒは頷いて見せる。そして呼びかけた。

「承知しました！　人間様！　直ぐにお助けいたします！　どうか怖がらず、お心を強くもってください！　そして此処《ここ》は危ないので、直ぐに端に避難してください！」

呼びかけると少女らは幾らか安堵《あんど》したようだった。

だがユウヒは走る速度を緩める所か、脚に更に力を込めて駆け込む。少女らは突進してくるユウヒに驚きの表情を浮かべていたが、構わずにそのまま大地を蹴り上げる。

そしてユウヒは姉らしき少女に「失礼！」と声をかけてから、彼女を橋の隅へと突き飛ばした。

「きゃあ！」

倒れ込む少女は橋にぶつかる前に、ユウヒが放り投げた上着に包まれ、転倒を免れる。だがユウヒは少女を放置したまま幼子と化物の真横を素通りし、背を向けて走り去ったのだ。

振り返ると、遠ざかる姉妹の姿が見える。敵前逃亡して見せたユウヒに唖然としている姉と泣き出す妹。

「え？　か、神凪様？　どうして……？　妹は……？」

「たすけてよぉおおお！　ばかぁあああ！」

戸惑いの声と、非難の声。その視線と声に胸の痛みを覚えつつも、涙で視界が曇らぬよう、ユウヒは震える唇を更に強く噛む。痛みに呼応するように、過去の恐怖体験が脳内を駆け巡る。

異形の化物達が大口を開け、犠牲者の血肉で染めた歯を剥き出しにして迫る圧迫感。

奴等の生温かく、血臭まじりの吐息が間近を漂う焦燥感。

そして死してなお、苦痛の表情でウミナオシケの表皮に見世物のように浮かび上がる、犠牲者達の苦悶と絶望の顔。

『タスケテ』『クルシイ』『イタイ』『カナシイ』

声なき犠牲者の声が頭の中から聞こえる錯覚にかられ、それらはより鮮明さを増す。

『逃げるな』『臆病者』『役立たず』『同族殺し』『お前が死ねば良かったんだ』

「……ッ！」

自身の恐怖を煽る最中、ぶつりと切れた唇から血が滲む。その鉄の味が口内に広がる前に、鮮血を吐き散らしながらウミナオシケ達に向けて、震えて裏返る声で叫んだ。

「そうだ！　私は、臆病者だ！　この帝都の誰よりも、お前らが怖い！　怖くて怖くて怖くて怖くて……今にも気絶しそうなくらい怖い！　だから……」

オレだけを追いかけて来い！　と心の中で叫ぶ。

そのユウヒの咆哮の後、化け貝は捕らえていた幼子を放り出した。妹を受け止めた姉が慌てて逃げると同時に、化け貝は突如ユウヒに向けて猛烈な勢いで這い進み出す。

更にユウヒを追いかけてきていた魚の異形が石橋を怒涛の勢いで侵入し、こちらも姉妹には目もくれずにユウヒだけを狂ったように追跡してくる。

それを見て、ユウヒは涙目で怯えながらも笑う。

（よし！　上手くいった！　やはりウミナオシケは恐怖が強い者を認知する！）

その様を確認してから、ユウヒは再び人喰いの化物・ウミナオシケ達を連れたまま、全速力を維持したまま街中を巡る。

月明かりと瓦子灯《ガス》の光源だけを頼りに帝都を縦横無尽に駆け回った。路地裏を走り抜け、民家の壁を猿のように這い上り、屋根を飛び越える。人間の悲鳴が聞こえれば直ぐに向かい、そうしてウミナオシケに襲われる人間達の元に到着しては、戦わずに素通りしていった。

それを繰り返すと、やがて後方には異形達が百鬼夜行の如《ごと》く連なっていった。

どの化物もユウヒだけを視界に映している。誰よりも濃厚な恐怖心を撒き散らす獲物を八つ裂きにし、苦痛を与えて更なる恐怖を孕ませてから捕食しようと考えているのか、涎を垂らしながらも歪な手足を蠢《うごめ》かせ、虫の大群のように不快な足音を響かせて迫る。

そんなおぞましいものを引き連れて走れば走る程、被害を免れた人間達から失望と怒りの罵声が背中に飛んで来る。

「何しにきたんだよ！」

「逃げるな臆病者！」

「お前ら神凪は、ウミナオシケを殺す為の存在だろ！」

「お前なんか、神凪じゃない！」

「このハズレの神凪！」

人間達の怒りが背中に投げつけられる。

神凪とは、この綿津見ノ國《わだつみのくに》の人間をウミナオシケという人喰いの怪物から守る目的で製造された、科学と呪術と錬金術の結晶『人造ヒトガタ兵器』である。

生まれながらに成体で高度な知能をもち、人間よりも優れた五感と筋力を誇り、その戦闘能力と特殊な力でウミナオシケを殺戮《さつりく》する為の存在。

この國の最高執政部門『機関』から、そう教えられる。

その神凪のユウヒは人間を助けずに、ウミナオシケから逃げ回っているのだ。

人間達が求めているのは、醜い人喰いの化物を華々しく成敗する『英雄』である事も知っている。

(人間様から憎まれるのも失望されるのも、もう慣れた)

ユウヒにとって向けられる負の感情は、疲れるだけで『恐ろしく』はない。

(私にとって、本当に恐いのは……)

時に跳躍《ちょうやく》し、屋根の上を駆け、時に壁を這うようにして跳び回る。

常に歩き回って記憶し続ける街並み。何処に何があるかも熟知している。

壁や屋根の強度も軋《きし》みも体で覚えている。

その日の温度や湿度が、どれだけ軍靴に影響を与えるかも分かっている。

この体に巡る、戦血《せんけつ》が尽きるまで、何処までも走れる。消える事の無い恐怖と罪悪感と共に。

そうして市街地の開けた場所に着地したユウヒの耳に、吹きすさぶ夜風の音すら凌ぐ大号令が聞こえた。

「射撃用意！」

その声にユウヒは力を振り絞り、広場の最奥の建造物の壁へと向かう。屋根の上から垂らされた縄梯子《ばしご》を掴《つか》んで壁を這い上がる。

しかし追いかけてくるウミナオシケの腕や大きな口がユウヒの足に迫っていた。縄梯子《ばしご》をウミナオシケに引っ張られて揺らされた瞬間、体勢が崩れる。

「う、うわぁ！」

その隙を見逃さぬように、魚のウミナオシケが石臼のような歯をガチガチと鳴らして、ユウヒの軍靴に噛みついた。

「うあッ！」

噛まれる寸前、咄嗟に軍靴を脱ぎ捨て事無きを得た。それでも化物どもは執拗にユウヒの五体を食い千切ろうと口を開けて迫る。爪先をかする前歯の音を聞きながら、ユウヒは必死に縄梯子《ばしご》を這い上がろうともがく。

(早く……早く！　屋根の上に！　合流地点に！　あと少し……！)

その時、頭上から伸びた手がユウヒの腕を掴《つか》み、凄まじい力で引き上げた。

重力すら置き去りにするような浮遊感と共に、ユウヒの視界が回る。

「わ！」

驚愕で声を漏らす間に体は勢いよく宙を舞う。回転する視界の中では星が瞬く夜空、屋根の上で銃を構えて隊列を組む神凪達、そして眼下の広場を埋め尽くす異形が交互に切り替わる。

美しい帝都の夜景と、人形のように整った生物、そしておぞましく醜い生物の繰り返しに一瞬、現実感が薄れてしまう。そうしていると、低く重い声に名前を呼ばれた。

「ユウヒ！　受け身を取れ！」

その声で我に返ったユウヒは咄嗟に受け身をとって屋根に着地した。

刹那の無我から現実に引き戻されたユウヒは、着地した裸足から感じる痛覚と、胸を内から食い破らんばかりに暴れる鼓動に生還できた感触を掴《つか》む。そうして膝をついたままのユウヒの眼前には、救いの手を差し伸べ、声をかけてくれた人物の姿が月明かりによって照らし出されていた。

「シンレイ殿……」

呼びかけると、月の光すら従えるような赤く鋭い瞳の男と視線が交じる。

彼は袖時雨《そでしぐれ》シンレイという名の神凪だった。

二メートル近い長身に、白銀の長髪の美丈夫は眼下のウミナオシケの喧噪すら気にも留めず、ユウヒだけを視界に入れていた。ユウヒは彼の行動のお陰で無事に目的地に到着できた為、直ぐに立ち上がると雪色の髪の青年に近づき、声をかけた。

「シンレイ殿！　あの、ありがとうございます！　助かりました！」

「……」

シンレイは赤い瞳をした人形の如《ごと》く無表情のまま立ち尽くしており、眼差しからも表情からも感情が読み取れない。

そんなシンレイ相手にユウヒが言葉を選んでいると、後方から別の青年が近づいてきた。

「あ！　ヤツデ先輩！」

ヤツデと呼ばれた青年は、桜色に染めた長髪を華やかな髪飾りで結い、襟元には女性的なスカーフを身につけ、鼻先から口元までを漆黒のマスクで覆っているという、神凪の中でも一風変わった装いをしていた。

そしてヤツデは男性型しか存在しない神凪でも特に中性的な美貌を誇っている。

ユウヒが呼びかけると、傍までやってきたヤツデは瞳を細めて笑顔を見せた。

口元は見えずとも目元だけで表情を伝えられるあたり、彼はシンレイより遥かに社交性がある。

ヒールのように鋭く高い踵《かかと》の軍靴を鳴らし、ヤツデはユウヒとシンレイの前まで歩み寄ると、マスクを指で押し下げ、素顔を晒して満面の笑みを見せた。

マスクを外した素顔は、大きな口と尖った歯が見える事で装着時とは印象が変わる。

「ユウヒ。今日も任務、御苦労。帝都を駆け巡るキミの勇姿は、ココからもハッキリと見えていた。ヤツデもセンパイとして鼻が高い」

ヤツデは自身を『私』や『僕』ではなく、名前で話すという変わった一人称をしていた。そんな彼がマスクを人前で外すのは、好意を持っている相手の前か戦闘中のみだとヤツデ本人から聞いた事があった。それを思い出すと光栄であったが、ユウヒはヤツデの視線から目を逸らす。

「い、いえ、神凪でありながら脆弱で役立たずの私が出来るのは、このような事しかありませんから……」

自嘲気味に笑うと、真横のシンレイが何故かヤツデを睨んでいた。まるで飼い犬が主人の敵に威嚇でもするようなその素振りに、ユウヒは慌ててシンレイの髪を引く。

「シ、シンレイ殿！　どうして威嚇するのですか！　ヤツデ先輩は何も悪く無いどころか、労ってくれてたんですよ！」

ユウヒとシンレイにとってヤツデは先輩であり、上官でもある。明らかに態度が悪いシンレイを前に、ヤツデは美しい顔でありながら豪快に笑う。

ヤツデは大きな口から尖った歯を覗かせて笑った後、ユウヒの肩を叩いて告げた。

「ヤツデは別に構わない。シンレイは旧型のヤツデよりも殺戮《さつりく》能力に長けている。神凪の価値とは、この綿津見ノ國《わだつみのくに》の人間にとって有益かどうかだ。あそこで神凪を指揮している隊長殿のように、人の為に生きねば、我等は存在を許されない」

ヤツデが顎で示した先では、刀を持った赤毛の青年が、ユウヒが広場に集めたウミナオシケを観察していた。この人造人間だらけの部隊を纏《まと》めているのは彼……隊長の大神《おおかみ》ソウイチロウだ。

ソウイチロウは眉を寄せて歯を噛み締めると、阿修羅のような形相でウミナオシケを睨み続けていた。歴戦の神凪すら震え上がらせるその表情に、ヤツデは呑気に声をかけていた。

「ソウイチロウ、そろそろ頃合いではないかね？　ウミナオシケは階下に充分、群がっている。掃討の時間だ」

ヤツデに言葉にソウイチロウは頷き、その悪鬼の如《ごと》き表情とは裏腹に、凛とした声で答えた。

だが、その声は彼の口からではなく、ユウヒの頭の中に届く。

【ああ。ユウヒがよくやってくれた！　後は遠距離での掃討の後に、一軍による殲滅《せんめつ》戦だ。ヤツデ、

シンレイ、殲滅《せんめつ》はお前達、一軍の兵士が頼みだ。準備をしておいてくれ！】

ヤツデとシンレイが頷いているのが見えた。これはソウイチロウの持つ特殊能力だった。

神凪限定だが、距離や人数を問わず、テレパシーのように話せるという。

神凪の中には特別な能力を持って生まれてくる者が居るが、ソウイチロウはこの隊長職に最も必要である『混乱する戦場で末端の兵士にまで的確に指示を飛ばせる』『随時、味方から正確な情報が集まる』という能力を生かし、歴代の神凪の隊長の中でも最も長く生存していたのだ。

ふと、ユウヒは昔の神凪を思い出す。

（今までの隊長は、実戦向けの能力だった……）

だから、これまでの隊長職は最前線に出ては何機もウミナオシケに殺されていた。

先代の隊長が殺された折、副隊長だったヤツデが当時は一般兵だったソウイチロウを隊長に推薦したのだ。この国と神凪を統《す》べる最高執政組織である『機関《きかん》』はヤツデの意見を受け、補助向きの能力しか持たない神凪を初めて隊長に据えた。

そう思い返していたユウヒの耳に、ソウイチロウの凛とした声が響く。

「撃てー！」

ソウイチロウの号令が轟くや否や、ユウヒとシンレイの周囲で狙撃体勢をとっていた兵士達が一斉にウミナオシケに攻撃を開始した。

構えた銃口から放たれる弾丸。雷撃の如《ごと》き無数の銃声が鼓膜をつんざき、弾丸が異形達を貪欲に食い千切っていく。鉛弾の雨に撃ち抜かれた化け物達は、その身を不格好で奇妙な踊りのようにくねらせて悶絶しながら、人語を模した断末魔を上げ、肉塊へと変わる。

おぞましい異形の姿でありながら、人間の真似をし続ける化物達は死に様までも何故か酷く哀れで惨めに見えた。

豪雨の如《ごと》き銃撃が終わった後、ソウイチロウは撃ち終えた兵士達と、後方で装填《そうてん》を終えた銃を持って待機していた兵士に向けて指示を下す。

「第一陣、後退せよ！　第二陣はウミナオシケの本体の顔を狙え！　ウミナオシケは本体の顔を潰さぬ限りは死なん！　喰った人間の顔ではなく、本体の顔だ！　射撃用意！」

最前の部隊が一糸乱れぬ動きで下がり、控えていた第二部隊が素早く交替する。そしてまた隊長の号令通りに狙撃を始めていた。

銃撃を受けながらも起き上がっている生き残りのウミナオシケの顔を弾丸が撃ち抜き、更に死骸が詰み上がってゆく。ウミナオシケが死ぬ度に、誰からともなく歓喜の声を漏らしだしていた。

笑いながらウミナオシケを殺す神凪が増えてゆく。それは見慣れた光景の一つだった。

神凪は敵と認識した相手を前にすると性的興奮を催す性質が人間から付与されている。敵を殺すまでその熱は収まらない。

銃声と嬌声が入り混じる現場は、この世の地獄のように見えた。だが、人間を多く喰ったウミナオシケは体表に浮かぶ顔が多く、どれがウミナオシケの顔か兵士達には分からないらしい。

ウミナオシケは自身の顔を潰さねば、何度でも再生する。だから、奴等は己の身を守る擬態として、食べた人間の顔を体に浮かべて盾とするのだ。

喰われた人間の顔は苦悶に歪んでおり、生前の面影が消されている。それは死後も化物達によって辱められているように見えた。その姿にユウヒは唇を強く噛み、拳を握り締める。

（殺した人間様を死んだ後も晒し者にし、銃撃の盾にするなどウミナオシケめ！　許せない……！

私に戦う力があったなら……！）

皆殺しにしてやるのに、と考えた瞬間、ユウヒは体の芯を焼く熱を感じた。

「っ……！」

その熱い衝動に両脚から力が抜ける。糸が切れた人形のように崩れかけた体は直ぐにシンレイの腕に支えられた。触れた体からは服越しに体温を感じ、ユウヒは顔を上げる。

「シンレイ殿……？」

熱で歪む視界をシンレイに向けると、彼は相変わらずの静謐な表情のまま、此方《こちら》を観ていた。彼の瞳には顔を紅潮させた哀れな神凪が映っており、ユウヒは己の浅ましい姿を恥じて目を逸らす。

シンレイの眼差しからも逃れたくて体を離しかけたが、シンレイは腰を引き寄せてくる。触れられるだけで脳髄が痺れる感覚にユウヒが腰を砕けさせるが、目の前の男は表情を変えぬまま耳元で低く囁いた。

「ユウヒ、敵意を持つな」

シンレイの言葉に我に返る。非戦闘員の自分は敵を認識しても皆のように上手く殺せないから、なかなか欲望が収まらない。

ユウヒは我に返り、更に顔を赤くする。しかしシンレイは「お前だけじゃない」と付け足した。

そう言われてユウヒは周囲の神凪を見回す。

シンレイ以外の神凪は全て、銃撃で敵を殺した瞬間に恍惚とした表情を浮かべて絶頂していた。まだ敵を殺せていない者は呼吸を荒げながら獲物に銃口を向け、殺しで得られる悦びを期待しては目を爛々とさせている。

それは隊長職のソウイチロウやヤツデとて例外ではなかった。ヤツデは熱に溺れた瞳のまま妖艶に笑い、マスクを外した口から長い舌を出して自身の唇を舐めては吐息を漏らしている。

ソウイチロウは指揮官である為、快楽に耽るわけにもいかない責任感からか、鋼の意思で犬歯を噛み締めては眉を寄せ、腕を組みながら威圧感のある表情でウミナオシケを見下ろして必死に性衝動に抗っていた。

一兵卒よりも心身の性能が優れた将校クラスですら本能に抗えない。

その無残で痛ましい同胞の姿にユウヒは敵愾心を失い、心を沈ませる。

(普段は凛々しく優しいソウイチロウ先輩も、飄々としているヤツデ先輩も、誰もこの獣じみた衝動には勝てない……)

人間を守る使命感よりも、殺しの快感を目当てに戦う神凪も居るくらいだった。

どれだけウミナオシケとの戦いが熾烈になろうとも、神凪が死を恐れて逃亡せぬよう、戦いと殺傷行為を忌避せぬようにと人間達から植え付けられた本能《プログラム》だった。そう考えたユウヒは顔を曇らせる。

(じゃあ、もしも、この国からウミナオシケを殲滅《せんめつ》したら、私達は……神凪は……)

暗い未来を予想するユウヒの前で、シンレイは屋根の端へと歩を進めてから、肩越しに振り返って告げた。

「ユウヒ、お前の不安も恐怖も全てオレが消す」

「えっ？」

問い返すと、シンレイが眼下のウミナオシケを指差した。

「アレは敵ですらない。ただの、処分品だ」

そう言い放ったシンレイはウミナオシケの群れ目がけて飛び降りてゆく。

隊長のソウイチロウの指示を待たずに勝手に行動したシンレイ。

しかもまだ銃撃は止まっていなかった。

「シンレイ殿！　危ない！」

ユウヒが呼びかけるが、シンレイは銃弾の雨が降り注ぐ中、ウミナオシケ達の前に着地する。

シンレイの勝手な行動に気づいたソウイチロウが急いで狙撃停止の命令を下していたが、彼が後れをとった分、狙撃音のお陰でシンレイの足音はウミナオシケに気づかれなかったようだ。

その証拠に、異形達は目の前に居るシンレイの姿を未だ判別出来ず、目玉をぎょろぎょろと蠢《うごめ》かして周囲を窺っている。

ウミナオシケは音に敏感で恐怖を嗅ぎつければ何処までも獲物を追いかけて来るが、視力は他の生物より劣っている。その為、恐怖心を完全に制御できるシンレイは認識出来ずにいるのだろう。

そのウミナオシケが攻撃体勢に入るより先にシンレイが両手で円を描くように振る。

刹那、彼の両手首の肌から白く輝く巨大な刃が生えた。

それは彼が自身の骨から作りだした刃物であり、彼の特殊能力を象徴するものの一つだった。

シンレイは力強く踏み込むと、振りかざした骨刀を眼前のウミナオシケの顔に叩きつけるようにして両断する。

血飛沫を浴びたまま、シンレイは表情を微塵も変えずにウミナオシケの死骸を踏み潰しては、的確にウミナオシケの本体の顔を破壊していた。

足音で位置を掴《つか》んだウミナオシケが背後から襲いかかるも、シンレイは自身の尾てい骨の辺りから鞭に似た骨の武器を瞬時に構築し、それを獣の尾のように動かして獲物の急所を貫き殺した。

両手の武器と、尻尾のような骨の鞭だけでなく、シンレイは肘や膝など全身の何処からでも骨の武器を生み出すことができ、蹴りや肘打ちですらウミナオシケに致命傷を与えられる。

その様にいつしか周りの神凪達は言葉を失っていた。

遠巻きに狙撃しては殺戮《さつりく》の高揚感に浸っていた自身とは別の生物。規格外の殺傷能力に特化した存在を前にして、彼等は自信を喪失しているようだった。

シンレイの鬼神の如《ごと》き戦いを見守っていたユウヒは物陰に潜んでいるウミナオシケに気づき、慌てて呼びかける。

「シンレイ殿！　危ない！　背後に敵が！」

だが、その言葉の後にシャコ貝のような姿のウミナオシケはシンレイに飛びかかった。

そして二枚の貝殻に似た体でシンレイの頭部を飲みこもうとする。

脳以外の部位ならば何処を失っても神凪は再生出来るが、脳を破壊されれば即死してしまう。

ウミナオシケが凄まじい速度でシンレイの頭部に迫る瞬間、ユウヒは絶叫する。

「シンレイ殿！」

ウミナオシケは喰った相手の脳から記憶を奪い取るが、神凪の場合は記憶だけでなく、その特殊能力までもウミナオシケに盗まれる。

神凪の脳を捕食したウミナオシケは脅威を増す為、兵士達は喰われる前に頭部に埋めこまれた『釘』と呼ばれる爆弾で自身や仲間を殺すように命じられる程だった。

神凪最強のシンレイの能力が奪われれば、ウミナオシケへの脅威は更に増す。

だが、シンレイはユウヒの声に反応すると、素早く身を翻《ひるがえ》し、額から角のように生やした骨の武器で襲い来る化物の急所を的確に貫く。シンレイに串刺しにされたウミナオシケは血を吐いて痙攣していたが、シンレイは首を振って化物の骸を放り投げる。

ウミナオシケは強靭《きょうじん》な戦闘力をもつシンレイの前に成す術も無く斬り伏せられ、貫かれては死んでいった。骸の山を作るシンレイの姿にヤツデが息を飲んでいる。

「ヤツデ先輩？」

呼びかけると、相手は薄紅色の髪をかき上げながら、シンレイの圧倒的な力に、改めて驚きを隠せないとでもいうように感嘆の吐息を漏らした。

「流石はシンレイ……。何度見ても、自身の肉体を自由自在に構築し、変形させる固有能力は攻守共に強力だ」

シンレイとヤツデを交互に見るユウヒに、ヤツデは頷く。

「ああ、本当に恐ろしい存在だよ。彼には生物の常識が存在していないようだ」

シンレイは骨に限らず、全身を望むままに形成する事が出来る特殊能力を持っていた。

彼がやろうと思えば、自身の血肉を最小化し、壁の隙間から通り抜けた後、また元の人型に瞬時に再構築という事まで即座に出来る。

(あまりに規格外……。これが神凪最強のシンレイ殿の戦闘能力……。そして私の……)

「化物……」

振り返ると、兵士達は青ざめた顔でシンレイに怯えた眼差しを向けている。

「あいつ、何だよ……。いくら俺達が人造人間っつっても、おかしいよ」

「なのに、そんなバケモノと同じ場所で製造されたヤツは最弱の神凪か……」

視線を感じたユウヒは目を伏せた。

神凪は『産女の間《うぶめのま》』と呼ばれる施設で一機ずつ生み出される。例外として二機同時に生成される、いわゆる人間で言う双子のような事例もある。しかし、その場合は、二機ともに性能が見劣りする個体になりがちだった。

だがユウヒとシンレイはさらに例外だった。

同じ産女の間で同日同時刻に生成されたにも関わらず、片方は飛び抜けた身体と固有能力を持ち、恐怖心を制御できる神凪最強の個体。もう片方のユウヒは俊足しか取り得の無い、怖がりで最弱の個体だった。

それを考え、ユウヒは顔を曇らせる。

(同じ場所で同じ日に生まれたのに、どうして貴方は最強で、私は……)

逃げ足だけの最弱の神凪で、無様に泣き叫びながら敵を誘き寄せる囮役などではなく、守りたい存在の為に前線に立てる、英雄のような存在になりたかった。

(もし、私に貴方のような力があれば……。あのひとを……大切な人を守れたのに……)

そう考えていたユウヒは、視界の端でシンレイが手を振っている事に気づいた。

既にウミナオシケを全滅させたらしく、武器化した骨等も元通りになっていた。

その容貌は血まみれでも美しく、先程まで凄烈に戦っていたとは思えない。

彼の、薄闇でも判別がつく程に赤く煌めく瞳はユウヒだけしか見ていない。

どうして自分に手を振ってくるのかと思っていると、不意に背後からヤツデがユウヒの両腕を掴《つか》んで、シンレイに大きく振り返し始める。

「ちょ、ヤツデ先輩! 何するんですか!」

だがヤツデとは身長差がある為、まるで人間が愛猫の両手を掴《つか》んで動かしているような姿になっていた。

「や、やめてください! ヤツデ先輩! 恥ずかしいです!」

気恥ずかしさを訴えて離れようとするも、ヤツデは此方《こちら》の両腕を掴《つか》んだまま、ダンスに不慣れなパートナーを導くように動かしてくる。彼は笑いながら続けた。

「シンレイは人間達が、好意を持つ相手に使うという、手を振る行動を真似ているのだろうよ」

神凪の中には、人間の行動の意味を知らずに真似する者が居るのだが、中でもシンレイは人間が行う『好意表現』と呼ばれるものを知る度にユウヒに試してくる。

握手はまだ良いとしても「人間どもがやっていた」と、急に抱擁《ほうよう》したり、移動中に手を繋いできたり、とにかく自分で試すのは怖いので止めてほしい。

そう考えていると、ヤツデに腰を抱き寄せられた。

先程まで猫と遊ぶ子供のようだったヤツデは、今は年長者の余裕に満ちた眼差しでユウヒを見つめながら、諭すような、それでいて茶化すような軽口を向けてきた。

「彼とキミは今回の功労者だ。英雄殿に神凪一の美人のヤツデがお相手してあげているのだから咽び泣いて喜ぶといい」

「そ、そんな、私は……」

「胸を張って誇りたまえ」

否定しかける言葉を遮るように言われた。そしてヤツデは社交的な笑みを止め、此方《こちら》を真っ直ぐに見つめて話す。

「周囲の誰から何を言われようと、囮役はキミ自身が選んだ道だ。最も死亡率が高い、危険な任務を誰に強いられるわけでもなく、キミは志願した。確かに、シンレイの代わりは居ないが、キミの代わりも居ない。己の特性を生かして懸命に生きる者の仕事に貴賤など無い。それに、どちらもこのヤツデにとって、誇らしい後輩であり、弟なのだよ」

そう口にしてニッコリ笑うヤツデ。

「ヤツデの言う通りだ！」

その背後から隊長のソウイチロウが顔を出した。

「ソウイチロウ隊長……？」

ソウイチロウは白い歯を見せて笑い、その大きくて温かい手で頭をわしわしと撫でてくれた。犬か猫のように温かな体温が伝わってくる。

「ユウヒが命賭けで帝都中に散らばるウミナオシケを掻き集めてくれるからこそ、我々はウミナオシケ相手に戦力を分断せずに挑めるし、神凪の生命活動に必要な戦血の消費も最小限で済んでいる。お前が囮役を担ってくれているからこそ、神凪の戦死率も目に見えて下がっているんだ」

ソウイチロウはそう口にした後、目を細めて申し訳なさそうに眉を寄せた。

「……すまないな。本来ならば型落ちしている旧型の自分が前線に立つべきなのに、後輩であるお前やシンレイを最前線に立たせている」

ソウイチロウは最古参の神凪であったが、前衛向きではない。仲間を死地に送り出しながらも、自分は後方で待機せねばならない事を常に気に病んでいるようだった。

だが、指揮官が常に入れ替わり続けて方針変更が多かった頃と比べると部隊の安定感は段違いだとユウヒは感じていた。

ソウイチロウは年若い後輩達の為に歯を食いしばり、責任を負っている。一方でユウヒが役目を負っているのは彼のような崇高な志からでは無かった。二人の前でユウヒは首を振る。

「……私が囮として動くのは、役立たずの私の所為で有能な神凪であったカムイさんを喪う事になったからです。生き残るべきは私ではなく、あのひとでした」

ソウイチロウとヤツデは彼らと同期である『カムイ』の名に、はっとしていた。

シンレイが製造されるより以前に造られ、最強の地位にあり続け、誰よりもウミナオシケを殺したと言われる戦士カムイ。

その貴重な存在と引き換えに生き残った自分に出来る、せめてもの償いは、死と隣り合わせで、名誉も賞賛も与えられない囮役であるべきなのだと思っていた。

(そうだ、カムイさんが生き残るべきだったんだ。どうしてカムイさんは、私のような出来損ないを……)

そう考えていると低音の声が思考を断った。

「違う。カムイが死んだのは、弱かったからだ」

驚いて振り返ると、戻ってきていたシンレイが此方《こちら》を射抜くように見据えている。

シンレイは長い髪から滴《したた》る返り血にも構わずに足早に近づいてくると、ユウヒの目の前で立ち止まる。彼は酷い鉄の臭いを纏《まと》っていた。

ウミナオシケの血なのか、シンレイの戦血なのかは分からない。混ざり合った濃厚な血臭が鼻腔に届き、その生の感覚がユウヒを悔悟の沼から無理矢理に引きずり出すようだった。

そうしているとシンレイは更に繰り返した。

「カムイは弱いから死んだ。あいつも、後悔などしていないだろう」

「なっ……!」

「お前の所為などでは絶対にない。それにカムイはソウイチロウやヤツデと同じ、旧型で型落ちした神凪だ。殺傷能力は新型のオレや中間型の方が勝っている。だからカムイは、どのみち戦いについていけなかった。それに、お前を守れて死ねたなら、あいつも最高に幸福なはずだ」

反論しようとすると、シンレイは広場にうず高く積み上げられた異形の死骸を示した。

「オレなら、死なない。オレは強い。神凪の中で誰よりも強い。お前を庇って生き残る事が出来なかったカムイとは違う。オレならお前を守って生き残れる。アイツが死んだのはただの力不足だ」

シンレイの言葉はカムイの死を冒涜した上で、己を誇示する発言にしか聞こえなかった。

カムイと同期であるソウイチロウとヤツデの前でのこの発言は、あまりにも配慮が無い。

仲間想いのソウイチロウは、シンレイの発言は看過できなかったのだろう。

ソウイチロウがシンレイの肩を両手で勢いよく掴《つか》んだ。

「ソ、ソウイチロウ隊長！」

シンレイが殴られるのではと思い、止めようとしたユウヒはヤツデに襟首を掴《つか》まれた。

「シンレイ！　いつも口を酸っぱくして言っているだろう！」

「何をだ」

素っ気なく言いながら手を振り解こうとするシンレイ。見ているユウヒはハラハラしたが、その態度の悪さにソウイチロウは気を悪くする事も無く熱く語りかけている。

「お前がユウヒを何よりも大切に想っているのは知っている！　だが言い方！　言い方が駄目すぎるぞ！　それではお前がユウヒを励まそうとしているのが微塵も伝わらない！」

眉をひそめるシンレイに、ソウイチロウは畳みかける。

「当のユウヒが誤解して、お前の事を嫌いになるかもしれないだろう！　そうなったら、辛いのはお前だぞ！　それともお前はユウヒに嫌われたいのか！」

ソウイチロウに注意されて、シンレイが此方《こちら》を見た。

ユウヒはソウイチロウの言葉に何度も頷いて見せる。それでシンレイは酷く驚いたように目を見開いた後、無言になった。その態度でユウヒは察した。

（シンレイ殿、あの発言で私を励ましてるつもりだったのか……）

だが、恩人の死を侮辱されて元気が出るわけがない。

（前々から感じていたが、シンレイ殿は戦闘以外の活動に欠陥が多い……）

シンレイは食事すら『人間どものように嗜好する必要は無い』と、何でも丼で混ぜて食べていたり、最短距離だからと花壇を踏んで通る程、情緒が未発達な部分があった。

良く言えば非道なまでに効率的であり、悪く言えば羞恥心も倫理観も無い。

しかも本人は無頓着さや無神経さに自覚が無いらしく、今も無表情なのに落ち込んで見える。相当ショックだったようだ。

何だか可哀想になって声をかけようとしたが、その時シンレイが突然、倒れるように両膝をついた。

「シンレイ殿！」

「シンレイ！」

ソウイチロウと共に急いで近づくと、シンレイは突っ伏すような姿勢で背を丸めていたが、その広い背中が見る見る幅を狭めてゆく。

「う……」

呻《うめ》くシンレイの長い手足も、厚い胸板も収縮し、成熟した肢体から未熟で脆そうな体躯へと変わり……そして彼は少年の姿になっていた。

「シンレイ殿！」

再び声をかけると、シンレイは丸くなった瞳を瞬かせる。シンレイは普段は成人男性の形状をとっているが、著しく体力が枯渇すると防御重視の形状として小柄な少年の肉体になる事があった。子供ながら凛々しさの残る容貌のまま、シンレイは此方《こちら》に首を向けた。

「ユウヒ、オレは……」

縋るような眼差しで見つめられ、戸惑うユウヒ。だが、シンレイは二の句を継ぐ前に目蓋を閉じて意識を失った。ヤツデがシンレイの体に触れて、此方《こちら》に向けて溜息をついた。

「戦闘直後に変に頭を使うからだ」

戦血切れによる稼働停止のようだ。

ほっとする中、ソウイチロウはシンレイを背負いながら笑った。

「何、案じるな！　明日からはマガムネとヒビキが懲罰房から出て来て戦線に復帰する。今の戦闘でシンレイが頑張ってくれたお陰で、ヤツデも温存できた！　お前とシンレイは産女の間で、ゆっくりと戦血の補給に入るといい！」

第二章　産女の間

ユウヒは眠る度にカムイの夢を見る。

カムイとの思い出は、春の日向のように温かく、優しかった記憶しか無い。

あの無機質な瞳も、穏やかな低い声音も鮮明に覚えている。

『ユウヒ、お前はワタシの誇りであり、命だ。お前が安らかに生きていてくれるのならば、ワタシはそれだけで満たされ、幸せでいられる』

ユウヒが自身を否定する度、彼は何度もそう言ってくれていた。彼は常に味方でいてくれた。どれだけ周囲から見下され、見放されてもカムイだけはユウヒを守ってくれたのだ。

（カムイさん……）

過去のユウヒは他の神凪よりも恐怖心を強くもって生まれた所為で、毎日のように敵前逃亡を繰り返していた。先輩であるソウイチロウやヤツデといった、必死に戦う仲間達を捨て置いて逃げた。

自分だけ助かりたくて何度も基地に逃げ帰っては懲罰房に入れられ、人間だけでなく同胞からも疎まれ、嫌われていた。

逃げた所で、帰還した同胞の失望と憎悪の眼差しや暴言に晒されるだけなのに、常に目の前の恐怖から逃避する事しか頭になかった。

役立たずの失敗作だと殴られながらもユウヒは心の中で周囲と自身に叫んでいた。

(だって、仕方ないじゃないか！　オレは弱いんだ！　皆みたいに戦う力を持たずに生まれてしまったんだから、弱いヤツが戦って無駄に死ぬより、強くて勇敢なカムイさんやソウイチロウさんやヤツデさん……シンレイが戦えばいいんだ！)

彼等は自分とは違う。英雄の素質があるから戦える。

自分には全身を支配する恐怖の感情を踏み潰してまで戦えるだけのモノが何も無い。

(だから、仕方ないんだ……。オレが弱いから、逃げても、泣いても、誰の事も救えなくても……性能が足りないから、どうにもならないから、仕方ないんだ……)

暴行を受けながらそう考え続けていると、いつもシンレイが飛んできて助けた。

シンレイはユウヒを甚振《いたぶ》る相手に苛烈なまでの報復をし、ユウヒを庇護し続けた。

けれどそれが更にユウヒを惨めな気持ちにさせた。同じ場所で同時刻に製造された男はトップクラスの性能を誇り、曇りなき強さは同胞も人間も皆、心酔させてゆく。

もしも彼と自分の立場が逆だったらと、何度も考えた。

最強の自分が最弱の片割れを助けるのは、さぞかし心地よい優越感を覚えるだろう、と。

シンレイは神凪がウミナオシケを殺す事で得られる快感を、何故か得られない個体だと聞いている。だから、ユウヒのような弱者を助けるのは、英雄的な快感を味わい、正当に暴力を振るう理由を得るためなのだと思っていた。

その証拠に、笑わないシンレイは、ユウヒを抱く時だけは恍惚とした歓喜の笑みを浮かべる。

シンレイはユウヒ以外の誰にも性的な興奮を催すことができない。

ユウヒがカムイを喪い、自責の念に嘆き悲しんでいた時期にそれは起きた。

『死にたい。カムイさんを死なせた自分が憎くて疎ましくてたまらない。呼吸するのすら罪深く感じて死にたいのに、怖くて死ねない』

だから、その手で殺してくれと、誰よりも傍に居たシンレイに頼んだ時。

シンレイは酷く狼狽《ろうばい》しつつも、ユウヒの希《こいねが》う気持ちを優先させようとしたのか、震える指先が頬に触れ、目元に触れ、額をなぞった瞬間、それは起こった。

『……ッ、はぁ……はぁ、はぁ……』

シンレイの瞳が劣情の熱に染まり、呼吸は肩が上下する程に乱れだしたのだ。

それからユウヒはシンレイに押し倒された。初めての激しい肉欲に、シンレイは言葉すら紡げず、飢えた獣のようにユウヒの体にのしかかり、交わり続けたのだ。

ユウヒは抵抗せず、されるがままに身を任せていた。

散々、体液を体の内にも外にも吐き出されてから、ユウヒは痛む体をのろのろと起こした。そして、今度こそシンレイに死を願おうと、膝を抱えるシンレイの髪を引いたのに。

『……死なないで、くれ』

シンレイは親に捨てられかけた人間の子供のような表情で拒否し、抱きしめてきた。

それからシンレイは凄まじい戦果を上げるようになった。

そしてユウヒはカムイの仇《かたき》であるウミナオシケを誰よりも殺す代わりに、シンレイに体を求められるようになった。

シンレイは性欲処理のおもちゃを手に入れた。彼にとってユウヒは手軽で害の無い阿片のようなものなのだろう。

そうでないのなら、もしも人間達のように愛情が一欠けらでもあるのなら、言葉や態度で愛を示すだろう。

だがシンレイは一度も「愛している」も「好き」も言わなかった。

それでもなお、シンレイがいないとマトモに生活できない自分が惨めで、情けなくて、辛くて……そして寂しかった。

自身の無様さが嫌になる。

カムイのように、どんな痛みも悲しみも乗り越え、同胞の為に迷わず命を投げ出せる男になれたなら、どれだけ良かっただろうか。

――そこでユウヒは目蓋を開けた。

(カムイさん……)

ユウヒは木製の本殿で生温かい血色の液体に浮かびながら、夢の余韻に浸る。

片手を上げると、赤い水滴が指の間を伝い落ちていた。

ユウヒは、上半身を起こして床に座り込んだ。

(戦血の補給、終わったのか……)

そうして、ぼんやりとした眼差しで室内を眺める。

帝都の中心。神凪の本拠地の最奥に無数にある『産女の間』。

ここは神凪を製造し、その生命活動に必須な戦血を補給する場所だった。

『産女の間』を全て破壊されれば神凪は補給経路を失い、全滅する。

それを知っているのか、ウミナオシケには産女の間を破壊しようとする性質があった。

帝都のあちこちに出没しては、ここを目指して人間を殺戮《さつりく》しながら近づいてくる異形の化物どもから、この産女の間と人間を守る為に神凪は作られた。

産女の間の内部は様々な素材と色をした配管が人間の体内を巡る血管のように張り巡らされており、壁では計器類が静かに針を動かしている。

室内を満たす血のような液体は人間の子供の膝下くらいの高さしかない。

温もりを帯びた水面は人肌のようだ。神凪はこの床の下から成体で生まれてくるため、幼少期というものが無い。母親の温もりも知らないというのに、その感触が何故か酷く懐かしい。

水の底から伸びている金属製のコードは、ユウヒの背中の仙骨のあたりに嵌め込まれている。このコードを神凪達は『へその緒』と呼んでいた。

本当にへその緒だというのなら、接続されるべきは腹部の方だろうと思いつつ、ユウヒは仙骨に繋げられた神凪の『へその緒』を抜き取る。抜き取られたコードは赤い水の底に沈み、それを受け入れるようにスライドした床板の一部に格納された。

木製の建造物なのに金属の部品が組み込まれていたり、どうにも不思議な造りだ。

コードを見届けてから、ユウヒは紅色の水面にたゆたう自身の長い髪に目を向けた。

神凪は戦血の保有量に個人差がある。基本的に肉体的質量が多い者ほど体内に戦血を多く保有しているため、優れていると考えられている。

神凪は少しでも戦血の補給回数を減らし、活動可能時間を長くすることに苦心している。肉体的質量を増やすため、髪や爪を伸ばしている個体も多い。

ユウヒも髪を伸ばすことで稼働の維持を図っているが、隊長のソウイチロウのようにそもそも能力の発動に戦血をそれほど消費しない、いわゆる補助型の神凪には短髪の者も居る。

戦闘で役に立てなければ臥子室《ガス》に廃棄されるのが神凪の運命だが、逆に言えば実戦型の能力を持ち、戦闘面に優れた個体は優遇される。

そして神凪の中でも戦血の消費量が最も激しいのはその実戦型——中でも前線で肉弾戦を行う神凪だ。

例えばシンレイは全身を瞬時に分解させて再構築する為、相当の戦血を消費する戦い方だが、恵まれた体躯が誇る膨大な保有量が燃費の悪さを補っていた。

そんな男が戦血切れを起こして倒れた。

隣りに視線を向けると、シンレイは目を閉じたまま赤い水の中に居た。

少年だった姿は元の成人男子の肉体に戻っており、白銀の髪は静かに水面で揺れている。美しい蝋人形が横たわっているようだ。

彼の背から伸びる床のコードは今も脈動しており、補給が終わっていない事を示している。その整った顔を見つめながら、ユウヒは膝を抱える。

（同じ産女の間で共に生まれた、この世でたった一人の私の『家族』……）

人間達で言う所の双子のような存在なのに、顔も声も性格も、何もかもが似ていない……不思議な片割れ。製造されたばかりの頃は眠る時も食事の時も一緒に居た。

だが、いつしか彼との性能差を知り、周りから比べられるようになってから、ユウヒはシンレイと距離をとるようになった。

二機だけの狭い世界なら気にならなかった様々なものが、広い世界に触れる度にユウヒの胸を抉《えぐ》り、シンレイと共にいる事に苦痛を感じさせるようになったのだ。

眠るシンレイの額に触れようとして、指を止めた。

そのまま様々な事を考えていると、頬に冷たい指が触れた。

「ユウヒ……」

目を覚ましたシンレイに視線を向けると、彼は心配そうにしていた。

補給の途中でありながら起き上がると、此方《こちら》の額にかかる前髪を指でそっと押し上げてくる。

その手つきの優しさがユウヒには分からなかった。

性能差を自覚し始めた事からユウヒはシンレイとどう接すればいいか分からず、カムイとばかり居た。それを見たシンレイもマガムネやヒビキといった、最前線で戦う一軍の神凪と共に居るようになった。

そんなシンレイと、またこうして共に居れるようになったのは、皮肉にもカムイがウミナオシケに惨殺されたからだった。

カムイが生きたまま喰われ、ユウヒまでもが殺されかけた地獄のような現場。

そこに真っ先に駆けつけて助けてくれたのはシンレイだった。

そして罪悪感に苦しむユウヒの傍からシンレイは離れなかった。

性欲を満たす為の関係であっても、カムイを喰った憎きウミナオシケを殺戮《さつりく》してくれるシンレイは、ユウヒにとってある種の救いとなっていた。

だが、彼がユウヒ以外に欲望を抱かない理由は今もわからない。

何故、自分なのか。他の優れた神凪や、人間では駄目なのか？

「どうして……」

他のどの神凪や人間から愛され、尊敬されて求められても一切の関心を向けず、冷酷に切り捨てるのに、どうして自分にだけはいつも優しいのか。

同じ場所で生まれた双子のようなものだから？

それとも、あまりにも弱くて臆病な存在を憐れんでいるから？

そう問いかけると彼は首を振った。

「わからない」

いつも通りの答えに肩を落としてしまう。

執着と庇護の理由を尋ねるとシンレイは決まってこう答える。

だが今日は目を細め、自身の手を見つめて続けた。

「……もしもオレがニンゲンだったなら、この体の中に渦巻く感情の判別がつくのだろうか……。

お前の事を軽んじ、虐げるニンゲンどもを肯定する気は無いが、己の感情の分類が的確に出来るニンゲンどものその性能だけは……、少し、羨ましい」

そして口を開く。

「お前は弱者でも臆病でもない」

「えっ……？」

「本当に強いのは、恐怖を知った上で、他者の為に戦場に立てる者だ。だから、オレはお前に敬意を抱いていると判断する。お前は、立派な存在だ」

真摯な瞳の熱に心の芯が疼く。それでも、ユウヒは首を振った。

「そ……そんな事、言えるのは……」

貴方が誰よりも高みに居るからだ。

必死に底辺を這いずり、罪の意識に苛まれている罪人。

償えぬ罪を償おうと見苦しく足掻く無様さを美化出来るのは、そんな想いをシンレイは味わった事がないからだ。

生まれた時からの勝者に敗者の気持ちは分からないだろう。

だが、それでも嬉しいと思ってしまう。

誰からも『カムイではなく、お前が死ねば良かったのに』と思われている自分を、シンレイは必要としてくれる。

シンレイが何を考えているのかは相変わらず分からないが、人間のように将来の夢も希望も持てない身では、刹那の夢でも縋りたいと思った。

そう考えていると、シンレイの指がまた頬に触れた。

「シンレイ殿……？」

彼は双眼に熱を帯びながら、此方《こちら》を見ていた。

その瞳に映るユウヒの顔も、熱っぽく潤んだ顔をしている。

まるで1つの命だったかのように、高まりあう温度を感じて忘我の心境に陥っていると、不意に視界が揺らぐ。

気づいた時には火照る体はシンレイの手で赤い水の中へと横たえられていた。

「あ、あの？　シンレイ殿？」

覆いかぶさろうとするシンレイの体に両手で距離を取るも、相手の声は低く熱い。

「……先の戦闘で、お前は敵を殺していなかっただろう」

敵を認識すれば性的に興奮し、敵を殺害する事で絶頂できる神凪の性質。

囮役のユウヒは大きすぎる恐怖とおなじくらい、解消できない性的衝動に常に悩まされていた。

そんなユウヒを案じたシンレイは度々、瀕死のウミナオシケを殺害用に与えたり、時には体を重ねる事で心身の熱を晴らしてくれていた。

だが今のシンレイは戦血の補給中だ。本人は意に介さぬようだが、自分の所為で神凪の主力兵器であるシンレイの補給が遅れるなど、あってはならない事だ。

ユウヒは抵抗した。

「シンレイ殿！　そんな事をしていたら戦血の補給が遅れます！」

だが、シンレイはユウヒの手を取り、その指先に熱心に口づけを繰り返した。

爪や、指の関節部位を赤い舌が別の生き物のように這う。

その感覚はユウヒに日頃、彼から与えられる快楽の波を思い出させた。シンレイの熱が伝染するようにユウヒ自身の呼吸も荒くなり、体が反応し始める。

それでも理性で彼を押しのけようとするが、手首を掴《つか》まれた。そして告げられる。

「構わない。万全の補給でなくとも、出撃できる。お前を傷つける敵ならオレは全て殺せる。それに血が足りぬのなら、そこらの神凪から戦血を奪えばいい。お前以外の奴がどうなろうと、どうでもいい」

血を啜《すす》り、肉を喰らえば、他の神凪から稼働に必要なエネルギー源である戦血を奪うことは確かにできる。だが、それは血を奪われた方の神凪が戦場で活動停止する事を意味していた。

ユウヒは唇を噛む。ソウイチロウが隊長になる前の部隊では、戦う才能が無い神凪は前線の補給役として使用されていた。

最前線の兵士に自身の戦血を与えては倒れ、そのままウミナオシケに喰われる者、仲間によって頭部を潰される者……。

そのような非道な作戦をソウイチロウは嫌悪し、どのような神凪も勝利の為の犠牲にはしないと、機関の上層部と掛け合って補給制度を廃止させたのだ。

その廃止された非人道的な制度をシンレイや一部の神凪は無視して今も行っている。

彼等が言うには『効率的に敵を殺す事こそ我らの最大の存在意義。戦場に立つ意思が無い上に戦えぬ役立たず以下は死ね』という理屈らしい。

その理屈なら、真っ先に自分は犠牲にされる側だとシンレイに何度も伝えても、彼はユウヒだけは必要な存在だと信じて疑わない。

（どうして……）

シンレイの思考回路が、わからない。

産女の間の薄明りの中、シンレイが淫らな蛇のように妖艶に笑っているのが見えた。頬を紅潮させ、熱に浮かされた眼差しで此方《こちら》を見ながら肌を何度も甘噛みし、舌をぬらぬらと這わせて指を吸ってくる。

シンレイが笑うのは、ユウヒと体を重ねる時だけだ。

それがユウヒは理解が出来なかった。

「シンレイ殿！　今は控えてください！」

そう叫ぶと、ユウヒは自身の欲望を噛み殺しながらシンレイの体を押しのける。

だが、それ以上の言葉は届かなかった。

ユウヒの体は赤い水の中に押し倒される。

まるで血肉の海に飲みこまれるように、ユウヒの裸体を生温かい温度が包みこむ。

シンレイが覆いかぶさり、彼の長い髪が周囲からユウヒの視界を遮るように垂れ下がる。

今にもユウヒの喉元に喰らいつかんばかりに迫るシンレイの瞳には、戦闘時に神凪の誰もが浮かべる発情の熱が渦巻いていた。

その証拠に、彼の激しい性衝動を表すように、ユウヒの太股に押しつけられた昴りは早く一つになりたいと強請るように硬さを増し、肌を喰い破らんとする勢いだった。

「やめ……」

制止の言葉と罪悪感に塗れた思考を遮るように、シンレイの接吻で唇を塞がれる。

口内に入り込む舌が触れ合って絡まされると、灼けつくような熱さを孕んでおり、その温度に驚くも、されるがままに貪られる。

「んッ……」

昴る熱を唇から唾液と共に注がれるように、ユウヒの喉奥まで体液が流れ込み、胃の腑の奥まで彼の欲情で火照らされるような心地だった。

シンレイの肩や腕に触れていたユウヒの指は抵抗の力を失ってゆく。

(駄目だ……)

早くシンレイの補給を終わらせて、彼をいつでも戦場に出せるようにするべきなのに。

そうする事で皆が救われ、誰もが喜ぶのを理解しているのに。

(……心地いい……)

冷えた夜の空気に満ちた帝都を単身で走り回り、人間からも神凪からも厭《いと》われる、凍え切った心身に、シンレイの体温は泣きたくなる程、温かかった。

まるで、ここに居てもいいのだと言われているような錯覚を覚える。

そんなわけないと理性が訴えているのに、たとえ肉欲を晴らす人形扱いでも、求められたい。必要とされたい。

此処《ここ》に居てくれと願われたい。

他の誰でもなく、お前がいいのだと縋られたい。

そんな事、許されてはならないのに。

されるがままに蹂躙を許していると、シンレイの指がユウヒの下肢の窄《すぼ》まりに触れた。

長く節のある男性的な指は、産女の間に満ちた赤い戦血を纏《まと》わせながら、手慣れた仕草でユウヒの後孔を解《ほぐ》してゆく。

シンレイとは数えきれない程に寝ているのに、まるで運命に導かれて出逢った恋人同士のように、いつも熱烈に求められた。

シンレイによって受け入れる準備を整わされてから、ユウヒは両足を割り開かれた。

そうしてシンレイの熱く硬い昂りが後孔にあてがわれ、その硬さと熱さにユウヒは息を飲む。

「……」

何度見ても、この美しい男の逸物とは思えぬ程に凶悪な形状の男性器と、それを受け入れてしまえる己の体。シンレイは飢えた獣のようにユウヒを求め、ユウヒの入り口は宛がわれた先端を誘い込むように淫らに震えている。

そんなユウヒの肉欲に応えるように、シンレイの熱い質量が、ゆっくりと挿入され、狭い内部を押し広げるようにして貫く。

「ぐッ……！」

痛みとも快感ともつかない声を漏らしながら、ユウヒは己の腹の中を行き来するシンレイの雄の部位から与えられる感触に思考を塗り潰される。

何度もシンレイを受け入れたユウヒの下肢の窄《すぼ》まりは、理性とは裏腹にシンレイに媚びて奉仕するように彼のモノを淫らに締めつけ、射精を促している。

その度にシンレイは瞳に獰猛な発情の熱を宿し、喜悦に満ちた声を喉から吐息と共に漏らしながらユウヒの体を強く突き上げた。

「あ、あぁッ……！」

体を内部から抉《えぐ》られるような抽挿の中、ユウヒは嬌声を漏らす唇をシンレイの強引な口づけで塞がれる。

「ン……」

シンレイは上下の口を攻めながら、此方《こちら》の欲を煽るような性的な表情を浮かべていた。

神凪は人間のように、愛した者にだけ性欲を向けるような、美しい生物ではない。

殺意と共に発情するような、汚らしい合成生物。

ユウヒはシンレイに楔の如《ごと》く穿たれ、意識が飛びかけながらも、ずっと目の前の男の荒い吐息と笑い声を聞いていた。

「アハハハハ、ハハ、あはははは」

狂ったように笑いながら抽挿を繰り返すシンレイは、まるで別人のように見えた。

神凪特有の発情状態に入ったシンレイは恍惚とした笑みを浮かべて、舌なめずりしている。

まるで狂った犬のように、艶やかな赤い舌からは透明の唾液を滴《したた》らせ、快楽に没頭し始めている。

腰が打ちつけられる勢いも増し、ユウヒは体内を内部から灼熱の棒で突き破られそうな感覚に陥りながら、己を喰い殺さんばかりに抱く男に無意識に両手を伸ばしていた。

囮役も性欲処理係も、後継機で優秀な代わりが製造されれば、直ぐにお役御免で自分は処分されるだろう。

ただ足が速いだけの貧弱な性能の個体など、神凪にとっては体面が悪すぎる。

機関の老人達もユウヒを処分したくてたまらないだろうに、シンレイのメンテナンス部品として必要だから生かされているに過ぎない。

その役目さえ終われば……。

(臥子室《ガス》で廃棄処分にされるか、機関の重鎮達の慰み者にされて壊れるまで弄ばれるか……)

体を重ねる熱に酔いながらも、頭の何処かに孤独な末路がチラついて離れない。

それでいいんだ、それがいいのだと罪深い己を残った理性が責め続ける。

どうしてなのか。

涙が溢れた。

自分が消えた世界では誰も困らず、今まで通りの日常を送っているのが……、何故だか酷く寂しい。

「ううっ……」

鼻を啜《すす》る。

その時、足手纏《まと》いの自分を否定するように、シンレイがユウヒを強く抱きしめた。

「あ……」

目元に滲んだ涙を唇で拭われる。

忘我の状態でユウヒの体を貪っていたはずのシンレイは、今は髪で表情が隠れて見えない。

笑っているのか、憐れんでいるのか。

その行動の意図を問う前に、ユウヒは体の最奥に熱く迸る体液を注ぎ込まれた。

それと同時に、ユウヒ自身も浅ましい熱を吐き出し、白濁がシンレイの体に飛び散る。

シンレイの大きな体が倒れ込むようにユウヒの体にかぶさったが、お互いに言葉も無く、ただ交尾が終わった獣のように荒い息を吐き合うだけだった。


行為の後、ユウヒは産女の間の入り口付近に設えられた脱衣所で身支度を整えていた。肌の上を滑り落ちる赤い水が板張りの上に零れぬよう、手拭いで拭きながら長い黒髪を結う。

振り返ると、澄んだ赤い水の中でシンレイは眠っていた。

あの後、シンレイの肉体を下敷きにして寝ていたお陰でユウヒは産女の間の硬い床に触れずに済んだが、逆にシンレイは床板の上で寝ていたせいで、疲労が取れ難かったのだろう。

今もシンレイに戦血の補充を繰り返している、臍《へそ》の尾の脈動を見ながらユウヒは唇を噛む。

（……不覚だ。眠り込んでシンレイ殿に負担をかけてしまうなんて……）

せめて少しでも早く前線に復帰して、囮として部隊の役に立たねばならない。そう思い直し、軍靴を履いて産女の間の扉に触れる。

両手で開いた扉の先は、冷たく透き通った夜の空気で満ち、空には煌めく星々と月が見えた。

いつ出撃命令が下されるかわからない為、急いでソウイチロウらの元に戻ろうと歩き出した時だった。

「あれ？　ユウヒ、補給、終わったんだ？」

呼びかけられて視線を向けると、あちこちに設置された常夜灯の橙色の光の下、赤毛の少年が此《こ》方《ちら》に向かって歩いてくるのが見えた。

「ベニマル殿……？」

名を呼ぶと、宿舎の方からやって来たベニマルは嬉しそうに微笑む。そして料理が乗った箱膳を二つ抱えたまま、小走りになった。

その危なっかしい動きにユウヒは急いで声をかけた。

「わ！　ベニマル殿、走ると転びますよ！」

だが、その忠告は彼のプライドを傷つけたらしい。ベニマルは頬を膨らませながら怒る。

「こっ、子供扱いしないでよね！　ボク、確かに神凪の中じゃ一番チビだけど、そんなしょっちゅう転んでな……わあ！」

小石に躓《つまず》いて転倒しかけたベニマルに、ユウヒは考えるより先に飛び出していた。

倒れかけるベニマルの体を片手で支え、宙に舞った箱膳を残った片手で器用に受け止めて、転倒と散乱を阻止する。

ベニマルも箱膳も無事なのを確認してから、ユウヒは息を吐いた。

「ふぅ！　ベニマル殿、お怪我は無いですか？　何処か痛い所とか……って、いったぁ！」

脛《すね》を蹴られて飛び上がりかける。眼下の少年は大きな瞳に涙を溜めて、ぶるぶる震えていた。

助けたのに、どうして怒られているのか困惑していると、ベニマルは人間の子供が癇癪《かんしゃく》を起こした時のように、地団駄を踏みだした。

「ユウヒのバカ！　オマエ、補給中にナニしてたんだよ！　ヘンタイ！　助平！」

「えぇ？」

なぜ、シンレイとの情事を知られているだろうと焦る。

すると、ベニマルが赤い顔でユウヒの首筋を指差してきた。

ベニマルに箱膳を渡しつつ、指の先の首元に触れたユウヒは顔が熱くなるのを感じた。

手の平に、噛み痕の感触が伝わる。シンレイは性行為中、快感が極まるとユウヒの肌を甘噛みする癖がある。今回もしっかりと肌に残された満足の証にユウヒは言葉を失う。

（シ、シンレイ殿……！　またこんなに痕を残して……！）

おちおち襟も開けていられないと、赤面しながら軍服を整えると、ベニマルの眼差しが突き刺さるように鋭さを増してゆく。慌てて否定した。

「いや、ベニマル殿、これはその、違うんですよ？　ベニマル殿が想像してるような事は何もなくて、つまり誤解です！」

「何が誤解だよ！　べっ、別にオマエが誰とどうなろうとボクには関係ないけどさ！　でもそういうのって、神凪の風紀的に良くないと思う！　ソウイチロウに見つかると教育的指導とかされちゃうだろうから忠告してるだけ！　ボク的にはホントどうでもいいし！」

なら何故そんなに怒るのかと思っていると、ベニマルは手渡したばかりの箱膳を押しつけてきた。

「ほら、ユウヒもシンレイも、補給で夜ごはん食べれてないでしょ！」

「え？」

きょとんとしていると、ベニマルは腕組みして口を尖らせる。

「ご飯前に任務に出てそのまま補給とか、運悪すぎなんだから！」

飯時に任務や補給が入ると、大概の神凪が食いっぱぐれるものだった。

神凪には戦血さえあれば餓死という概念は無いが、人間を模した生物の弊害なのか、不便な事に空腹は感じるのだ。

朝晩の二回に食堂で配給があり、娯楽が少ない神凪にとって粗食とはいえ食事は楽しみだった。そのため、飯時に不在だった者の分は直ぐに誰かに奪われる。

ソウイチロウやヤツデがどれだけ注意しても、食事に全員分の名札をつけても、いつの間にか食われている。これだけは完全に無くならない。

ベニマルは二機分の食事を確保してくれていたらしい。その苦労を考えると感謝よりも申し訳なさが先に来て、頭を下げる。

「すみません、ベニマル殿にご負担をおかけして……。きっと、夕食をゆっくり摂取できなかったでしょう」

そう述べてから、顔を上げる。

だがベニマルは寂し気に眉を寄せて此方《こちら》を見つめていた。

しかし直ぐにプイとそっぽを向くと、トゲトゲしい言葉を投げてきた。

「要らないなら食べなくていーし！」

相手の気分を害してしまったと思い、ユウヒは急いで返答した。

「い、いえ、有難く頂きます！　ありがとうございます！　ベニマル殿……って、何で蹴るんですか！」

また脛《すね》を蹴られて涙目になりかけるも、ベニマルはキーキー怒っている。

「敬語やめてよバカ！　ボクはユウヒの後輩なのに、何でボクにまでソウイチロウやヤツデと話すみたいにするのさ！」

ベニマルはユウヒの後継機で、現状の神凪の中では最新型だった。

その幼い外見と非力さ故に最前線には出られなかったが、仲間を鼓舞する特殊能力を持ち、今夜もベニマルの陰ながらのサポートがあったからこそ、いつもよりも軽快に走れた部分があったし、シンレイの殺傷力も同胞の狙撃能力も精度が上がっていた。

だから感謝の気持ちは伝えておこうと思う。

「ベニマル殿はその稀有な援護能力で味方陣営に多大な貢献をされています。敬意を持って接するのは、実力至上主義の神凪では当然の事ですから！　ありがとうございます、ベニマル殿」

にっこり笑って告げると、ベニマルは少し驚いたように大きな瞳を瞬きさせると、頬を染めてブツブツ言いだした。

「……そ、そんなコト、なっ、なっ、なな、ないし？　褒め過ぎだし？」

「いえ！　ベニマル殿、ご謙遜なさらずに！　貴方の能力は部隊にとって代わりの無い、唯一無二の素晴らしいものです！　戦血の消費も少ないので、補給で時間を取られる事も無く、常に部隊に編成されて皆を勇気づけているのですから！　もっとご自分を誇ってください！」

「……！」

ベニマルは真っ赤になって震えていたが、お世辞でも何でもなく、事実だった。

戦闘に特化した能力を持つ神凪は基本的に戦血の消費が激しく、いわゆる『燃費が悪い』のだ。

しかしベニマルやソウイチロウといった補助型の能力を持つ個体は連戦も可能な程、消費量が少なく済む。

それに比べて自分は、戦血を中途半端に消費し、連戦は出来ても逃げ回るだけなので囮作戦以外では特に役に立っていない。

誰かの性能を称えれば称える程、それを自覚する。

「本当に、ベニマル殿は凄……」

「も、もういいってば！」

その途中でベニマルに言葉を遮られた。

やり過ぎたかと反省しながらベニマルを見つめると、また彼は寂し気な眼差しをしていた。

「……もういいよ、バカユウヒ。いっつも誰かの気持ち優先で自分が悪くなくてもペコペコして……傷だらけで痛くて怖くて泣きながら敵から逃げ回って……そういうの、ユウヒの事を大事に想う相手が傷つくだけだって、ユウヒは分かってないよ」

「……」

どう返せばいいのか迷い、視線を彷徨わせる。

だが、地面にも夜空にもユウヒが求める答えが在るわけはない。

そして自分の言葉ではなく、ベニマルが望む答えばかりを探している己に気づいて口を噤《つぐ》んだ。

「……」

「……」

気まずい沈黙の中、ベニマルがポツリと呟く。

「……だから、ちょっとでもユウヒの慰めになればいいかなって、晩ごはんがユウヒの好きなみつ豆だったから持ってきたんだけど……」

「え？　みつ豆？」

みつ豆と聞き、ユウヒは無意識に箱膳を開けていた。

そして地面に正座して手を合わせると、いただきます！　と頭を下げて、大好物のみつ豆を食べ……ようとしてベニマルに羽交い絞めで阻止された。

「べっ、ベニマル殿？　何を……」

「何を～じゃないよ！　いきなり土の上に正座して食べようとするとか、行儀が悪すぎ！」

咎《とが》められたが、ユウヒは自分でもどうかと思う程のみつ豆好きだった。

花見の席でニンゲンから差し入れされて初めて食べたのだが、恐る恐る口に入れた瞬間、赤えんどう豆の優しく広がる甘味と、甘酸っぱい杏の風味、不思議な舌触りと喉越しの寒天の融合に驚き打ち震え、こんなに甘くて美味しいモノがこの世に存在するのか！　こんなものを生み出したニンゲン様は何て素晴らしくて尊い存在なのだろうか！　と感動したのだ。

あまりにも美味しくて甘くて……そして気づいたら隣りの席のシンレイと、向かいの席のソウイチロウやヤツデのみつ豆まで貪り食っていた。

全員が呆然とユウヒを見つめる中、シンレイだけは『これも食え。全部食え』とベニマルや他の神凪から略奪してきたみつ豆を茶碗に次々と入れてくれた。

それもユウヒはペロリと平らげ、全員の器が空になって、ようやく正気に戻ったくらい、好きで好きでたまらなかったのだ。（シンレイは更にみつ豆を強奪してこようと市街地にノシノシ歩いて行ったが、そこでソウイチロウやヤツデ、他の神凪も総出でシンレイを止めて事無きを得た）

だからベニマルの制止に苦しんだ。

「で、でも、みつ豆が！　みつ豆が！　一カ月と三日ぶりの、みつ豆が……！」

「ちょ、前回のみつ豆登場から何日経過してるか覚えてるとか、ユウヒおかしいよ！　宿舎の自分の部屋に戻ってから食べればいいでしょ！　しかもシンレイの分まで、さり気なく食べようとするの止めなよバカユウヒ！」

ベニマルの説得も虚しく、ユウヒはみつ豆を食べて（シンレイの分は食べないように何とか自制した）宿舎へと向かおうとした時だった。

何処からともなく話し声が聞こえてくる。

それにベニマルも気づいたらしく、訝し気な表情でユウヒを見てきた。

声の主は、初老の男達のようだった。

神凪にそんな年代のものはいない。それ故に、会話の主は人間だろうと判別がついた。

こんな夜更けに、それも産女の間に、どうして人間の男が居るのかとベニマルと顔を見合わせる。

辺りを窺うと、古い産女の間の前に集まる男達の姿が見えた。

彼等は失望を滲ませた表情で何やら話し込んでいる。

「——こちらの産女の間の現在の製造状況は……」

「完成体はゼロ！　今回も失敗か！」

「不甲斐ない……。やはり新しい産女の間の建造を急ぐしかないようだな……」

ボソボソと漏れ聞こえる声に聞き入っていると、ユウヒの様子を察したベニマルも大きな瞳を動かしながら声の主を観察していた。

そしてユウヒに向き直ると、小声で問いかけてくる。

「ねえ、ユウヒ。なんで機関の老人達が産女の間に居るのさ」

機関に良い印象を持っていない神凪は上層部を『老人』と評する。ベニマルも例外ではなく、多くの神凪同様、彼等を嫌っているのが伺えた。

だが問いかけられた所で、その疑問には答えられない。ユウヒは静かに首を振った。

そのまま、何となく観察しているとベニマルが何かを見つけたらしく、小さな指をさした。

指の先には隊長のソウイチロウの姿があった。

(ソウイチロウ隊長……？　こんな夜更けに機関の上層部と何をしているのだろう？)

上層部とのやり取りは、いつも副隊長のヤツデが担当している。

だから隊長のソウイチロウがたった一機で、彼等と共に居る光景は珍しく見えた。

ソウイチロウは上役に挟まれて居心地が悪そうだったが、それでも姿勢を正して控えている姿には神凪の最年長者としての威厳が見えた。

そんな中、彼等の傍の産女の間から何かが担架に乗せられて運び出されくる。

刹那、隣りのベニマルの体が強張るのを感じた。そしてユウヒも背筋が粟立つ。

(あれは……)

担架に乗せられたものは、腕と胴だけの神凪だった。

顔は無く、足も無い。それは指を蠢かしながら、夜空に向けて救いでも求めるように小刻みに暴れていた。

「ッ……！」

ユウヒの背中に冷や汗が伝う。ベニマルに与えられた脛《すね》の痛みでなんとか声を上げずに済んだ。

担架の上の『失敗作』の神凪を、機関の人間達は忌々し気に、ソウイチロウは悲痛な面持ちで見ていた。

「折角、練成の供物に貴重な鬼の歯を使ったというのに……」

「神凪の練成に使う供物の調達すら、今の時世では、ままなりませんからなぁ」

「地方は疫病とウミナオシケの被害で壊滅状態だ。最早、この帝都だけが綿津見ノ國《わだつみのくに》の最後の砦……！　何としても、有益な神凪の大量生産を急がねばな」

そう話し合っていると、機関の男の一人が、担架を持つ人間の兵士に命じた。

「おい！　何をしている！　さっさとこの見苦しいバケモノを瓦子室《ガス》に廃棄しろ！」

その言葉にソウイチロウが驚いていたが、周囲の機関の男達は担架の上の生物を罵倒し続けていた。

「貴重な物資を無駄にしたゴミクズが！」

「まったくだ！　こんなモノが出来ると分かっていたなら製造などせぬものを！」

「神凪の練成成功率は一割未満……。しかも神凪は男性型しか生まれず、人間の女とも子が作れん。一代限りの戦闘機。量産できないのが痛手ですな」

「もっと実験を重ねなければ……。そうだ、処分の前にこのバケモノを帝都研究所に持って行け！　生きたまま解剖すれば何か分かるかもしれん」

視界の端では隣のベニマルが口を押さえているのが見えたが、ユウヒも胃の腑《ふ》から込み上げる嘔吐感を堪えながら、おぞましい光景から目を離せなかった。

あの担架の上の存在は『成功しなかった自分達の姿』だ。

ユウヒたちは運良く人型を保って生まれられたが、そうでなければこうして処分されていた。

人間の役に立たなければ存在価値は無いのだという現実。

それを思い知らされたユウヒとベニマルだったが、それまで黙っていたソウイチロウが同胞の手を握り、膝をついた。

「お、恐れながら、申し上げます！」

声に応答する人間はいなかった。ソウイチロウは狼狽《ろうばい》していたが、人間達の会話が再開されず、沈黙が続いた事を暗黙の許可と受け取ったらしい。改めて姿勢を正し、真剣な面持ちで語り出す。

「弟は……いえ、この個体は、必死に生きようとしています……。なのに役に立たぬと決めつけて、処分するというのは……」

その忠言は途中で遮られた。

神経質そうな細面の中年男がソウイチロウを怒鳴りつけたのだ。

「馬鹿者が！　どんな案かと思えば、下らん事を！　何の為にお前ら神凪を見目麗しい設計にしたと思っている！　愚かな民衆は美しいものに守られる事でウミナオシケに恐怖する日々を忘れ、歓喜と熱狂を見出すのだ！　それなのに……こんな醜い化物を醜悪なウミナオシケと戦わせた所で、機関の倫理観が疑われるだけだろうが！　おい！　さっさとこの担架の上のモノを持っていけ！　胸糞が悪くてたまらん！」

ソウイチロウは連行される同胞の姿に唇を噛み閉め、自身の無力を責め、辛い現実を耐えているようだった。そんなソウイチロウの姿を機関の老人達は嗤《わら》っていた。

「お前ら人形どもは黙って人間の為に戦っていれば良いのだ！　生き人形風情が人間の真似をして正義漢ぶっても笑えんぞ！　所詮は、人間の紛《まが》い物なのだからな！」

ユウヒにはもう、どちらが人間なのか分からなかった。

ベニマルは唇を噛み、瞳に涙を溜めながら憤りを露わにしていた。

ユウヒも気づけば土を握り締めた拳を震わせていた。このような人間ばかりではない事は理解している。だが一定数の人間は神凪を便利な道具としか見ていなかった。

何を言っても傷つかない木偶《でく》だとでも思っているのか、ユウヒも度々、市民から罵詈雑言や嘲りの言葉を投げつけられる事があった。

(どうして人間様は我々をお創りになったのに、その我々を低俗で下賤なモノのように扱うのだろう……？)

その時、ベニマルに肩を叩かれた。顔を上げるとベニマルは青ざめた顔でソウイチロウを指差している。何事かと目を凝らして耳を澄ませると、ユウヒも血の気が引いた。

膝をついていたソウイチロウが土下座させられ、頭部を恰幅《かっぷく》の良い中年男性に踏まれていたのだ。

侮蔑に満ちた人間の声が聞こえてきた。

「くだらん案で我らの貴重な時間を奪うとは許し難い、土下座しろとは言ったが……やはり人造人間ごときの謝罪に価値は無いな」

中年男はそのまま、自身の革靴をソウイチロウの眼前につきつけた。そして耳を疑う発言を繰り出したのだ。

「おい、貴様は犬の神凪だったな？　なら、犬らしく鳴きながら、靴掃除をしてもらおうか？　あ、ちゃんと手を使わずに舌で舐めて綺麗にするんだぞ？　下等生物の分際で、人間のように服まで着せてもらってる恩を忘れるな。本来なら貴様らに支給する軍費すら惜しいのだからな！」

そう言いながら革靴でソウイチロウの手を踏みにじっている。

ソウイチロウは汗を滴《したた》らせながら動けずにいたが、その姿に男達は薄汚い笑みを浮かべて囃《はや》したてだした。

「どうした？　早くせんか！　我らは貴様らのような毎日バケモノと殺し合いをしていればよい低能と違って忙しいのだ」

「犬畜生を元にした貴様が、人間に媚びる振る舞いも出来んとは、情けないのう」

「試しに四つん這いで歩いてみろ。無論、服なぞ着るでないぞ。その服の下に、犬の尾が生えているやもしれん。見世物代わりに晒してみよ」

下卑た笑い声が群れを成した羽虫の如《ごと》く飛び回り、ソウイチロウを執拗に苛《さいな》んでいる。

それでも耐え続けたソウイチロウの目の色が変わったのは、己への罵倒に対してではなかった。

「何を勿体《もったい》ぶっておる？　お前の副官のヤツデは、お前と違って、どんなに薄汚い要求にも応える『有能な』男だぞ」

恰幅《かっぷく》の良い男の言葉にソウイチロウが顔を上げた。

「……ヤツデが……？」

ソウイチロウは目を見開き、肩を震わせていたが、他の男達も追従するように語りだした。

「アレは本当に便利な男だ」

「どんな相手とも寝る」

「儂も先日、呼びつけてやったわ！　虫ケラを素体とした神凪は、やはり低俗だな！」

声を上げて笑う男達に、ソウイチロウは噛み締めた唇から血を流していた。

それに気づく者は誰もいない。恰幅《かっぷく》の良い男が舌なめずりし、欲望に満ちた言葉を垂れ流す。

「神凪は消耗品だからのう。戦えなくなった時、直ぐに『使える』ように、今から性技を仕込んでおいた方が良かろうて。そうそう、無様に泣き喚いて街を走り回るだけの囮役の個体。あれも、シンレイの調整部品としての役割が無くなったなら、我らの愛玩用として末永く飼ってやる予定だ。その時に粗相の無いよう、しっかりと肉人形としての教育をしておけ」

流石のソウイチロウも我慢の限界だったのか、男の言葉に普段の温和な眼差しを険しくした。

爛々とした瞳で人間達を睨みつけると、尖った犬歯を剥き出しにして喉から唸り声を漏らす。

それは敵愾心《てきがいしん》を持った獣そのもので、遠目に見ているユウヒやベニマルすら背筋が寒くなる程だったが、人間達にとっては更に恐ろしく感じたらしい。

彼らの中の神経質そうな細身の男が、ソウイチロウに向かってヒステリックに怒鳴った。

殺傷能力に優れた生物が、自分達に牙を剥かない保障など無いと、ようやく気が付いたのだろう。

「き、貴様！　なんだその態度は！　逆らうなら役立たずの神凪のどれかを瓦子室《ガス》に送っても良いのだぞ！　最新型の癖に役に立たん、赤毛のガキから処分してやろうか？」

その言葉にソウイチロウはハッと我に返った様子で、敵意を霧散させた。そして今度は自分から、地面に額を押し付けるように頭を下げ出した。

（酷い……）

ベニマルは声を押し殺して泣き始めていた。

「ベニマル殿……」

小声で呼びかけると、ベニマルはしゃくり上げながら、苦痛を零した。

「ボクとハクマルが弱いから……。だから、ソウイチロウ、あいつらに裏でいじめられてたんだ……。なのにソウイチロウは生意気なボクにもいっつも優しくて、そんな目に遭ってるなんて一言も口にしなかったんだよ……」

零れた涙を拭ってやる事も出来ないユウヒに、ベニマルは感情をぶつける。

「ねえ、ユウヒ。どうしてボクらは、生まれてきただけじゃダメなの？　ニンゲンは生まれるだけで上出来だって褒められて肯定されて、何の役に立ってなくても生きてて良いのに、ボクらはニンゲンの役に立たなければ、強くなければ生きる権利すら得られないなんて、そんなのおかしいって、ニンゲンは誰も思ってくれないの？」

その問いかけに答えられるのは人間だけだと思った。

神凪は人間から与えられるものを享受するしか無い。有用であれば便利に使われ、そうでなければ廃棄処分とされる。それに異を唱える権利も無い。

（でも……）

ユウヒはカムイの言葉を思い出す。

『お前が生きていてくれるだけで、ワタシは幸せだ』と。

脳裏に浮かぶ恩人の言葉にユウヒは顔を上げる。

（カムイさんならきっと、ベニマルを上手く慰められて、ソウイチロウ隊長の事も、角を立てずに助けられた……）

ベニマルがユウヒの袖を引く。

「ボ、ボク、ヤツデを呼んで来るよ！　アイツなら人間の扱いが上手いから、ソウイチロウを助けてくれると思う！」

「……」

その提案と、眼前の状況を見比べて、ユウヒはベニマルに首を振って見せた。

「ど、どうしてさ！」

ソウイチロウは神凪のトップだ。だからこそ副隊長のヤツデは、ソウイチロウを上層部と接触させずにいたのだろう。隊長が機関の人間に愚弄されれば、皆の士気に関わるから。

「普段から機関の人間との遣り取りはヤツデ先輩が一手に担っていました。それはヤツデ先輩ご自身が、隊長は実直で誠実ゆえ、彼等との対話に向いていないと判断しての事でしょう」

「なら、やっぱりヤツデが居ないと……」

「しかし……」

ベニマルの言葉を遮り、ユウヒは親指を噛む。

臆病で、他人の目を気にする弱者だからこそ、ユウヒには見えるものがある。

「隊長は、それをいつも気に病んでいたのだと思います。交渉事が得意なヤツデ先輩とはいえ、このようなことがいつも起きているなら、精神的に疲れているに決まっています。その上、戦闘でも最前線に立たれていますから。だから……今夜、ソウイチロウ隊長は、ヤツデ先輩の負担を肩代わりしたかったんじゃないかと……」

戦血は日常生活や精神的疲労でも消費される。

だからソウイチロウは書類仕事や雑務等、ほとんどを受け持ち、ヤツデを出来る限り休ませていた。食堂にヤツデの分の料理を取りに行くのも、食器を返す事までもソウイチロウがやりたがり、ヤツデが逆に『どちらが副官かわからない』と困って叱るくらいだった。

こんな状況下でヤツデを連れていけば、きっとソウイチロウは自身を更に責めると思えたし、ヤツデもソウイチロウを守る為に交渉事を引き受けていた事を蔑ろにされたと怒るだろう。

ソウイチロウの行動は早計だったとしても、彼の同胞を守る盾になりたいという優しさと信念は否定したくなかった。

(それなら……)

ユウヒは歩を進める。

「ちょ、ユ、ユウヒ？　何するのさ！　見つかっちゃうよ！」

ベニマルに軍服を掴《つか》まれたが、駆けだした。

突然の出来事に驚愕する人間達の中心に走り込むと、ユウヒはソウイチロウの隣で勢いよく土下座した。

「ユウヒ？　どうして此処《ここ》に……」

驚くソウイチロウの真横で、顔を伏せたまま声を張り上げる。

「人間様、申し訳ありません！　隊長の責は部下の責！　どうか私めに、この貴重な謝罪の機会を譲ってくださいませ！」

機関の者達は事態についていけていないようだった。

ただ此方《こちら》の容姿に興味があるのか、品定めされるように凝視されていた。

恰幅《かっぷく》の良い男に顎を掴《つか》まれ、顔を上向かされた。濁った目がぎょろぎょろと動き、此方《こちら》の体を舐め回すように観察されたが、その後で男は嗤《わら》った。

「ほぉ？　やはり素晴らしい美形ではないか。小姓や生娘のような顔の癖に、いやらしい体つきをしておる。その澄ました面が場末の売女よりも無様に乱れる様を見てみたくなるのう……。おい、人形。お前が代わりに靴掃除をしたいのか？」

嫌悪に満ちながらも、ユウヒは笑顔が引き攣らないように表情を作って頷いた。

「勿論です……人間様！　そのような光栄な役目を私に担わせてくださるなんて、嬉しいです」

そう告げると相手はそんなユウヒを嘲りつつも上機嫌となった。

ユウヒはソウイチロウの制止を振り切り、汚れた靴の前に伏せる。

泥をかぶった履物を前にすると、屈辱と生理的嫌悪感で逃げ出してしまいたかった。

だが、逃げ続けた結果、恩人を死なせた罪悪感が体を動かす。

(大丈夫……、もっと酷い目に遭わされた事もある。こんなの、大した事じゃない……)

そう考え、吐き気を堪えながら恐る恐る舌を伸ばす。

その時だった。

「その必要は無い」

かけられた言葉にユウヒが振り返ると、息を切らせたベニマルと、冷たい眼差しを向けるヤツデの姿があった。

「ヤツデ先輩！　ベニマル殿も……！」

呼びかけると、ヤツデの横でベニマルが涙目で騒ぎだした。

「ユウヒのバカ！　何考えてんのさ！」

「え？　い、いや、でも……」

「本当にバカだよ！　ソウイチロウを助けたいからって、自分を投げ捨てるのが最善なワケないだろ！　ボクはユウヒが傷つくのだってイヤだよ！　何でそれがわかんないのさ！　バカユウヒ！」

口を開こうとしたが、ヤツデに睨まれた。

ヤツデは黒のマスクで口元は見えないが、眼差しと眉の形状だけで相当の怒りが伝わってくる。

だがそれは、ユウヒに対してよりもソウイチロウに対して憤っているようにも見えた。ヤツデのソウイチロウを見る目が非常に冷たいのだ。

ヤツデは老人達に恭しく頭を下げた。その美しい所作に老人達は言葉を止めている。

ヤツデは自身に注目が集まり、誰もが耳を傾ける頃合いに口を開いた。

「こんな閨《ねや》の作法も知らない小僧の舌遣いでは、かえって皆様方の御不興を買うかと。必要とあらば、後程、私が存分に……」

そう告げてヤツデがマスクを指で押し下げ、妖艶な眼差しと共に赤く艶めく舌を淫らに蠢《うごめ》かす。

それだけで体が熱くなるような、性的な表情と振る舞いに機関の人間達は諸々を想像したのか、満足げに笑う。

「ヤツデはわきまえておるな。どちらが隊長か分かったものではない」

「まったくだ。ヤツデの推薦だからと隊長職に就けたが、こんな野暮な犬っころでは先が思いやられる」

ヤツデは笑みを貼りつけていたが、よく見てみると、舌を収めた彼の口元から覗く歯が軋《きし》まんばかりに噛み締められていた。

そうしてヤツデは老人達を手の平で転がすように上手く接し、満足した人間達は嘲りながら去って行った。人間達が居なくなってからソウイチロウがヤツデに近寄り、話しかける。

「ヤツデ！　お前……裏で、そんな事を……」

だがヤツデは指で押し下げていたマスクを放り捨てると、思わず見惚れる程に美しく笑った。

その笑顔にユウヒは酷く嫌な予感がした。

同時に、ソウイチロウがのけぞり、崩れるように倒れた。

何が起こったのかと思ったら、ソウイチロウが顔と股間を押さえて地面に伏せているのだ。

我慢強いソウイチロウが涙目だった。凄まじい激痛に悶絶しているようだ。

「ま、まさか……」

ヤツデはソウイチロウの顔面を拳で殴った上、股座《またぐら》を蹴り上げたらしい。

ユウヒとベニマルが痛みを想像して前屈みになりながら青ざめていると、ヤツデは倒れているソウイチロウの背中を軍靴（ヒールあり）で踏んで、また破顔した。しかし引き攣った笑顔だった。白いこめかみに血管まで浮いている。

（お、怒ってる！　ヤツデ先輩、もの凄く怒ってる！）

その凄まじい圧にユウヒとベニマルはソウイチロウの元に駆け寄る事すら出来ずに怯える中、ヤツデによる蜘蛛の糸のように粘着質な嫌味が始まった。ソウイチロウを踏みながら。

「老人達との交渉事はヤツデに任せて、キミは後輩達を見守り、どっしり構えていたまえと何度も何度も何度も何度も忠告したにも関わらず、搦《から》め手も使えない脳筋の隊長殿が上司との交渉で玉砕して甚振《いたぶ》られ、最終的に可愛い後輩まで危機に晒した原因を作った事に対して謝罪と反省と懺悔《ざんげ》は無いのかな？　それとも顔面と股座《またぐら》にもう一発、お仕置きをブチ込まれないと、そのカタブツの脳ミソまでヤツデの話は浸透しないとでも？　いや、もしかしてキミ、マゾヒストの気があるのかね？　美青年の爪先の一撃で泡を吹いて昏倒するのがごほうびの性癖持ちなのかな？」

物凄い早口で怒りを語った後、ソウイチロウの目の前の土をヒールで削るヤツデ。

恐らく、この場にユウヒとベニマルがいなければヤツデはもっとソウイチロウに拳で訴えていたのであろう雰囲気が、その土壌の抉《えぐ》れぶりから窺い知れた。

更にヤツデは不満げな表情で長い髪をかきあげた。

「そもそも、ヤツデは製造されてからこの方、抱く事はあっても抱かれる事はないのが自慢なのだよ！」

ヤツデが言うには、先程は機関の老人達の手前、奴隷のように尽くしているふりをしていたが、実際は『ヤツデが全員抱いた』との事だった……。

そのヤツデの言葉にベニマルが目を白黒させていたが、いくら神凪が基本的に無類の人間好きだとしても、かの傲慢な老人達にまで性欲を持てるものなのだろうかとユウヒも慌てふためく。

そんな後輩を見て、ヤツデはようやく悪戯な笑みを浮かべて見せた。

「フッ。ヤツデ程の博愛型の神凪ともなれば、むしろ抱けない人間など居ないのだよ」

だが隣のベニマルがボソリと呟いた。

「……エー……。ただの性欲旺盛の雑食型神凪なだけじゃないか。そんなのゼンッゼン自慢にならな……あぁあああ！　ちょ、ヤツデ！　止めてよ！　顔面掴《つか》むの止めてよォ！」

ヤツデは笑顔のままベニマルの顔面を片手で絞め上げていた。

ベニマルの足が地面からちょっと浮いていたが、ユウヒが恐怖にかられている間に、ソウイチロウは今度は本心からの土下座をしていた。

「ヤ、ヤツデ！　止めてくれ！　ベニマルは何も悪くないんだ！」

「いや、悪いだろう？　今、目の前で喧嘩を売られたのだがね？」

後輩を無限に甘やかすのは止めろと叱るヤツデに、ソウイチロウは詫び続ける。

「すまん！　ヤツデ！　いつもお前にばかり負担をかけていたから、せめて今日くらいは、肩代わりしたかったんだ！　結局、お前に迷惑を……」

しかしヤツデは眉間を寄せて怒りも露わだった。

「ああ、迷惑も甚《はなは》だしかった！　そもそも、ヤツデはキミにそんな事を望んでいないし、頼んでもいないが？」

腕組みをして辛辣《しんらつ》に応えるヤツデに、ソウイチロウは身を起こすと、頬を掻いた。

「いや、今日はお前の誕生日だろう？」

「……ん？」

その言葉に誰よりも驚いていたのはヤツデだった。

そういえば、ソウイチロウは神凪全員の製造日を覚えており、ユウヒも祝われた事が何度もあった。神凪の安い給料では特に何も買えなかったと申し訳なさそうにしながら、ちょっとした菓子のプレゼントと共に、いつも生まれた事を祝福してくれるのだ。

確かにソウイチロウは非情な決断には向いていないかもしれない。

だが、両親も家族も存在しない人造人間だからこそ、人間達が家族を愛するように同胞を愛したいと考えていると聞いたことがある。そんな彼の優しさを心から慕う神凪も多い。

「いつも多忙なお前が、少しでも一人でのんびりと過ごせる時間を贈りたかったんだが……。はは、結局、巻き込んですまなかったな。本当に、自分は駄目な隊長だ」

苦笑するソウイチロウを見るヤツデの顔には、もう怒りの色は無かった。

舞台の上で、どういう仮面をかぶればいいのか迷っている役者のようにも見えた。

そして背を向けてしまうと、ぽつりと呟いた。

「……本当に……、バカな男だな、キミは」

ヤツデの表情は見えなかった。

だが、きっと喜んでいるのだと思い、ユウヒもソウイチロウに続く。

「ヤツデ先輩、製造記念日、おめでとうございます！」

ヤツデの傍に寄って声をかけると、彼は顔を上げて此方《こちら》を見ると、はにかむような優しい笑みを浮かべた。その儚ささえ感じるような美しい笑みに胸が熱くなり、ユウヒは興奮気味に続ける。

「あ、あの、こ、こんなのしかありませんが、良かったら……」

お祝いを述べつつ、なけなしの給金で買った髪紐を軍服のポケットから出してヤツデに差し出した。ベニマルも、こくこく頷きながら同じく祝いを口にする。

「そ、そうだよね！　おめでたい日だもんね！　ヤツデ、記念日おめでと！　え、えっと、ボ、ボクも何か……」

ベニマルはポケットから飴を出そうとしていたが、包み紙しか入っていなかった。それでも急いで包み紙で鶴を折り、ユウヒと同じように両手に乗せてヤツデに贈る。

後輩の善意は無下に出来なかったらしく、ヤツデは砂糖菓子にでも触れるような優しい手つきで髪紐と包み紙の鶴を受け取ると、眩し気に目を細めた。

「……可愛い後輩をもって、ヤツデは幸せ者だ」

ヤツデの怒りが収まったとホッとしていると、ベニマルが口を尖らせた。

「そーだよ！　そんな可愛い後輩の顔面を砕こうとしてたんだからね！　大体、毎年ヤツデは自分の製造日の一週間前に、お気に入りの神凪にプレゼントをねだるからいつもは覚えてたけどさ～、今年は忙しかったし、いつものヤツデの催促が無かったから忘れちゃったじゃん！　だからボクわるくないモン！」

　確かに今年はウミナオシケが増えて出撃回数も多かった。だからと言って、忘れていても仕方ないと言い切るベニマルに、ユウヒは流石に上官にその態度は失礼ですよと止めようとした。

　が、ヤツデはまるで銀幕のスタァの如《ごと》き華麗な笑みで答えた。

「ふふふ。可愛い後輩達のヤツデへの愛を知りたいのさ。そういうわけで……ソウイチロウ」

　ヤツデは後輩から貰った贈り物を両頬にあてながら、ソウイチロウを呼んだ。その愛らしい仕草にソウイチロウも笑顔で「ん？　なんだ？」と、にこにこしていたが、ヤツデは妙に弾んだ声で告げる。

「ヤツデは伊呂波亭《いろはてい》のカツレツが食べたいんだがね」

「え」

　その名称を聞いた途端、ソウイチロウが笑顔のまま硬直した。

　が、ヤツデは構わずに畳みかける。

「無論、御馳走してくれるだろうね？　なにせ、このヤツデを休ませたいと、出来もしない社交を引き受けて余計に事態を面倒くさくしてくれた素晴らしい隊長殿なのだから？　むしろ隊長殿の甲斐性をこの副隊長のヤツデに見せるという名誉挽回の機会を与えてあげるのだから、逆に感謝してくれたまえよ」

　ネチネチと責めており、明らかに根に持っている……とユウヒが絶句する。ソウイチロウも誕生日プレゼントという名の詫び（高価）をねだられていると察知して驚きの呻《うめ》き声を漏らしていた。

伊呂波亭のカツレツの値段といえば、神凪の給料の数日分に相当する高級料理だったはず……。しかもヤツデは細面に似合わず、ガッツリした肉食が大好きな上に、カツレツも人間の成人男性の十人前を一機でペロリと平らげるのだ。

（ヤツデ先輩は、シンレイ殿と同じくらい食べるからなぁ……）

食事時にヤツデとシンレイが並ぶと、テーブルの上に空の皿が積み上がり、彼等の姿が見えなくなる程だった。

食事担当の人間から『ヤツデとシンレイの飯だけ水で薄めてカサ増しさせろ。そうでもしないと二機の所為で食材も人手も足りなくなる』と苦情が出ていたくらいだ。

そんな健啖家《けんたんか》なヤツデの望むままに御馳走すれば、ソウイチロウの給料は軽く吹っ飛ぶだろう。

ソウイチロウが青ざめた顔で此方《こちら》に助けを求めるような視線を向けてきた。

しかしベニマルは即座に目を逸らし、関わり合いを拒絶する。ユウヒは自分までソウイチロウを見捨てるわけにはいかず、意を決して懐から薄い財布を取りだす。

そして震える手で中身の小銭を手の平に並べてソウイチロウに渡そうと手を伸ばした。ソウイチロウは動揺していたが、その手に握らせようとする。

「あ、あの、私、これだけしか持っていなくて……！　申し訳ありません！」

「い、いや、ユウヒ、違うぞ！　自分は財布を出せとは言ってな……」

「隊長には毎日お世話になっているのに、役立たずで真に申し訳ありません！」

受け取ってもらえずに押し問答してしまう。

そんな遺り取りを何度か繰り返した時だった。

そのソウイチロウの鼻先を何かが霞めて近くの産女の間の外壁に刺さったのだ。

何が飛んできたのかと壁をまじまじと見ると、見覚えのある白骨製の刃物だった。

こんな特殊な凶器を投げる者は一機しかいない。

ユウヒは先程まで補給で滞在していた産女の間に視線を向ける。

そこからシンレイが、いつもの無表情で此方《こちら》に向かっている姿が見えた。

しかもシンレイは脇腹に指を突き入れると、水面から手を引き抜くようにして取り出した肋骨を鋭利な刃物に変えながら近づいてくる。

そして自作の骨ナイフをソウイチロウに投げつけようとしているので、ユウヒは慌ててソウイチロウとシンレイの軌道上に手を広げて飛び出した。

「シンレイ殿！　何してるんですかァ！」

問いかけると彼はユウヒをジッと見つめながら淡々と説明しだした。

「……知ってるぞ。ソレは、ユウヒがよくヒビキやマガムネにやられていた事だ。『かつあげ』という、不法行為なのだろう？」

「いや、全然違いますよ！」

「お前から搾取しようとする奴は誰であろうと殺す」

だから殺す気で脳を狙って飛び道具を投げてきたのかと驚いたが、横からソウイチロウとベニマルが口を挟んだ。

「何？　ユウヒ、お前、ヒビキやマガムネから恐喝されていたのか？」

「ちょ、シンレイ！　その前に服を着なよ！　すっぽんぽん！」

シンレイは補給の途中で飛び出してきたのか、長い髪と足の間からは引き千切られて戦血を垂れ流す背骨のコードが無残に引きずられているのが見えた。

ユウヒとベニマルが上着を脱いでシンレイの腰周りやら胸を隠す中、ソウイチロウはヒビキやマガムネがカツアゲをしているか調べると正義感に燃え、ヤツデは溜息をついた。

「……やれやれ。シンレイの破壊行為の始末書作成でヤツデの記念日は終わりそうだな……」

第三章　帝都市街戦

　あの夜から数日間はウミナオシケの出没も無く、落ち着いた時間が流れていた。

　ユウヒは神凪の宿舎の裏手にある井戸の傍で、盥《たらい》に張った水に映る青空を見つめながら、ふうと息を吐いた。

「定期的に殲滅《せんめつ》戦をすると、ウミナオシケの発生率は落ちる……」

　盥《たらい》の水の中では洗濯物が風で波立つ水面に合わせて、ゆるゆると踊っている。

「次の殲滅《せんめつ》戦はいつかな……」

　囮を使って帝都中のウミナオシケを掻き集めて倒す案は神凪発足時からあったらしいが、今のように平常化はしなかった。

　何故なら、囮役に選ばれた神凪は全て戦死してしまうからだ。

（ウミナオシケは恐怖で獲物を判別する……）

　だから神凪の中でも恐怖心が強い者が強制的に任命され、馬で引きずられて帝都を走り回るという非道な方法も過去にはとられていたらしい。

　しかし、おぞましい化物に追い立てられる死の恐怖に怯えて暴れた囮役の所為で馬が転倒した結果、牽引していた神凪が囮役ごと喰われたりと散々な結果だったと聞く。

「……今は、私しかいないのだから、気を引き締めて頑張らねば……」

呟きながら洗濯板に衣を擦りつけて汚れを落とそうとすると、洗い終わりかけていた盥《たらい》の中に汚れたシャツや靴下が放り込まれた。

「あ」

顔を上げると、狙撃役の神凪が数人、ニヤニヤ笑いながら話しかけてくる。

「おい、ユウヒ。後輩なんだから、先輩の分も洗っておけよ」

「戦闘できねぇ雑魚なんだから、雑用ぐらいやって当然だろ?」

「お前みたいな弱虫の服なんかより、俺ら花形の狙撃兵の軍服優先しておけよ」

シンレイやソウイチロウ、ヤツデがいないと直ぐに絡まれるが、ユウヒは角を立てないように頷き、自分の服を後回しにしようと盥《たらい》の中から取り出しかけた時だった。

「あ〜！　ユウヒにーちゃ、またいじめられてるゥ〜！」

低音の大きな叫び声にユウヒだけでなく、狙撃兵達も飛び上がった。声の方向に全員が目を向けると、白い髪の大柄な青年が盥《たらい》に山盛りの洗濯物を抱えたまま、目を白黒させて騒いでいた。

白髪の青年は持っていた盥《たらい》を洗濯物ごと地面に放り出すと、宿舎に振り返って呼びかける。

「シンレイ！　ソウイチロウにーちゃーー！　ヤツデにーちゃーー！　タイヘン！　タイヘンだよォ〜！　ユウヒにーちゃが、いっぱい、こわいカオしたヒトにかこまれて、せんたくもの、いーっぱいにふやされて、いじめられてる〜！　たすけてあげて〜！」

木造の宿舎を揺るがさんばかりの大音量の台詞の直後、ユウヒとシンレイの部屋の窓が勢いよく開いた。

そして部屋からシンレイが顔を出し、此方《こちら》に視線を向ける。

「何？　ユウヒが？　本当か、ハクマル！」

シンレイはユウヒに頼まれて部屋で炭火アイロンを使っていたので、手にアイロンを持っていた。

そんなシンレイにハクマルと呼ばれた白髪の青年は両手を上下に振りながら狙撃兵達を示す。

「そおだよ！　シンレイ！　はやくはやく！　ユウヒにーちゃをたすけてあげて！　ユウヒにーちゃ、ビエーンって、ないちゃうよ！」

な、泣きませんよ！　と注釈したが、二階のシンレイは途端に目つきが険しくなり、狙撃兵達を睨み据えた。

猛獣のような眼差しと此処《ここ》からでも判別できる程に歯を食いしばる姿に狙撃兵達は「ちょ」「ち、ちがっ」「やめっ」と狼狽《うろた》えていたが、シンレイは直ぐに窓から飛び降り、ユウヒの前に着地する。

そして肩にかかる長い髪を指で弾くと、狙撃兵達を振り返った。

「……ユウヒを虐める奴は、全て殺す」

ユウヒからはシンレイの背中しか見えなかったが、凍りつくような低い声で告げるシンレイに周囲から悲鳴が上がっている状況からして、かなり怖い表情をしていると予想できた。

しかも高温の炭火アイロンを片手に持っているのが更に恐ろしかったらしく、狙撃兵達は言い訳もそこそこに宿舎の方向に我先にと逃げ始める。

シンレイが無言で追いかけようとしたので、ユウヒは急いで彼の背中に抱きついて止めたが、怪力で大柄なシンレイは止まらずに進み続ける。

「シンレイ殿！　私は無事ですから！　泣いてませんから！　落ち着いてください！」

「……」

だが落ち着くどころか、更に進むシンレイの様子に、騒ぎを聞きつけて出て来たベニマルが驚きの声を上げた。

「シンレイー？　ちょ、アイロン持って、腰にユウヒくっつけて何してるのさ！　危ないから止めなよね！　ユウヒが火傷したらどうするのさ！」

ベニマルの言葉にシンレイはネジが飛んだ機械のように瞬時に停止する。そしてアイロンを地面に放り捨てると、急いで此方《こちら》に顔をむけてきた。

「……ユウヒ、すまない。火傷していないか？」

「し、してませんしてません！　というか、その炭火アイロン、ヤツデ先輩から借りたものなので雑に扱ってはいけませんよ！」

地面に刺さっているアイロンをハクマルが目を輝かせながら触ろうとして、双子の兄のベニマルに怒られている。

だがシンレイは本当に火傷をしていないのかと此方《こちら》の前髪を捲《めく》って額を見たり、頬や首元やら確認しており、先輩からの借り物への扱いなど意に介していなかった。

それ所か「あの旧型の私物など、どうでもいい。お前の体の方が大事だ」等と、大暴言を口にしていた。

こんなの誰かに聞かれでもしたら……と案じるユウヒだったが、ベニマルがアイロンを確保しながら呆れ顔で呟いた。

「もー、シンレイはホンット、ユウヒの事しか眼中にないよね」

ベニマルの言葉に弟のハクマルは明るい顔で大きく頷く。

「でも、ハク、シンレイのキモチ、わかるなぁ～。だって、おなじトキにうまれた、にーちゃって、イチバンすっごく、だいすきだもんね！」

そう言いながらハクマルがベニマルを笑顔で見下ろすと、ベニマルはハクマルを見上げてから、無言で目を逸らした。

ハクマルに話しかけられているのに、明らかに無視したのだ。

「……」

「……」

ハクマルがオロオロし、気まずい空気が流れた。

ベニマルとハクマルもユウヒとシンレイと同じ『双子機』だった。

同日同時刻に同じ産女の間で製造完了した個体で、ユウヒとシンレイのように片方が落ちこぼれで、残りが最優秀性能を持って完成する事は稀だ。

大概は二機とも、通常の神凪より性能が大幅に落ちるとされていた。

その証左に、ベニマルは神凪で最も幼い外見で誕生し、戦闘性能は人間とそれほど変わらない。

逆にハクマルは、七尺以上の背丈を誇り、筋肉質な肉体をもっていたが、精神面が人間の幼児に近く、ウミナオシケと対峙しても、兄のベニマルの背中に隠れてばかりで戦わない。

そして神凪には成長の概念が無い為、外見も筋力も永久に変化しない。

それ故にベニマルは皆から子供扱いされ続ける事を歯痒く思っているらしく、弟が恵まれた体躯をもちながらも非戦闘員であろうとするのを軽蔑しているようにユウヒには見えた。

（ハクマル殿が傷つく姿は心が痛むけれど、ベニマル殿の気持ちもわかってしまう……）

ユウヒとて昔はシンレイの優秀さに嫉妬し続けた。

色々あって現在はシンレイと交流できているが、それまでは今のベニマルとハクマルよりも関係性が悪かったのだ。

（お節介とか、するべきではないかもしれないけれど、ベニマル殿もハクマル殿も、こんな私にいつも心優しく接してくださる素晴らしい方々だから、何とか打ち解けてもらえたら良いのだが……）

悩んでいると、シンレイがハクマルに問いかけた。

「双子機とは、ダイスキという感覚に、なるものなのか」

何を質問しているのかと驚くユウヒだったが、ハクマルは両手の拳を握り締めて、ウンウンと頷いた。

「そ〜だよ！　ハクは、ベニマルにーにがダイスキなんだぁ〜！」

「具体的な事例を述べろ。それでは理解できん」

シンレイのドス の効いた声にもハクマルは気分を害する事なく続けた。

「いいよ〜！　あのね、もっといっしょにいたーいっておもうし、いーっぱいオハナシしたいし、あたまナデナデしてもらいたいし、おいし～もの、いっしょにたべたら、も～っとおいしくかんじるし、にーちゃがわらってるとハクもうれしいし、にーちゃがいると、それだけで、むねがホワホワするんだ～！」

「……」

シンレイは黙っていたが、聞き終えてから此方《こちら》を無表情で見つめてきた。

何となく気まずくて目を逸らすも、まだ見られている気配を感じた。

(な、なんでそんなに見るんだろう……？)

双子機は片方がもう片方に異常に執着する事例もあれば、お互いに殺し合う事もあると聞く。

確かに過去のユウヒはシンレイを激しく羨み、嫉妬した。だが今は彼に憎しみは無い。

(今はただ、シンレイ殿が実力を発揮できるようにサポートするのが、私の役目で……償《つぐな》いだ)

それに一概に言えないのだが、ユウヒが思うに、シンレイはハクマルとは違う。

(シンレイ殿は他の誰にも性的興奮を抱けないから……)

先程、狙撃兵から庇ったのも、火傷をやたらと気遣っていたのもそうだ。

ユウヒが肉体を損傷して性欲処理行為に支障をきたせば、シンレイは持て余した性欲を発散できない。

性欲と連動している攻撃性が淀めば、戦闘面に曇りが出る。

シンレイはユウヒ以外では自慰ですら達せない程に徹底している男なのだ。

だから今は唯一無二の性処理相手であるユウヒを必死で守ろうとするのは当然の事で、そこに愛だの恋だの、人間達のような感覚があるとは思えなかった。

ふと、ユウヒは帝都で見かけた人間の夫婦や恋人の姿を思い出す。

（……人間様は大切に想う方とは結婚するまで、手も握らない奥ゆかしさこそが誠実な愛なのだと聞いた。……私とシンレイ殿とは真逆だ）

そこまで考えてから、ユウヒは頭を振った。

体を重ねない日など無い程、獣のように交わるだけの相手に何を求めているのだろうか。

色々と考えていると、何故かシンレイが身を屈めて、頭部を見せてきた。

そしてそのまま動かなくなった。

「……何してるんでしょうか、シンレイ殿」

シンレイの奇行に疑問を投げかけるも、相手は無言になる。

「え、えっと……シンレイ殿？」

この状態のシンレイをどうすればいいのかわからなくて戸惑っていると、ハクマルが話しかけてきた。

「ユウヒにーちゃ！　シンレイのあたま、ナデナデしてあげて！」

「え？」

シンレイの頭と自分の手の平とハクマルの顔に視線を巡らせていると、ハクマルは平手打ちするような大振りの手つきで急かしてきた。

「ほらほら、シンレイ、ユウヒにーちゃにナデナデしてもらいたいんだよ！　シンレイも、ユウヒにーちゃに、おねがいしよ！　ナデナデしてして、いっぱいしてって！」

そんなわけないと思っていると、シンレイが小声で告げた。

「……なでなで……」

「ん？」

問い返すと、更に小さな声で繰り返された。

「……なでなで、というものをしてくれ」

「ぇえ？」

まさかの要望にユウヒは後ずさる。

「な、なでなで、でしょうか？」

「ああ。なでなでだ」

念押しされたが、シンレイの後ろではハクマルが「なでなで！　なでなで！　いっぱいなでなで！」と手を叩いて応援してくるし、ベニマルはシンレイとハクマルの行動に、どうすればいいのか困惑している。

ハクマルの期待に満ちた瞳と、シンレイの先を促すような雰囲気と、ベニマルの心配げな表情を目にしながらも、ユウヒは迷った。

いくらシンレイが望むとは言え、頭を撫でるのは、人間社会では大人が子供を褒める時にするものだったりと『目上の者が目下の者への行為』だったはずだ。

（そ、そんな事をシンレイ殿よりも低性能で成果もあげていない私がやるなど、許されない事では！）

それに戦闘に必要な攻撃性を得る為の性行為と違い、頭を撫でる行為はどう考えても性行為ではないと思う。ならばシンレイの調整に必要とも思えない。

悩みながらも動けずにいるユウヒの目の前で、シンレイの頭を大きな手が撫で回した。

視線を上げると、そこにはソウイチロウが立っており、シンレイの頭をわしわし撫でている。

「た、隊長？」

ユウヒが呼びかけると、ソウイチロウはニコッと笑った。

「ハクマルの声が聞こえたが、なんだ、シンレイ、お前、頭を撫でてもらいたかったのか！　よし！　自分で良ければ、存分になでなでしよう！」

そう言いながらシンレイを撫で続けていた。

シンレイの頭が左右にブンブン揺れる程に撫でられていたが、シンレイは直ぐにソウイチロウの手を振り払う。まるで猫が飼い主の手を弾くような素っ気なさだった。

隊長に対して、あまりに失礼な態度だったが、シンレイはいつもの無表情に何処となく、翳《かげ》りも含ませていた。それを見たベニマルが口を覆う。

「シンレイ……。飼い主に裏切られた柴犬みたいな顔してるんだけど……」

しかも死んだ魚のような目になっていた。そこまで嫌だったのか……。

ハクマルが「シンレイ、どんまい！」と励ましていたが、シンレイはソウイチロウを見て、舌打ちして睨んでいた。態度が悪すぎるのではないだろうか。

それどころか、シンレイは何か大切なものを汚されたとでも言わんばかりにユウヒの元に歩いてくると、突然、後ろから抱きついてきた。

「わわ、シンレイ殿？」

まさかこんな場で発情したのかと焦ったが、シンレイはユウヒの頭に顔をくっつけると、無言になる。何をしているのか不安になっていると、ベニマルが震えながらシンレイを指差す。

「ね、猫吸いだ……！」

猫吸いとは、人間が猫に顔をくっつけて呼吸する行動らしいが、何故かユウヒの頭部で始めている。しかし無言でスーハーされて、ユウヒは複雑な気持ちになった。

（シンレイ殿にとって、私は猫扱いなのか……）

同族扱いすらしてもらえていないのかと思っていると、猫吸いならぬユウヒ吸いを繰り返して満足したらしいシンレイが、ようやく解放してくれた。

だがシンレイはソウイチロウが自分に近づこうとすると、喉から低い唸り声を漏らし、威嚇のような事をし始めている。

ソウイチロウは狼狽《うろた》えており、明らかに良くない行動だった。

「シンレイ殿！　どうして隊長に威嚇するんですか！　駄目ですよ！　そんな事しては！」

シンレイはソウイチロウに対して近づくなと怒っているようだが、ソウイチロウは何でここまで嫌われているのかわからずに戸惑っているし、ユウヒもシンレイの態度がわからず、謝り倒すくらいしかできなかった。

しかし、誰からも好かれるソウイチロウが撫でたのに、こんなにも嫌がるくらいなのだから、自分が撫でていれば、もっと不機嫌になっていただろうとユウヒは思った。

撫でなくて良かったと安堵《あんど》していると、ハクマルがソウイチロウに駆け寄って頭を差し出していた。

「ソウイチロウにーちゃ！　ハクのあたまも、なでなでして〜！」

ハクマルは神凪一、長身なのでソウイチロウよりも大きかったが、そんな巨躯《きょく》の青年に対してソウイチロウは嬉しそうに応えた。

「勿論だ！　ハクマルも、なでなでしよう！」

「わ〜い！　なでなで！　なでなで〜！」

ソウイチロウとハクマルの方が兄弟に見えるような微笑ましい光景だったが、いつの間にか近づいてきていたヤツデが呆れたように首を振り、ソウイチロウとシンレイを見て溜息をついていた。

「……やれやれ、隊長殿は空気が読めなくて困る。あそこはユウヒに譲るべき所だろう」

「ん？　ヤツデ、空気は見えないのだから読めないだろう？　ああ、ユウヒも、頭を撫でられたかったのか？」

ソウイチロウはヤツデの嫌味に天然な返しをしていたが、彼等も天気が良いので洗濯をしに井戸へやってきたらしい。

そうして、全員で洗濯に勤しむ事となった。ハクマルが楽しそうに井戸の手押しポンプを上下させる度に冷たい井戸水が飛沫を上げて溢れ出し、それをベニマルが盥《たらい》で受けている。

ユウヒも彼等に混じって洗濯板に衣服を擦りつけた。

しばらくすると、ベニマルが隣で盥《たらい》に水を溜めているソウイチロウに文句を言い始めた。

「ねえ、ソウイチロウ！　洗濯シンドイよ！　帝都では臥子《ガス》を使った洗濯機とか発売されてるんでしょ？　それ、神凪にも導入してよね！」

帝都では臥子《ガス》を応用した道具が次々と開発されているらしいが、どれも高級品で一般家庭には普及していない。

ましてや予算が少ない神凪相手では……と考えていると、ソウイチロウは肩を落としていた。

「ああ、それは自分も欲しいんだがなぁ……。洗濯は脱水が面倒だからなぁ……」

「だよね？　欲しいよね！　じゃあ買ってね！　はい、決まり！　ほら、ユウヒも欲しいでしょ？」

ベニマルに話を振られたが、ユウヒは癖で咄嗟に否定してしまった。

「いえ、私のような囮にしか使えぬ者に、そのような人間様の高尚な文明の利器など……」

そう言いかけてハッと気づいた。

この場に居るのは、誰もが戦闘で役に立つ神凪ばかりだ。それに比べて……と我に返る。

「も、申し訳ありません！　本来ならば私が皆様の衣服を一手に担うべきでしたのに！　気が回らず……お、お許しください！　今直ぐに洗浄の後に脱水行動に移行します！」

頭を下げて詫び、急いで全員から盥《たらい》を奪い取ろうとすると、ソウイチロウとベニマルに止められた。しかも何故かシンレイがソウイチロウに向かって「自分で洗え。ユウヒを使うな」と怒りだしたのだ。

ソウイチロウは一言も命令などしていないと伝えても、どういうわけかシンレイの中で『ソウイチロウが強制した。ユウヒは嫌なのに嫌と言えない。殴る』と変換されているようだった。

揉めかけたが、ハクマルがブリキの金魚を大量に浮かべた盥《たらい》の中身を流し込んできた事で争いは中断された。

ベニマルが金魚を盥《たらい》から放り投げて出しながら、投げた金魚を手拭いで拭いて並べていたソウイチロウに訴える。

「もー！　いっつもハクマルがこうやって邪魔するんだもん！　洗濯機ゼッタイ、要るってば！」

「そうだな、欲しいなぁ……。だがなぁ、上層部の予算会議すら通らないんだ……。『人造人間とはいえ、綿津見《わだつみ》男子たる者が洗濯ごときに泣き言を抜かすなぞ言語道断！』とか言われてなぁ……」

「はぁ？　何それ！　アイツらは自分で洗濯しないから、シンドさがわかんないんだよ！」

むくれるベニマルの向かいに居たヤツデは新品の洗濯石鹸を箱から出しながら付け足した。

「お偉方は我等にみすぼらしい格好はするな、民衆を失望させる振る舞いは止めろと言いながら、金銭面は渋る方針だから、仕方あるまいよ」

そう言いながら、ヤツデがユウヒに石鹸を手渡してくる。

「え、あ、あの、ヤツデ先輩？」

「使いたまえ」

「ええ？」

薄給の神凪にとって石鹸は高級品の為、米のとぎ汁で服を洗うしかなかった。

だから突然の石鹸贈呈に驚いていると、ヤツデがウィンクした。

「可愛い後輩に差し入れだ。なぁに、心配せずとも、貰い物だ。気兼ねなく使いたまえ」

それでも遠慮していると、ソウイチロウが笑いながら背中を押す言葉を向ける。

「そうだぞ！　ヤツデは帝都中の御婦人から毎日のように贈り物を貰ってるから、気にせず使うといい！」

ヤツデは「キミが貰ったものじゃないだろうに」と呆れていたが、二機がかりで押しつけられるように石鹸を受け取らされた。

神凪の中でも人間の女性から人気がある者には毎日のように基地に差し入れやらプレゼントが届いていた。特にヤツデは美形で社交的なのでモテるらしく、両手で持ちきれない程の花やお菓子を受け取っていた事を思い出す。

ヤツデだけでなく、シンレイもその美貌から人気があり、街に出れば直ぐに女性に囲まれるぐらいなのだが……。

しかし愛想がないシンレイは喋らないし、話しかけられても人間を無視して歩くし、それでもついてくる者には冷淡な眼差しと共に『しつこい』『鬱陶しい』『近づくな』と暴言を吐くので、そんな彼の仕打ちに大半の人間が心を折られて去っていった。（それでも一部『シンレイ様！　ありがとうございます！　ご褒美です！』『もっと冷たく、虫ケラ見るような目でお願いします！』と慕い続ける、逞しい人間もいたが）

だが赤貧《せきひん》気味な神凪にとって差し入れは貴重だ。

それを自分に分け与えてくれる事に申し訳なさはあるものの、素直に嬉しくて、ユウヒは、頭を下げて礼を述べる。

「あ、ありがとうございます！　ヤツデ先輩！　貴重な物資を頂き、光栄です！　このユウヒ、ヤツデ先輩のご厚意の塊である物資をひとかけらたりとも損壊せぬよう、大切に保管いたします！」

するとソウイチロウとヤツデに同時につっこまれた。

「いやいや！　使わないと古くなるぞユウヒ！」

「今、使いたまえよ！　ハクマルは喜々として泡だらけにしているしね」

ヤツデが指差した先ではハクマルが目をキラキラさせながら石鹸を無駄に泡立てており、盥《たらい》から溢れだす状態にしていた。その泡をベニマルの盥《たらい》に、せっせとのせている。だがベニマルは嫌がっていた。

「ちょ！　ハクマル！　やめてよ！　ボクの洗濯物が見えないじゃないか！　しかも、石鹸をそんなに無駄遣いして！　勿体《もったい》な……って、ヤツデも、新しい石鹸をあげてハクマルを甘やかさないで！　このコ、際限とか知らないんだから！　ああ！　ハクマル！　シンレイと一緒に泡立てるの止めなってばぁ！　も～！」

小柄なベニマルが可愛らしい顔で怒っている姿は申し訳ないが何だか微笑ましい。

そんな中、シンレイはハクマルと共に石鹸を泡に変えてから、その盥《たらい》から天高くそそり立つ白い塊を持って近づいてくると、ユウヒに差し出した。

「シンレイ殿、どうしたんですか？」

問いかけると、シンレイは短い一言を告げた。

「やる」

「えっ？」

何事かと思うも、シンレイは真顔で盥《たらい》をズイズイ近づけてくる。

あまりの泡の量に盥《たらい》からボロボロ落ちる程だったが、それを寄せてくる。

「お前にやる」

「あ、ありがとう、ございます……？」

とりあえずお礼を伝えると、シンレイは、表情は変わらないが、ふっと空気を和らげた気がした。

だが……。

（な、なんか距離、近くないですか？　シンレイ殿……？）

洗濯している真横で作業を凝視され、気まずくてたまらなかった。

耳元に吐息を感じる距離感で、少し視線を動かして彼を見れば、その長い睫毛《まつげ》に触れてしまいそうだった。

シンレイは何でも一度見たら習得してしまう故に、ユウヒのような何をしても手際が悪いポンコツな存在を物珍しく見てるのだろうかと思っていると、シンレイが話しかけてきた。

「……もっと要るか？」

「え？　何を？　あ、もしかして泡をですか？　また作る気なんですか？」

シンレイは、鋭い目つきのまま、こくこくと頷いている。

だが、正直もう泡を使う必要は無かった。

「え、えっと、もう使いませ……」

「……！」

既に石鹸を握り締めて泡立てようとしていたシンレイが驚いた猫のように頭の髪をピンと跳ねさせていたので、慌てて言い直した。

「あっ、あっ、お、お気持ち、ありがとうございます！　でも私の洗濯物に構わず、シンレイ殿の洗濯に取りかかってくださ……って、あれ？　無い？　シンレイ殿、洗濯物は無いのですか？」

「無い」

きっぱり即答していたシンレイだが、確かに彼だけ盥《たらい》を持っていなかった。ひたすらハクマルの盥《たらい》で泡を無限増殖させている。まさか……とユウヒが顔を青くしていると、ベニマルが急にシンレイの軍服の裾を強く引っ張った。

途端、シンレイが「痛い。止めろ」と告げる。

その反応に誰もが察した。

そしてベニマルは絶叫した。

「あー！　シンレイ！　オマエ、また服、着てないままウロウロしてる〜！」

ベニマルの言葉にソウイチロウとヤツデも両手を泡まみれのまま立ち上がった。

「シンレイ！　お前、軍服っぽく見せかけて、今、全裸だったのか！」

「キミ、出撃時ならともかく、その変形能力を日常的に悪用するんじゃない！」

何処からどう見ても服を着ているように見えるが、肉体の形状、そして質感をも自由自在に変化させられるシンレイは、戦闘の度に肘や脇腹から骨で練成した刃物を抜き出す為、とにかく衣服の破損率が高かった。

初期は破れる度に縫《ぬ》って直していたが、そのうち、遂に嫌になったのか『どうせ破れるのだから、これでいい』と表皮を服っぽく変形させて出歩くようになってしまったのだ。

その完成度から全裸とは思えなくとも、実質全裸なのが人間達にバレると流石に外聞が悪い。だからソウイチロウやヤツデが嫌がるシンレイに無理矢理に服を着せても、気づいたら廊下にバリバリに破れた服が落ちている。

『またシンレイが全裸で歩いてる……』と神凪の誰もが残骸を目にして察するようになった。

しかし、破り捨てる程に嫌ならせめて破らずに畳んで返しましょうと道徳的に諭しても、シンレイからすれば無理矢理に窮屈な服を着せてくるソウイチロウとヤツデの私物を破壊して返す事が無言の抵抗のつもりなのかもしれない。

だが、いくら神凪最強の個体といえども、そんな無体が通るわけもなく、隊長格×2に左右からガミガミ怒られているし、正面ではベニマルもキャンキャン喚いている。

「シンレイ！　お前、変形能力は気を抜いたら元に戻る事を忘れていないか？　以前、クシャミした時に市街地で一瞬、裸になっていただろう！　しかも帝國劇場前で！」

「あの時はヤツデも流石に肝が冷えたんだがね！　ユウヒが俊足で隠したから良かったようなものの、そんな危険な状態で外をウロつくなんて、そういう性癖でもあるのかと不安になってくるのだが！」

「シンレイのバカ！　ハクマルが真似したら、どう責任とってくれるのさ！　ていうか常に全裸って何考えてんのさ！　まさか脳ミソの釘がグラグラして、頭おかしくなっちゃったんじゃないよね？　そうじゃないなら服着なよバカァ！」

シンレイは先輩格に左右から、後輩に正面からという三方同時で怒られても平然としている。

恐らく耳の形状を変形させて小言を聞かないように鼓膜を塞いでいるのだろう……。

ソウイチロウらに説教される時は目を開けてる姿に見えるように目蓋を変形させて、寝ているような男なのだ。それがバレれば余計に怒られるというのに。

（いや、今日は聴覚を捨てていても、まだ目を開けて相手の顔を見ているだけ、真面目な態度……？の、ような……？　気もしてきた……？）

困惑してしまったが、そんな恵まれた才能を悪用してばかりのシンレイにヤツデが業を煮やしたらしく、ポケットから手帳を取り出すと、そこに何かを書いてからユウヒに見せた。

えっと……と声に出して読みかけるも、ヤツデに止められた。

「これをシンレイの目の前で、指示にある姿勢を作って読みたまえ」

「え？　私などが行っても気持ち悪いだけでは……」

だがヤツデはニッコリ笑って、背中から黒い圧を出す。

「四の五の言わずにやりたまえ。上官命令だ」

上官命令……と、思いつつ、ユウヒはヤツデから指示された台詞を何度も脳内で繰り返しながら、シンレイの傍に渋々と近づいた。

シンレイはハッとしたように此方《こちら》を見ていたが、ヤツデの指示通りに目の前で上目遣いをしてみる。

「……」

シンレイは微動だにしないまま見つめてきた。瞬きすらせず、あまりにも反応しないので気味悪がられているのかもしれないと泣きたい気持ちになってきたが、命令なので逆らえない。

（うぅ……。人間様の女性ならともかく、私のような男がこんな事をしても気色悪がられるだけでは……）

そう思いながらも、ヤツデの指示の構えをとる。

上目遣いで、体を少し傾け、片足の爪先で地面をつつきながらも口元をアヒルっぽくしながら人差し指をあてるという難易度の高い表情と姿勢で、ユウヒはメモの台詞を口にした。

「シ、シンレイ殿」

「どうした」

鼓膜の封鎖は解放したのか、会話が通じた。

なのでユウヒはそのまま会話を続行する。心を殺しながら。

「シンレイ殿、あ、あの」

「ああ」

まるで命令を待つ犬のように頷いて見つめてくるシンレイに、ユウヒは裏声と共に演じる。

「ユウヒぃ～、シンレイ殿が軍服でおめかししてる、かっこいぃ～姿が見たぁ～いなっ？」

「……は？」

真顔で問い返されたが、メモの最後に書かれていた台詞も意を決して告げる。

「シンレイ殿ぉ、ユウヒの、お・ね・が・い！　きいてくれるぅ？　にぱーっ」

「……」

泣きたいくらいの精神的負荷（恥辱）を抱えながらも引き攣った笑顔で告げた。この羞恥によって凄まじい勢いで体内の戦血が消費されているのか、目眩がしてきた、
だが上官の命令は絶対だ。だからそのままの姿勢で石像のように立ち尽くしていた。

そして……。

「……」

「……」

肌をさすような、いたたまれない冷気が吹雪くような沈黙が続く。

ソウイチロウは目を丸くしていたし、ヤツデは肩をプルプルさせて腹を抱えている。

後方ではハクマルが「ベニマルにーに、ユウヒにーちゃのマネするね！　えっと、にぱ……」と言いかけて、ベニマルが「シッ！　ユウヒの名誉の為にも、止めたげて！」と小声で話し合っている。

ち、違うんです！　これは上官命令であって、やりたくてやったわけでは！　と言いたいのに、視界の端ではヤツデが笑顔で指をバキバキ鳴らしている。

言ったらお仕置きだ、と案に訴えていた。

いや、そもそも、この行動に何の意味があるのだろうか？

奇行と珍台詞を投げかけられたシンレイ自身が目を細めるだけで表情を変えていないのだ。

（これは……ただ私が自爆した悲しい出来事なだけでは……？）

心が辛くなって半泣きになりかけた時だった。

微動だにしなかったシンレイは突如、張《は》り子《こ》の虎の如《ごと》く頷き始めた。

「えっ？　シ、シンレイ殿？　駄目ですよ、そんなに首を振っては！」

無言でブンブン頷くので何事かと思ったが、シンレイはその後に、ハッキリと返答する。

「わかった。着る」

「えっ？　今の、こんなのでですか？」

つい問い返してしまったが、シンレイは「ああ、着る。凄く着る」と無表情だが珍しく意欲的だった。

「そ、そうですか！　良かったです！　嬉しいです！」

「こんな事が嬉しいのか」

「はい！　嬉しいです！」

シンレイが軍服を着せられる度に胸筋で引き裂いていたのを見ては心の臓が止まりそうになっていたので、安堵《あんど》したのだ。

羞恥心を犠牲にした行為は無駄にならなかったと喜んでいると、此方《こちら》の表情を見たシンレイは何故か、目を背けた。

調子にのりすぎてシンレイが気を悪くしたのかと思ったが、シンレイは耳の先を赤くしながらも、また見つめてくる。そして何かを反芻するように頷くと、彼はソウイチロウ向かって行った。

ソウイチロウの目の前で立ち止まると、彼を見下ろしながら不遜な声で告げる。

「ソウイチロウ、オレは服を着るぞ」

だがソウイチロウはシンレイの礼を欠いた態度に気を悪くするどころか、嬉しそうに応えた。

「そ、そうか！　シンレイ、お前、遂に野生から知性体に……」

今まで何度もシンレイに服を引き裂かれて続けたであろうソウイチロウは安らかな笑みを浮かべて涙目になっていた。その姿にユウヒも思わず感慨深い気持ちになる。

(隊長……。いつもシンレイ殿やマガムネ先輩やヒビキ先輩の暴力行為で各方面に謝罪してばかりだから、成長が嬉しいのだろうなぁ……)

シンレイが成長して一件落着。

と、思った時だった。

シンレイはソウイチロウのシャツを掴《つか》むと、力任せに剥ぎとったのだ。

驚くソウイチロウ（半裸）から奪った服に袖を通し始めている。

突然の追い剥ぎ行動に誰もが驚いていたが、シンレイは更にソウイチロウのズボンまで掴《つか》んで略奪しようとしていた。

「シンレイ殿ォー？」

ユウヒが呼びかけるも、シンレイは軍服（に変形させた自身の体）の上にソウイチロウのシャツを着ながら、更にズボンを奪おうとしつつ、力強く頷いた。

「わかっている。直ぐに着る」

わかっている……？　とあまりの事態に台詞を脳内で反芻してしまったが、ユウヒは首を激しく振った。

「わ、わかっていませんよ！　何で部屋に服を取りに返らずに、隊長の服を奪うんですか！」

隊長を襲うシンレイの腕を掴《つか》んで止めようとするも、シンレイは無表情のまま告げた。

「取りに戻るより、略奪した方が効率的だ」

「そ、そんな当然の行動みたいに！　それじゃあ隊長が全裸になってしまうじゃないですか！」

だがシンレイは瞬きを繰り返してから、不思議そうに問い返した。

「……それの何が問題だ？　この旧型の装甲が剥がれても、オレは何も困らない」

我々の隊長が野外で全裸になっても困らないと言われましても！　とユウヒがシンレイの傍若無人ぶりに戸惑っている間にも、ソウイチロウは最後の砦をシンレイに奪われまいと、顔を真っ赤にして必死の抵抗をしながら相手に訴えている。

「シンレイ！　止めろ！　止めてくれ！　しかもハクマルが真似して、自分の後ろからズボンを同じく下ろそうとし……くっ！　戦血を筋力に全集中させるしかない！」

シンレイとハクマル二機がかりで下穿きを剥がされかけている。

そしてそれに全筋力で立ち向かうソウイチロウの雄姿《ゆうし》。だが……。

（私は何を見せられているのだろうか……？）

ユウヒは困惑のあまり現実逃避していたが、ベニマルが弟にしがみついて止めようとしている姿を見て我に返る。

「シ、シンレイ殿！　いけませんよ！　先輩を脱がすなんて！」

ユウヒもシンレイを止めようとして抱きついてみたものの、馬力差がありすぎて意味が無かった。

結局、混沌とした事態はヤツデの『体から糸を編みだす』能力によって制圧された。

ヤツデの強靭《きょうじん》な糸によって拘束されたシンレイ（正座）と、何故か巻き添えでぐるぐる巻きにされているソウイチロウ（正座）を見守るしか出来ないユウヒとベニマル。

ヤツデはシンレイとソウイチロウに説教していたが、そんな副隊長の姿をベニマルは横目で見つつ、洗い終えた衣服を絞りながらボソリと呟いた。

「……でもさ、こんな事になったのってヤツデの悪ふざけの所為だよね……」

「べっ、ベニマル殿！　それ以上はいけません！」

上官に逆らってはいけない。それが神凪の暗黙の掟なのだ。

だが、説教するヤツデの横からハクマルが跳ねるように足踏みしながら話しかけている。

「ヤツデにーちゃ！　みてみて〜！　ハク、てぬぐいいっぱいしぼったんだ〜！　ぶんぶん！」

ハクマルは褒められようとヤツデの視界で手拭いをヌンチャクのように振り回していた。

仮に同じ事をシンレイやソウイチロウがしたならヤツデは無言のままグーで殴って黙らせただろうが、流石に無垢なハクマルには怒れなかったらしい。ヤツデが降参したように両手を上げた。

「わかった！　わかったから、手拭いを振り回すのは止めたまえ！　手拭いがソウイチロウの顔面を殴打して彼に被弾しているじゃないか！」

しかしソウイチロウはハクマルが振り回した手拭いに叩かれながらも後輩を庇っている。

「い、いや、自分は大丈夫だ！　だからヤツデ、ハクマルを怒らないでやってくれ！」

そんな風に先輩後輩の美しい愛が繰り広げられている間にシンレイは肘関節や膝関節から出した骨刀で糸を切り裂き、ちゃっかり拘束を解くと真っ直ぐにユウヒの方にやってきた。

「シンレイ殿……。ヤツデ先輩に怒られるから戻った方が良いですよ」

「嫌だ」

怒られるのは誰でも嫌でしょうが、怒られる行動をした時は反省しなければ……と思ったが、シンレイはヤツデを睨んで左手を振る。

カシンという硬質な音と共に、シンレイの中指の付け根あたりから骨の刃物が出た。

「あの旧型、今日こそ殺す」

上官の頭部を狙っているシンレイの腕をユウヒは慌てて掴《つか》んだ。

シンレイは腕を振り払う事はせずに大人しく動きを止めてくれた。

なのでユウヒは畳みかけるようにシンレイに話しかける。

「だ、だめですよ！　何度もお伝えしてますが、人間様と同胞は攻撃してはいけません！」

「あんな旧型、同胞などではない。オレの同胞は、ハクマルと、マガムネくらいだ」

何故その三機なのかわからないが、シンレイは戦闘特化ゆえに異常がある個体なのか、通常の神凪が本能的に攻撃を忌避する人間相手でも構わずに殴ったり蹴ったりする。

ユウヒが街で人間に絡まれた時などはシンレイが見つけ次第、相手を問答無用で殴るのだ。

そんな通常の神凪なら処分されてもおかしくない行為が大目に見られているのは、シンレイが誰よりもウミナオシケを狩れる個体だからだろう。

だが、それもいつまで許されるかわからない。

「……シンレイ殿が廃棄処分になったら、嫌ですから……」

思わず漏らした言葉に、シンレイが少し驚いたように目を見開いた。

何故そんなに驚いているのかと思って見つめると、シンレイは呟くような声音で問いかけてきた。

「……心配してくれているのか……？」

そう言うシンレイの長い髪の先端が、犬の尻尾のようにブンブン振られていた。

シンレイは全身を意のままに変形させて動かせるが、毛先まで自由自在らしい。

だがユウヒは、当たり前の事を問うシンレイが不思議でならなかった。

誰からも必要とされる優秀なシンレイが、機関の人間の気まぐれで廃棄や懲罰房行きにされれば、皆が困るだろう。だからユウヒは頷いた。

「心配ですよ。……貴方は必要な存在ですから」

自分とは違って『皆から必要とされる』シンレイには長らく稼働してもらわないといけない。

そんな風に考えていると、目の前のシンレイは無表情のまま、何故か瞳を輝かせていた。

そして拳を握りしめ、何度も頷いてから告げた。

「……わかった。殺す」

「え？」

どうしてその返事になったのかと焦ると、シンレイは遥か眼下に広がる市街地を指差して繰り返す。

「オレがウミナオシケを殺し尽くせば、お前は嬉しいのだろう？」

「は、はい、まぁ……」

カムイの仇《かたき》であり、人間の敵である異形達を絶滅させられたなら本望だ。

それは何となく言えなかったが、シンレイは目を細めていた。

「お前が望むなら、この世から全てのウミナオシケを殺す」

◆

「そろそろ洗濯物は乾いたかな？」

既に夕暮れが近づいている空を見ながらユウヒは物干し場に向かった。

出撃命令に供えつつ過ごしていたが、今日は要請もなく過ごせた。

空に朱色が滲み、鴉《からす》が鳴く声が聞こえた。

街からの風にのって夕餉《ゆうげ》の匂いが漂う中、ユウヒは物干し場から、乾いた洗濯物を籠に詰めてゆく。

まるで平凡な人間の暮らしを模したようだったが、空を闇が染めゆく度、心も同じ色に包まれていくようだった。

（ウミナオシケの発生は、人間様の恐怖心が増しやすい、夜こそが活動の本番……）

緊張感に息を飲む。

闇は人間達の本能的な恐怖心を高めるが故に、帝都は夜の間中、眩しい程に瓦子灯《ガス》を灯す。

神凪の基地は小高い場所にあり、帝都を一望できる。

街のあちこちで蛍火のような瓦子灯《ガス》が煌めき始め、灯の傍に設えられた特別製の蓄音機が賑やかな音楽を流しては、人間達の心を恐れや不安に染めぬよう、夜への恐怖対策が始まっていた。

それでも、何処からともなくウミナオシケは現れて、人や神凪を貪り喰う。

「……」

ウミナオシケは人間の恐怖を最大限に煽るよう、どれもがおぞましい見た目をしている上に、喰われた者の悲鳴が恐怖を連鎖させるように、拷問のような惨たらしい方法で嬲《なぶ》り殺す事が多い。

だから喰われた者の遺骸は凄惨になりがちで、ユウヒはカムイの最期を思い出して唇を噛んだ。

生きていた時の姿を汚されるような、破壊され尽くした死に様。

（そんな化物どもを倒せるのは……神凪だけなんだ……！　あいつらをこの世から消し去って、カムイさんに報いる……！）

そう考えながら自室へと向かおうとした時、ふと思い立った。

（カムイさん亡き今、神凪の最強兵はシンレイ殿だ……。シンレイ殿の情緒が育てば、彼の実力も

より発揮できて、多くの人が助かる)

情緒を育てる行為を考えてみて、思いついたのはカムイが好んで待機していた木陰。そこに咲く花だった。

カムイは自身の能力が生物に害を及ぼす事を自覚しており、他者と触れ合う事を忌避していたが、花や植物、囀《さえず》る鳥や羽《は》ばたく蝶を見ているのが好きな男だった。

(裏庭で花を摘んで、部屋に飾ってみようかな)

同室のシンレイの目に見える位置に花を活けてみようと思いつき、ユウヒは自室に向かわずに裏庭の方へと進む。

その時だった。

裏庭から話し声が聞こえてきたのだ。その内容にユウヒは凍りついた。

「カムイが死んでくれて良かった……だと……?」

(え……?)

耳に飛び込んできた衝撃的な言葉。

聞き間違いかと思うような台詞を確認するように息を飲んでいると、再び声が聞こえた。

「カムイが死んだ事で、どれだけの被害が発生したのか、忘れたのか？　それを……喜ぶような発言など……」

聞き間違いなどではなく、確かにカムイの死を肯定する内容が繰り返される。

ユウヒは混乱し、思考を混濁させたまま動けずにいた。

（カムイさんが……死んで、良かった……？）

その死を多くの人間や神凪が嘆き、彼の命を奪う原因となったユウヒに激しい憎悪が向けられる程に慕われていた男の死を喜ぶ者など、この世に存在しないと思っていた。

ユウヒは足をフラつかせ、倒れかける。

だが寸での所で壁に手をつき、話声の主を確認しようと、声のする方へ近づく。

（一体、誰が……？）

心臓が早鐘の如《ごと》く動く中、不意にユウヒの脳内に、死に際のカムイの姿と声と血の臭いが甦った。

『ユウヒ、逃げろ、ユウヒ』

ウミナオシケに喰われながらも、カムイは繰り返していた。

『早く、逃げろ。ユウヒ。裏切り者が、ワタシを消す。そして、次は、お前を……』

眼球を失った眼窩《がんか》から滴《したた》る血が涙のようで、生きたまま喰われる恩人の姿にユウヒは人語にならない悲鳴を上げて腰を抜かすしか出来なかった。

カムイさん、カムイさんと、脳内で繰り返しているのか、唇から零れているのかわからない声を掻き消すように、視界が朱に染まる。

そして喰いちぎられ、噴きだすカムイの血を浴びながら、ウミナオシケの触手が足首に巻きついてきて……。

「……うぶっ！」

思い出して嘔吐しかけて口元を押さえ、ユウヒは気づく。

カムイは死の間際に、同胞に裏切り者がいると言い遺していた。

(カムイさんを……死に追いやった者が神凪にいる……?)

動揺と後悔、恐怖の闇の中で、涙で濡れて消えていた怒りが燃え上がる感覚がした。

ユウヒは目元の涙を拭うと、息を潜めながら声がする方に近づいた。

そして見つけた男の姿に喉が震えた。

建物の陰から窺った先には、赤い髪の……。

(ソ、ソウイチロウ、隊長……?)

ソウイチロウの後ろ姿が僅かに見えていた。更にソウイチロウの言葉は続く。

「お、お前……何を言って……! お前は! カムイの死がユウヒを今も苦しめているのを見ても、同じ事が言えるのか!」

ソウイチロウが声を荒げていたが、自分もその場に居れば人目も憚《はばか》らずに激昂していただろう。

だが、ソウイチロウが責める相手が判明しない。その意識が怒りを少しばかり押さえつけ、冷静でいられるのかもしれない。

(隊長……? 何を……? いや、誰と話して……? カムイさんの死を喜ぶような誰と話してるんだ……!)

訝しみながらも、更に近づく。足元が柔らかい土だった事が幸いし、靴音は出なかった。

(カムイさんの死を喜ぶ存在……。もしかして、それがカムイさんの言っていた裏切り者……?)

それならカムイの死の原因となった自分と同じく、許されざる敵だ。

乱れた息を整えるべく深呼吸する。近づくごとに声は明瞭さを増していった。

「カムイの死を『良かった』などと、絶対にユウヒには知られるんじゃないぞ！　お前だってカムイと同じようにユウヒの事は大切に思ってるだろう！」

ソウイチロウは激情をぶつけるように話している。ソウイチロウは人間と会話する時は必ず敬語を使う。だから、会話の相手は神凪しか考えられなかった。

「いや、今は押し問答している場合じゃないか……。とにかく、お前が此処《ここ》に居て自分と会話している所を誰かに見られれば面倒だ！　さっさと戻れ！　この話は後でじっくりさせてもらうからな！」

風向きのせいなのか、話し相手の声が小さいのか、聞こえてくるのはソウイチロウの声ばかりだった。

気配を悟られるギリギリまで近づいた時、ソウイチロウが恐らくは去りゆく相手に向けて告げた。

「全ては我等の理想の為に」

足音が遠ざかってゆく。

ユウヒは慌ててソウイチロウの肩越しからでも相手の顔が見れないかと身を寄せる。

その時だった。

基地内に聞き慣れたサイレン音が響き渡った。

（……！）

神凪ならば熟睡していようとも飛び起きる、けたたましい警戒音。

そしてサイレンの音の後、機械音声が告げた。

「ウミナオシケ発生。ウミナオシケ発生。出撃予定ノ神凪ハ、正面ゲートニ集合シテクダサイ」


命令の後、出撃予定だったユウヒは、基地の正面ゲート前にて待機していた。

周囲には戦血の補充が済み、武装した神凪達が集まっている。

現場には先行部隊が向かっているらしい。

だが、先行部隊からの報告が途中から消えたという。

最後の通信では『帝都北部の市街地に到着。ウミナオシケの姿はありません。ただ、周囲には血の……』で、それ以降は全員と連絡がとれなくなった。

ソウイチロウの通信にも誰も応えない事から、戦闘不能に陥っているか、通信に応じられない程の恐慌状態に陥っている可能性が考慮され、急遽、第二部隊が編成されたのだ。

（第二は、私とヤツデ先輩とマガムネ先輩と……）

その他にも、この場には戦闘向けの神凪が揃っている。

先の部隊が全滅したという最悪の可能性も踏まえ、戦闘特化型を中心に抜擢《ばってき》したのだろう。

（ベニマル殿とハクマル殿は補助特化型なので待機か……。そして……）

シンレイの姿も無かった。

無理も無い。シンレイの唯一にして最大の弱点は、機動力だ。

シンレイは馬術が神凪の中でも飛び抜けて下手で、しかも走るのもベニマルより遅い。

機関が見かねて、開発中の瓦子式《ガス》バイクをシンレイにのみ与えたが、それも試作機の為、よく不調を起こす。

何よりシンレイがブレーキを使う前に敵に跳びかかるので、バイクは毎回ウミナオシケに激突して壊れ、軍馬よりも遥かに金がかかる文明の利器が使い捨て状態にされていた。

今もシンレイのバイクは修理中で、緊急を要する現場では機動の面で不利だと待機を命じられているようだ。

(それに、この天候ではバイクも難しいか)

ユウヒが手の平を上に向けると、冷たい雫《しずく》が手袋を打つ。

周囲の第二部隊の兵士達は軍服の上に雨対策の外套《がいとう》を身につけており、彼等の肩に幾つもの雨粒がぶつかり、弾けていた。

間が悪い事に天候は悪化し始めたらしく、雨がパラつき、場に湿った土の匂いを充満させている。

「……」

暗雲に包まれる空を見ていると、思考が先程の光景へと沈み込んでゆくようだった。

結局、ソウイチロウの会話相手が誰なのかはわからず終いだった。

サイレンから意識を戻したユウヒが物陰を覗き込んだ時、既にそこには二人分の軍靴の跡しか残っていなかった。

ソウイチロウの愛用する底が平たい軍靴の足跡と、踵《かかと》が高い軍靴の足跡が、その場に居た人数を示していた。

ソウイチロウの会話の相手がわからないが、少なくともソウイチロウはカムイの死を歓迎する『誰か』と交流があるのは確実だと思われる。

しかし……。

ユウヒは首を振る。

(認めたくない……。ソウイチロウ隊長が、カムイさんを嫌う誰かと親しいなんて……)

誰にも分け隔てなく優しく、情に厚い男が裏切り者かもしれないと疑う事すら辛かった。それにソウイチロウはカムイと同期の神凪だ。

カムイが殺された時もソウイチロウは深く悲しみ、その死を惜しんでいた。

あの悲しみ様は嘘や演技とは思えなかった。

(きっと、さっきの会話は聞き間違いだ……。隊長がカムイさんが言い遺した『裏切り者』なわけない。そもそも、神凪の中に裏切り者が居た所で、産女の間と戦血が無ければ活動できない人造人間が組織を裏切る理由なんて無いはず……)

そうに違いないと目を逸らそうとするも、記憶の中のカムイの台詞と姿が、そうさせてくれない。

『裏切り者』が、いつかユウヒにも危害を加えるとカムイは予言した。

色々と考えていると、目の前に手綱が差し出される。

「……ん？」

顔を上げると、ヤツデが此方《こちら》を覗き込むように見下ろしていた。

「ヤツデ先輩……？」

ヤツデは馬の手綱を握らせてくる。そして彼は長い髪をかきあげ、いつもの優雅な笑みを浮かべていた。

（そういえば……）

ソウイチロウの会話の相手といえば、大抵がヤツデだ。

だが、そう仮定するとヤツデはカムイの死を望んでいる、最悪の場合はカムイが危惧した裏切り者という事になる。

ユウヒは首を振って思考を散らす。

（そ、そんなわけない！　ヤツデ先輩は仲間想いで、皆と馴染めない私をいつも気にかけてくださっている！　カムイさんとは、あまり交流がなかったけど、だからといって死に追いやるような真似をするはずがないんだ！）

そうしていると、顎にヤツデの指が触れた。

「わ！」

「何を思い悩んでいるのかは知らないが、今夜はマガムネと出撃だ。気を抜いていると後ろから敵ごと味方撃ちされるぞ。気を引き締めたまえ」

「マ、マガムネ先輩と!?」

瞬時に心身が引き締まる。マガムネといえばユウヒにとっては先輩的な存在であり、戦闘力はシンレイに並ぶとまで称される戦闘特化型だった。

だが、攻撃性に全振りした性能の代償なのか精神面に破綻が見られ、シンレイ以上に人間や神凪に攻撃的な個体でもある。

人間相手でなだけでなく、目的の為なら手段を選ばず、ウミナオシケごと味方を撃ち殺す振る舞いから『味方撃ちのマガムネ』と恐れられていた。

（マガムネ先輩はシンレイ殿やヤツデ先輩が前衛で戦っていても後方から狙撃してくるお方だ……。私も先輩の攻撃範囲に入らないように気をつけねば……）

マガムネの名で意識を切り替えられたが、ヤツデという先輩であり上官でもある存在に気を遣わせた上に雑用までさせてしまっていた事に気がつき、慌てて頭を下げた。

「も、申し訳ありません！　軍馬の準備は非戦闘型の私がすべきですのに、真に、申し訳ありません！」

謝っていると、ヤツデは溜息をつきながら、少し呆れたような声音で話しかける。

「やれやれ、緊張を解そうとしたつもりが、余計に硬くしてしまったようだ。だが、それよりも……」

ヤツデは集まった神凪の面々を見回してから、目を細めた。

「……とっくに出撃する時間なのに、マガムネだけが来ていない……」

低い声音で告げるヤツデに、兵舎からベニマルが走ってきた。小さな歩幅でありながら懸命に此《こ》方《ちら》に向かってくる。何やら急いでいるようだ。

ベニマルは青ざめた顔をしながら叫んだ。

「ヤツデ！　た、大変だよ！」

「何かあったのかね」

ヤツデに問いかけられたベニマルは涙声で報告する。

「マガムネ、出撃拒否してる！　絶対、出ないって！」

「何だと！」

流石のヤツデも驚愕の声を上げていたが、ベニマルの話によると懲罰房から解放されたマガムネは今回の出撃部隊に編制されていながら、直前になって出撃を拒否したのだという。

無論、そんな暴挙が罷《まか》り通るわけもなく、ソウイチロウを始めとする神凪が説得したが、断固として『出ない』と自ら懲罰房に籠る始末だった。

その上、話を聞きつけた機関の人間達が懲罰房のマガムネに出撃を強制しようとした事で更に憤り、何と人間の一人を殴りつけたらしい。

その暴行によって、結果的に名実ともに懲罰房入りとなったそうだが、そこまでして戦わない理由が更に狂気じみていた。

『母親が負傷しているので傍から離れたくない』

それを聞いたユウヒは、何となく予想はついていたとはいえ、肩を落とす。

マガムネが異常個体とされているのは、自身を製造した産女の間を『母』と呼んで敬愛し、物言わぬ建造物相手に全ての愛と忠誠を捧げているからだ。

そんな狂気を抱えたマガムネは、自身の『母』の外装《体》に刃物の痕がある事に気づいて激怒したらしい。

産女の間に傷と聞いて、ユウヒは思い出した。

（数日前、シンレイ殿がソウイチロウ隊長に骨刀を投げつけて、それが産女の間に刺さっていたけど……まさか、もしかして……）

シンレイの得物がたまたまマガムネの『母』の外壁に刺さった痕跡を見つけたマガムネは、母を侮辱された、傷をつけた者を殺すまでウミナオシケなんかと戦っていられないと大荒れになっているのだという。

ベニマルの報告を聞いたヤツデは、眉を寄せて目を眇《すが》め、明らかに怒っていた。

「……阿呆か、彼は……」

いつものヤツデは余裕の笑みを浮かべ、蜜のように甘い声で、歌うように話す。それが、今は怒りで声音が震えている。普段、露骨に苛立った表情を見せない彼が感情を抑えきれない程に、許し難い事なのだろうと、ユウヒは思った。

だがマガムネの暴挙は今に始まった事ではない。

マガムネは機関から戦闘力を買われているせいか、どれだけ好き放題に振る舞っても臥子室《ガス》で処分される事はない。マガムネが我《が》を通す度にヤツデやソウイチロウが後始末をして調整していた。

ヤツデの態度とマガムネの行動に、報告したベニマルだけでなく周囲の神凪もしばらく狼狽《うろた》えていたが、その空気に気づいたのか、ヤツデは意識を変えるように顔を上げてベニマルに話を振った。

「ならば、ヒビキだ！　彼もマガムネと同じ時に懲罰房から解放されたはずだろう？」

だがベニマルは首を振ると、言い辛そうに小声で答えた。

「そ、それが……ヒビキは、い、いなかったんだ……」

「……何？」

ヒビキは勝手に市街地へ出向いたとの事だった。

女好きのヒビキは私娼窟《ししょうくつ》に出入りする事が多かったが、長らくの監禁生活で溜まった鬱憤を晴らすから金を寄越せとハクマルから財布を奪い取り、怯えるハクマルに口止めまでして勝手に外出し、挙げ句まだ戻ってきていないという。

「……」

ヤツデが怒りで無言になる中、ソウイチロウがユウヒの脳内に直接、話しかけてきた。

【ユウヒ！　聞こえるか、ユウヒ！】

（隊長？　は、はい！　聞こえますが……）

突然のソウイチロウの声に、ユウヒはかなり焦った。

先程の疑惑の光景をどうしても思い出してしまうのだ。

それに何故ヤツデではなく自分なのかと考えかけて、それを打ち消す。

ソウイチロウに話しかけようと思わなければ思考は彼に聞こえないらしいが、疑念を抱いている事を知られるのは嫌だった。

慌てている間にもソウイチロウは続けた。

【ヤツデに何度も話しかけたが、通信できなかったんだ。だが、ユウヒなら、いかなる状況でも自分の声を受けとってくれるからな】

それだけ今のヤツデが激情にかられているのだろう。ソウイチロウの通信能力の最大の弱点は、通信相手が平常心を大きく損なうと精度が下がる事だ。

それでもソウイチロウの声すら聞こえない程に怒るのも珍しいと思ったが、どうやら消息を絶った先行部隊の大半が、ヤツデが面倒をみていた兵士ばかりだったらしい。

それを聞いたユウヒはヤツデの振る舞いに得心がいった。

（いくら死が近くにある神凪とはいえ、親しい間柄の者と連絡がとれなくなれば、百戦錬磨のヤツデ先輩でも平常心ではいられないのだろう……）

普段ヤツデには世話になっている分、こういう時こそ彼の役に立たなければと、ユウヒは胸に残る疑念に蓋をしてソウイチロウと通信した。

ソウイチロウが言うには、現存する戦力の中で『一軍』の神凪はシンレイとヤツデしか動かせないとの事だった。

（一軍……）

神凪で一軍と呼ばれるのは、ウミナオシケと対峙しても単騎で制圧できる力量をもつ者を示す。現状での一軍扱いの神凪はシンレイ、ヤツデ、マガムネ、ヒビキの四機のみで、それ以外の者は戦闘特化型といえども、基本的に複数で挑む戦法を推奨されていた。

だが一軍といえども、年々、強さを増すウミナオシケ相手では捕食される危険性もある。

（カムイさん……）

神凪最強と謳われたカムイですら、未知のウミナオシケによって殺されたのだ。

カムイの死によって、機関は神凪が捕食される危険性を重視し、一軍といえども単騎での出撃は固く禁じていた。

ソウイチロウは続ける。

【今回は一軍以外の戦闘型が揃っている為、ヤツデの単騎出撃にはあたらないが、戦血切れに備えて、念の為にシンレイのバイクの修理が終わったら後を追わせる！　シンレイは何故かユウヒの居場所だけは直ぐに嗅ぎつけるからな！】

（し、しかし、それでは基地の防衛の為の一軍が居なくなりますが……）

機関の老人達はウミナオシケに襲撃されるのを恐れており、住居は帝都市街地ではなく神凪の基地の奥に家族と共に暮らしている。

彼等は自分達の守護が薄くならぬよう、基地に一軍を最低でも一機は残すように厳命していたのだ。どれだけ市街地が破壊され、人間達が助けを求めても全機出撃は許されない。

だが、そこでソウイチロウは言い切った。

【構わん！　その時はマガムネを出す！　マガムネも流石に産女の間の防衛の為なら出ざるを得んだろう！　もともとあいつの能力は戦血の不足を気にしなくとも済む防衛戦向きだ！　そしてユウヒ、お前は今回の作戦の要でもある！　すまないが、皆を頼むぞ！】

（は、はい！　一命を賭して任務に挑みます！）

戦闘部隊に囮役の自分が混ざっているのは、万が一、ヤツデでも手に負えない程のウミナオシケが出た時にそれを引きつけ、皆を離脱させる為だった。引き連れたウミナオシケをシンレイや狙撃部隊が待機する場所まで誘導する事で戦線崩壊を防ぐ。

　こうしてユウヒはヤツデらと共に先行部隊の安否確認の為に出撃を命じられたのだった。

◆

　ユウヒはヤツデを含めた数十機の神凪と共に帝都を馬で駆っていた。

　幸い、降り始めた雨は止んでいる。だが頭上には厚い雲がかかり、月の光を遮っていた。

　ウミナオシケの発生を知らせるサイレンが鳴り響く帝都市中では誰もが戸を固く閉ざし、人の気配を感じない。

　馬の蹄《ひづめ》が石畳に叩きつけられる度に、その音が脈動のように周囲に散らばる。蹄《ひづめ》の音を聞きつけた人間達は神凪の訪れを知って安堵《あんど》しているようだった。

　それらを感じながら、ユウヒは手綱を握り締める。

（シンレイ殿、ちゃんと待機してるかな……）

　シンレイはユウヒと共に出撃すると言いだして聞かなかった。

　シンレイは馬に嫌われているので乗せてもらえないし、走って追いつけるものではないと説得すると、他の神凪の軍馬を奪おうとして馬に逃げられていた。

　ヤツデはそんな問題児の後輩を糸で縛り上げて強制的に産女の間に叩き込み、出撃まで戦血を減らさぬように命じていた。

シンレイが産女の間を叩き壊して出てきても困るので、ユウヒは彼に万全の状態で戦場に出てきて欲しいと頼み込み、それで何とか理解してくれた。

シンレイの処理が済んだ後、ソウイチロウは自身の通信能力でヒビキを呼び続けたが、どうやらヒビキはソウイチロウの連絡を意図的に無視しているらしく、依然、行方不明だった。

痺れを切らしたベニマルが『ヒビキが行きそうな場所、片っ端からあたってみるよ！』と、馬で駆け出し、ソウイチロウは後続の部隊を率いるため、先行部隊の中で一軍はヤツデのみとなったのだ。

「ユウヒ」

先頭を駆けるヤツデに名を呼ばれ、慌てて馬を寄せる。

「は、はい！　ヤツデ先輩！　三世瀬《みよせ》ユウヒ、此処《ここ》に居ます！　ご命令でしょうか？」

「いや、呼んでみただけだがね」

「……え？」

意図を問うように声を漏らすと、ヤツデは目を細める。笑っているようだった。

「あれこれ考えて集中を乱していては、キミの才能も十二分に発揮できまい。今は目の前の事に集中したまえ」

「才能……？」

そんなものがあるのだろうか？　だがヤツデはこの問いかけには答えなかった。

彼は前方の闇夜を見つめたままだ。その目線を追うようにユウヒも前を向いた。

だが、考えたくもない事は常に頭に浮かんで来る。

(本来なら、拘禁《こうきん》から復帰したマガムネ先輩とヒビキ先輩が参戦し、二回目の掃討作戦に移れるはずだったのに……)

だがマガムネは機関への暴行で懲罰房に逆戻りとなり、ヒビキは命令違反の自由行動。

(皆が必死に戦っているのに、守れる力があるのに、彼等は何て勿体《もったい》ない事を……)

自己中心的な二機への疑問の感情が滲む。

貴重な一軍の兵士はヤツデ以外、どれも我《が》が強いのだ。

ユウヒはヤツデを盗み見る。

(ヤツデ先輩は、強くて優しくて協調性もあって、不思議だ……)

ヤツデは戦闘に加え、仲間の傷の縫合も出来る万能型の神凪だ。しかも馬の扱いも優れている為、機動もトップクラスだった。

逆にシンレイやマガムネは騎馬での移動が不得手で、囮を使った待機戦ならともかく、迅速に駆けつけねばならない今のような状況には不向きだった。

(彼等は馬に乗ったまま変形したり大型銃やら使うから、馬に嫌われてるし……)

ふと、ユウヒは生前のカムイの言葉を思い出した。

彼は、常々ユウヒに忠告していた。

『神凪の戦死率が高いのは、ウミナオシケが強大なだけでは無い。神凪は人間と違い、基本的に助け合おうという意識が薄い。自分より弱い命を助け、守ろうという意識が育ちにくい生態と環境だからだ。故に、我らは連携が苦手なのだ』

人間は他者の手を借りねば生きていけない程の弱い状態で生まれ、助けられる喜びや心強さを経験して成体となるのが一般的だと聞く。だから人間達は集団生活が上手なのだと思う。

（でも、神凪は違う……）

生まれながらに完成体の人造人間達は助けられながら育てられて生きる経験をまずしない。

戦血さえあれば不老のまま強く生きていける為、他者の必要性を感じないのだ。

だから戦闘に特化した個体ほど集団戦や連携を好まない。

自分より弱い神凪を気遣いながら戦うなど、煩わしく非効率としか思わないのだろう。

そう考えていた時だった。

「ヤツデの顔に何かついているのかな？」

不意に話しかけられてドキッとする。だがヤツデはユウヒの返事を待たずに口を開いた。

「どうやら通報現場に到着したようだ」

通報があったのは、とある下町の一角だった。

昔ながらの和風建築が軒を連ね、引き戸の玄関口の前には盆栽等が並べられている。

そんな生活感と歴史を感じる中でも近代化の恩恵を受けているのか、瓦斯《ガス》灯が煌々《こうこう》と闇を照らしているが、その光に群がる蛾以外に生物は見当たらない。ウミナオシケも。

ユウヒはヤツデの指示で彼と別れ、他の神凪と共に周囲を捜索する事となった。

ヤツデは別れ際に「ソウイチロウに連絡を飛ばす事を忘れないようにしたまえ」と肩を叩いて

きた。

（ソウイチロウ隊長の能力って、思えば不思議だなぁ。最初は隊長に頭の中を全部見られてるのかなって怖かったけど、此方《こちら》から隊長に「ソウイチロウ隊長！」って呼びかけないとチャンネルが繋がらないようにしてるって言ってたし……）

そう考えてると、頭の内側から大きな声が響いた。

【ユウヒ！　名を呼ばれた気がしたが、どうした？　大丈夫か？】

ソウイチロウだった。少し考えただけで、うっかり繋がってしまったらしい。急いで謝った。

（す、すみません！　ちょっと考え事をしていたら、繋がってしまいまして！）

【ふむ？　それなら何も無かったという事か？】

（は、はい……。申し訳ありません！）

何度も謝ったが、ソウイチロウは怒る事なく明るく応答してくれた。

【そうか！　問題が無いなら何よりだ！　それに自分と通信が繋がりやすい状況という事は、今のお前の精神状態がクリアで冷静という事だしな！】

先程も言及した通り、ソウイチロウと通信相手の双方のメンタルが安定していなければ、通信の精度は格段に落ちる。

だからカムイが喰い殺された時、ユウヒが錯乱した所為でソウイチロウへの連絡がままならず、シンレイやヤツデらの救援が遅れる事となった。その後悔を思い出し、拳を握りしめる。

（はい。私は、冷静で在ろうと努めなければならない立場だと理解しています）

【……そうか……】

しかしソウイチロウは何故か辛そうな声で応えた。

【自分はユウヒに死んでもらいたくない。自分にとっては、お前も可愛い弟分の一人なんだ。だから強大な敵と遭遇した時は、何よりも生き延びる為に行動してくれ！】

（……）

ソウイチロウの言葉が例え命令であろうとも、ユウヒには返事が出来なかった。

死にたいわけではない。

ただ、この罪悪感が意味を持つのは、誰かの役に立って死んだ時だけだろう。

カムイも、身近なシンレイ達も「生きてくれ」と願ってくれたが、それが今のユウヒにとっては祝福ではなく、呪いの足枷《あしかせ》にしか思えなかったのだ。

まだ「死ね」と罵ってくる他の神凪やマガムネの方が気楽に思える。

沈黙するユウヒに、ソウイチロウは諦めずに話しかけてきた。

【ユウヒ、お前は自分で思っているより、ずっと素晴らしい存在だ。だが敵から感知されやすい体質だからくれぐれも単独行動は控え……ん？　ヤツデから通信が入ったな。スマン、ユウヒ！　お前との通信は一旦、切らせてもらう】

（承知しました。私の方は報告できる内容がありませんので、通信を終了いたします）

少しだけホッとしながら、会話を終えた。

別行動中のヤツデに何らかの発見があったのかもしれない。その情報も後で皆に共有されるだろうと思った。

　そんな時だった。

　ユウヒは、とある民家の間の細い路地の前を通りがかった時、うなじの産毛が逆立つような感覚を覚えた。

（あれ……？　何だ……？　この感じ……）

　違和感に戸惑っていると、共に現場に駆けつけた他の神凪から肩を小突かれた。

「おい、サボってんじゃねぇぞ役立たず！」

「隊長たちのお気に入りだからって調子のんなよ」

　だがそれも日常茶飯事だった為、急いで頭を下げる。

「も、申し訳ありません！」

　それから捜索に戻ろうとしたが、どうしても先程の路地が気になった。

（何となく、おかしい……。何だろう？　この違和感は……）

　通常、ウミナオシケは恐怖心を嗅ぎつけて獲物を見つけ出す。

　だからウミナオシケを誘《おび》き寄せるには、恐怖を強く抱える存在を囮にするのが一番なのだが、今は囮役のユウヒが居るというのに、ウミナオシケは姿を見せる気配が無いのだ。

（どういう事だ……？）

　大半のウミナオシケは知性が無いに等しい為、獲物を見つけ次第、襲いかかってくる。

　そう考えていた時、さっき悪態をついてきた神凪が大声を上げた。

「おい！　こっちに人間が居るぞ！　死にかけてる！」

その言葉にユウヒも周囲の同胞と共に急いで駆けつけた。

保護されたのは、幼女のようだった。

（あれ？　この子、どっかで見たような……？）

神凪に抱きかかえられている血まみれの子供の顔を見ていたユウヒは、隣りに居た仲間に肘打ちをされた。

「おい！　お前の軍服、破って止血してやれよ！　気が利かねぇな！」

「は、はい！　承知しました！　処置します！」

衣服を破ろうとしたユウヒは、ようやく思い出した。神凪には人間の顔の区別がつきづらいが、少し前、囮作戦の時に橋で出逢った姉妹のうちの妹の方が着ていた服の柄に似ていると。

「あの、君は……」

そう問いかけた時だった。

喉が詰まるような緊張が全神経を走る。

そして何かが膝にぶつかった。

「うぐっ！」

打撲の痛みにバランスを崩し、ユウヒは咄嗟に尻餅をつく。地面に打ちつけた尾てい骨から全身へと鈍く響く痛みに顔をしかめて、ぶつかったものを確認しようとした。

途端、頭上から大量の液体が降り注ぐ。

「……え？」

頬を流れる液体を手の甲で拭ってみると、赤い液体が肌に尾を引いた。

そして何かが次々と倒れる音に、ユウヒは視線を向ける。

横たわるモノの姿に、恐怖で喉が鳴った。

「……ひっ！」

周囲には頭頂部を切断された神凪の遺体が散らばっている。

「な、な……？　なんで……？」

恐怖が走りだす体を落ち着かせるように自身の腕を掴《つか》む。惨《むご》たらしい死体をどうにか観察する。

どの遺体も神凪の急所である脳を断絶されている。即死だ。

（複数の神凪を同時に？　しかも頭部を一撃で切断……？）

恐ろしい膂力《りょりょく》の持ち主だと推察できた。しかし敵らしき姿が見えない。

（ど、どこから攻撃して……？　いや、それより……）

尻餅をついていなければ自分の頭部も破壊されていたと気づいたユウヒは今も震え続ける体を何とか動かそうとしながら、声を上げた。

（ソウイチロウ隊長に、早く連絡をしなければ！　隊長……）

しかしそれを阻止するように口元に何かが押し入ってくる。

「うぐ！」

抵抗しようとする口をこじ開け、蹂躙するようにして喉奥に突き入れられる軟性の物体。

それに嫌悪感を覚えて舌で押しだそうとするが、物体は逆にユウヒの舌に絡みついて縛りあげるように蠢《うごめ》いている。舌を拘束されて弄ばれる痛みと苦しみにユウヒの体はビクビクと震えていた。

（な、何だ、これ……？　気持ち悪い……）

それは噛み切る事が出来ず、逆に噛んだ部位から苦い何かを吐きだしてきた。

無理矢理に飲みこまされた液体をユウヒは吐き出そうとするが、喉奥まで隙間なく制圧され、異物は好き放題にユウヒの内部を侵《おか》す。

その間に四肢にも同じ質感のものが巻き付き、ユウヒの体は宙吊りにされた。

（早く、隊長に……、連絡しない、と……）

ソウイチロウに連絡しようと脳内で呼びかけようとするも、体中を這いずり回る謎の生物の感触に背筋が粟立ち、思考が散らされる。

飲みこまされた液体が毒物だったのかもしれない。しかし声も出せず、思考も溶かされる中、霞む視界ではあの小さな少女がケタケタと嗤《わら》っていた。

「アハッ、アハハハ！　あの神凪がいってたとおりだ！　ニンゲンも、神凪も、ちっちゃいおんなのこにヨアイ！　ヨアイ！」

人語を話しているように見えて、その声音は雑音が混ざったように乱れており、その口調にユウヒは確信した。

（こいつ……人間様の皮をかぶった、ウミナオシケ……！）

ウミナオシケは捕食を重ねて知性を得ると、醜くおぞましい姿で人前に出る事をデメリットだと考えるようになる。そのため殺した人間の皮を使って擬態するのだ。だが流暢《りゅうちょう》には喋れず、この眼前の化物のように不快な声音となる。

少女の皮をかぶったウミナオシケは擬態の必要性を感じなくなったのか、本来の姿を現し始めた。血まみれだった少女の着物は胴体が傘のように膨らんで裂け始め、西洋風のスカートのような見栄えになる。その表面に、水玉の模様が浮かび上がった。

水玉模様に目を凝らせば、それは柄ではなく、人間の死に顔だった。

このウミナオシケに喰われた人間の苦悶と絶望に満ちた顔が幾つも浮かび上がっている。

(犠牲者は数にして二桁……！　中型――ロ型のウミナオシケか！)

肉が膨らんでできたスカートの裾からは何本もの半透明の蔓が伸びており、その蔓の中では水泡が蠢《うごめ》いていた。

まるでクラゲの傘の上に人間の首が生えているような異様な姿へと成り果て、その蔓の幾本かはユウヒの体を拘束していた。先ほど飲まされたのはこの化物の体液だと分かった。

クラゲ型のウミナオシケは少女の首から笑い声を漏らし続けていた。

「この皮、ニンゲンどもがユダンするから、すごくベンリ！　スゴクべんり！　だけど、小さいから、ウゴキヅライ！　ぜんぜん、歩くの、オソイ！　でもォ～」

そこで少女の首がぐるりと一回転し、小首を傾げるように倒れた。

「お兄ちゃんの皮なら、キレイだし、うごきやすそう！　皮、オイシソウな皮！」

けたたましい笑い声が満ちる。

蔓が服の下から体を這いまわり、ユウヒの頬を撫で始めた。

その蔓が耳へと伸びる。首を振って拒もうとしたが、力が入らず、視界も思考も熱に溶けたように纏《まと》まらない。

少女が赤い舌を出して涎を垂らしているのが見えた。

「ほかの神凪、すぐコロしちゃったから、お兄ちゃんは生きたまま、ノーミソぐちゅぐちゅして食べてあげる！　わたちの毒、ノーミソ、はんぶん食べられてても、死なないよ！　神凪の、ノーミソ！　オイシイから好き！　えへ、エヘヘヘェエヘヘェ！」

悪夢のような笑い声の中、ユウヒの小さな耳孔に触れる蔓が皮膚を食い破りながら侵入しようとしてくる。

頭の中でソウイチロウが名前を呼び続ける声が聞こえた気がした。

しかし恐怖と毒物による錯乱状態、体に走る甘い疼きで精神は壊れており、通信が繋がらなかった。

（あ、あ……）

地獄の夢見心地で殺される中、錯乱したユウヒは自由にならない手を伸ばしていた。

いつの事なのかも分からないが、あの時、苦しみもがく何かの一部を掴《つか》んだ気がする。

おぞましい程に醜く、不気味な姿のアレは、酷く喜び、ずっと泣いていたような記憶があった。

アレは何だったのだろうか。

窒息状態でも死ねない身。漏れた声に応えたのは、自身を呼ぶ声だった。

「ユウヒ！」

凛とした声の後、体が宙に浮いたような気がした。

そして、直後に地面に激しく叩きつけられる。

「あぐ！」

受け身を取れずに落下した拍子に、口から大量の液体が溢れ出る。それはウミナオシケに飲まされた体液だったらしく、吐くと幾らか楽になった。

「う、おぇ……」

ぼやける視界を泳ぐように焦点を合わせると、鋭いヒールがついた軍靴が見えた。

ふわりと香る女性物の香水に、姿を見る前に誰だか気がついた。

顔を上げると、ヤツデが此方《こちら》に背を向けた状態でクラゲのウミナオシケと対峙している。

「ヤツデ、せんぱ……」

何とか呼びかけると、ヤツデは指先から出した糸を片方の手で糸巻きのように繰りながら口を開いた。

「何があった……と聞きたい所だが、聞くまでもない。このウミナオシケに強襲されて、部隊はキミを残して全滅、キミは生きたまま捕食されかけていた……という所かな？」

問いかけているが振り返る事もなく、此方《こちら》の返答は求めていないように見えた。

近づいてくるヤツデに、クラゲの化物は歯ぎしりしていた。

「わたちの、足……切った……切った！」

よく見ると、化物の周囲には切断された蔓が転がっており、それらは別の生物のように脈打ち、不気味に蠢《うごめ》いている。

ヤツデの肉体から生み出される糸は硬度も自由自在な為、彼の糸によってウミナオシケの触手を切断した事が分かった。

ヤツデは転がる触手を容赦なく蹴飛ばし、冷たい声で応じる。

「下等生物の単純構造な足なら、節操なくまた生えるのではないかね？　まぁ、此処《ここ》で死ぬキミに次など無いが」

ウミナオシケが憤怒《ふんぬ》すると同時にヤツデは駆け出した。

神凪の性質である、戦闘での興奮による歓喜の笑みを浮かべたヤツデは、肉食獣の如《ごと》きしなやかな動きで煌めく糸を放つ。

円を描くように舞った糸はウミナオシケの全身を素早く絡め取って自由を奪い、そのままヤツデは勢いをつけてウミナオシケの背後にまで回り込むと、拘束した異形を反動と共に力任せに壁に叩きつけた。

「ギャ！」

壁にめりこみかける程の一撃を受けた敵は悲鳴をあげて地面に落ちた。

ヤツデはシンレイやマガムネ程の筋力はないが、それなりに強靭《きょうじん》な筋肉を備えており、華奢な見た目とは裏腹に力技も得意だった。

ウミナオシケは逃げようともがいているが、食い込んだ糸によって身動きが取れない姿は死にかけの芋虫のようだった。

そんなウミナオシケにヤツデは近づくと、糸で拘束したままの異形の顔面を尖った踵《かかと》で踏んだ。

「なんだ、この部分はキミの本体の顔じゃなかったのか」

悶え苦しむウミナオシケにヤツデは糸で締め上げながら続けた。

「シンレイかハクマルが居れば、急所である本体の顔を的確に見抜いてくれるというのに……」

そう言い、ヤツデはウミナオシケの本体の顔を探す『作業』を始めた。

水が詰まった袋を潰すような音が執拗に繰り返され、やがて悲鳴は嗚咽《おえつ》へと変わる。

「イタイ！　イタイ！　もうヤメテ！　あやまるから、ヤメテ！」

痛みに苦しむウミナオシケにヤツデは冷酷だった。

「そうか。痛いか。なら、存分に味わってくれたまえ。ヤツデの部下を殺しておいて、気楽に逝けると思われては心外だ」

「オンナノコをいじめるなんて、ひどい！」

「ああ。ヤツデはフェミニストだ」

「なら……」

見逃せと交渉するつもりだったらしいウミナオシケの希望は即座に砕かれた。

「人類限定のフェミニストなんだ。キミらに捧げる愛も慈悲も有り得ない」

台詞と共に踏み潰した部位に急所の顔があったらしく、ウミナオシケは「ぷ！」と、奇声を漏らして少女の口から体液を撒き散らし、息絶えたようだった。

それを見届けた瞬間、ヤツデは陶酔《とうすい》したように息を吐く。

敵を殺した事でヤツデの興奮状態は絶頂に至って発散されたのか、その快感の余韻は酩酊した人間のように彼の足元をふらつかせた。

「……っ、はぁ……」

だがヤツデは細いヒールの軍靴で踏み止まり、息を整える。

常に冷静沈着な青年すら抗えない程の快楽を強制的に与えられる神凪の生態は、浅ましさや無様さよりも物悲しく見えた。

だが、敵を倒した所で状況は惨憺《さんたん》たるものだった。

ユウヒ以外の神凪は頭部を切り刻まれて死亡しており、溢れた血のあまりの多さに、吸いこみ切れなかった土の上は深紅の血だまりだらけで生臭い空気が充満している。

ユウヒは駆け寄ってきたヤツデに抱きかかえられた。

体に力が入らず、ヤツデの腕の中で四肢をだらりと下げたまま動けない。

「すまない、ユウヒ！　ウミナオシケの強襲にあって、助けに来るのが遅れた」

ヤツデの方も襲撃されていたらしい。よく見ると彼の軍服も返り血で汚れており、血の臭いと香水が交じり合っている。

喋れずに唇だけを動かしていると、その状態から察したのか、少し離れた場所に下ろされる。それから立ち上がったヤツデは軍服の襟元から銀色の懐中時計を出した。

ペンダント風にして身につけていた時計の蓋を開け、ヤツデはしばらく見つめた後、意を決したように顔を上げて此方《こちら》を見た。

「ユウヒ、しばらく待てるかね」

何をするのかと思いつつも、拒否権の無い質問に頷くしか出来なかった。

ヤツデは懐中時計の蓋を開けると、文字盤を操作した後に上部の竜頭《りゅうず》を押す。

直後、湿った爆発音が何処からともなく聞こえてきた。

(何だ……？　この音……)

ヤツデは無表情のまま時計の操作を繰り返し、その度に破裂音が耳に届く。

その音を聞いていたユウヒは、ようやく音が止んだ後でヤツデが時計の蓋を閉め、軍服の襟から中へと投げ込むように、滑り落とした姿を見た。

ヤツデの顔には影がかかっていて、表情が読み取れなかった。

だが此方《こちら》を向いた時には、彼の表情は普段通り、人を食ったような飄々とした笑顔に戻っていた。

「さて、キミの処置を始めようか」

近づいてきたヤツデが真横に膝をつく。それから軍服の上着をはだけられた。

何をしているのかと思っていると、首や胸を触診したヤツデは深く息を吐く。

「……麻痺毒を入れられたか」

「……」

何とか受け答えしようと口をぱくぱく動かすが、ヤツデに制された。

「止めたまえ。動いたり思考すれば戦血が動いて毒が体内に余計に回る。だが、キミの戦血はもう大半がマトモに機能していない」

ヤツデが仕込みナイフを取り出し、煌めく白刃を見せた。

「汚染された戦血を排出すれば意識は戻るだろう」

置いていって欲しいと伝えようとしたが、ヤツデはナイフを首にあててきた。

「少し痛いが、キミも神凪なら我慢したまえ」

言うが早いが、肌に鋭く熱い感覚が走る。

「ッ！」

びくん！　と体が跳ねた。ヤツデの服に真新しい返り血が飛ぶ。それがユウヒの首から噴き出したものだと理解するまで時間がかかった。

傷みに悶えようとも手足をヤツデの腕や膝で抑えつけられて身動きがとれない。そのまま手首に続いて内腿の血管を手早く切られ、汚染された戦血が放出された。

「う……」

皮膚の狭間を金属が通過する痛みに涙目になる。ヤツデは排出された汚染血液に触れないようにしながら、処置を続けている。

冷えゆくユウヒの体をヤツデは撫で続け、そこから体温が染み入るようで、ユウヒはそれ以上の恐慌状態に陥らずに済んだ。

脱力してヤツデの肩に倒れ込んでしまったが、彼は拒まずに背中を撫でてくれた。

（痛い……痛くて、怖いのに……何だか、安心してきた……）

戦血を失った事で体は重くなってきたが、比例するように思考はクリアになった。冷えた頭と視界の先では、安堵《あんど》の色を浮かべるヤツデの顔が鮮明に見えた。汚れた血を出し切り、ライターで焼いたナイフで傷痕を塞いだヤツデは「これで良いだろう」と、止血したばかりの傷口をポンと叩いた。途端、肌から電流のような痛みが走る。

「いッッ！」

神凪は産女の間で治療するまで傷がなおることはない。その為、負傷した傷は焼くしかないが、当然のように痛みはある。

その痛みに子ウサギのように飛びあがるとヤツデはクスクス笑っていた。処置してもらっているので恨みがましい目も向けられずにいると、頭を撫でられる。

「喜びたまえ。痛覚が壊れずに正常に機能しているのが分かったのだ。痛覚と恐怖。どちらもキミの心身を守る重要な機能だ」

それからヤツデは自身の軍服の詰襟を指で開いた。露わになる白い首筋と鎖骨にどきりとしたが、目の前の青年は長い舌で唇を舐めながら艶やかに笑って見せる。

「では、最終的な処置といくかね」

ナイフをヤツデは自身の首筋にあてた。

ヤツデの行動が読めないユウヒの目の前で、彼は己の首筋を勢いよく掻き切った。

（え……？）

ヤツデの首元から血飛沫が上がり、彼の肌とユウヒの顔を染める。

「……せんぱ、い……？」

むせ返るような血の匂いに酔いそうになりながらも問いかけると、不意にヤツデに頭を掴《つか》まれ、唇を首の切断面に密着させるように押しつけられた。

「うぶ！」

口の中に流れ込む鉄の味に咽かける。しかしヤツデはユウヒを放さずに口の中に血を流し込ませてくる。その行動にユウヒは気づいた。

(ヤツデ先輩、失った戦血を分け与える為に、自分の血管を切って……？)

離れようとしたが、ヤツデの力は緩む事なくユウヒの体を拘束していた。

ヤツデの肌には脂汗が滲んでおり、肩で息をしている事から、かなりの苦痛を伴っているらしい。

なのに干からびかけた大地に水が染み込むように、ユウヒの身体は無意識の内に新鮮な戦血を欲している。意識とは反対に舌がヤツデの傷口を執拗になぞる。

(ダメだ、離れないと……！)

理性はそう考えているのに、戦血が枯渇しきった体は言う事をきかなかった。

飢えた体は熟れた果実の皮に吸いついて果肉を啜《すす》るようにヤツデの肌に歯を立て、じゅるじゅると音を立てて吸い上げる。

その間、ヤツデの太股に体をすりつけていたらしく、耳元で囁かれた。

「……やれやれ。戦血が切れた者は貪欲になるというが、キミは昔からタガが外れると、欲を持て余した雌猫よりも貪欲だ」

そう言われ、押しつけていた腰を掴《つか》まれる。

不埒《ふらち》な熱を霧散させるように血を貪る本能に没頭していると、ヤツデの長い舌に頬を舐められた。

ヤツデは自身の返り血を舐め取っているらしいが、標準よりも長い舌は露出させてはならない部位のように性的に感じられた。

そうしてお互いに夢中で血を貪り合っていると、ふと思い出した。

(カムイさんは……)

神凪間での同性愛は暗黙の了解で、咎《とが》められる事は無い。

女性型が存在しない上に、会敵で性欲を持て余す性質の神凪。人権なき存在がゆえに人間の女性と婚姻関係も結べない。

勿論、人間の女性への暴行は例え隊長格であろうとも処分対象とされる。

だから神凪の間では、敵を殺すか同族間の性行為で性欲を晴らすのが一般的だった。

それでもカムイは生前、ユウヒに己の欲望を見せる事は一切無かった。

当時から仲間に虐められてはカムイに助けてもらっていたが、庇護するだけで何も受け取らないカムイに、ユウヒから提案した事があった。

『恩を返せるものが無いから、こんな自分で良ければ好きに使って欲しい』と。

そう話した時、彼は酷く悲しそうな顔をした。そして憂えた理由を話してくれたのだ。

『ワタシがお前に目をかけるのは、お前を何より大切に想うからだ。自分の体を他者に与える道具と思うな。魂という尊厳を抱えた器だと思って大切に扱いなさい』

そしてカムイは手の平を陽に翳《かざ》して、目を細めていた。

『ワタシの醜くおぞましい真の姿を知った者は、皆、ワタシの元から去った……。だが、お前だけはまるで神の如《ごと》く、尊いもののように、ワタシを慕ってくれる……。ありがとう、ユウヒ』

穏やかな青年は、そう言って自身の透き通るような白い肌を哀し気に見つめていた。

（カムイさん……強くて凛々しいのに、いつも独りだった……）

そう考えていた時、ヤツデに顎を押し上げられた。

「キミは、いつも他の誰かの事を考えている」

「えっ？　あ、あのっ……」

図星で口籠ると、ヤツデは長い髪をかき上げながら立ち上がった。

「それではシンレイも永遠に報われまいよ」

どうして此処《ここ》でシンレイの話が出るのかと思った。

彼は戦闘行為で絶頂しない唯一の神凪で、その性欲を晴らせる相手が、たまたまユウヒのみで。だから、性欲の処理の為の必需品扱いをされているだけだ。

（シンレイ殿が私を庇ってくれるのは利点があるからで、それ以上の理由なんて、無い。何故なら……）

何の取り柄も無く、更には神凪からも人間からも疎まれ、何よりも自分自身を許せず愛せない者を必要とする者など居るはずが無いと思うからだ。

シンレイの意図を探ろうと、人間達が作る劇や物語で勉強してみたが、どんな関係性にも『相手を求めるだけの理由』があった。それをシンレイに問うてみても、彼はいつも同じ解答だった。

『ユウヒがオレを救ってくれたからだ』

他に相性が良い誰かを見つければ、それで終わりになる関係でしかない。そこに特別な何かは無いと考えたが、あえて言う事でも無いかと思って黙る。

ヤツデもこの話題を掘り下げる気は無いらしい。

「キミは神凪の中でも飛び抜けて燃費が良い個体だ。この程度の戦血の補充であっても基地まで帰れるだろう」

ヤツデは煙草用のライターを取り出すと、小さな炎でナイフを炙る。

そして熱く焼けた刃物を自身の傷口に押し当てて血を止めた。肉が焦げる臭いが漂う。

「申し訳ありませんでした」

ヤツデはナイフとライターを軽業師のような手つきで仕舞うと、口角を上げた。

「可愛い後輩を助けられたのだ。この程度は怪我の内には入らない。それにキミに気に病まれる方が困る。またヤツデが弟分を困らせていると、隊長殿に小言を言われそうだ」

軽口を叩きながら、ヤツデはソウイチロウと通信を初めていた。

「隊長殿にキミの生存と現状の報告をしておかねばな。キミは後続部隊が到着するまで、休んでいたまえ」

最低限の戦血の補充が出来たとはいえ、普段のスピードで走る事が出来ない。ユウヒは不甲斐なさを感じつつも、木造家屋の軒先を借りて壁によりかかった。

（結局、ヤツデ先輩の足を引っ張っただけで何の役にも立たなかったな……）

ヤツデは昔から『君は戦うべき時を知らねばならない』とユウヒを戦場に出そうとした。

だが、カムイは『個体差がある。出来る事をすればいい』と先輩同士で意見が対立していたのだ。

結局、カムイはウミナオシケ最多撃破数を誇る性能ゆえに副隊長のヤツデより発言権があった為、ユウヒは常にカムイに寄り添い、彼が戦いやすいように裏から支えていた。

カムイはその能力で、彼の血液や毛髪、皮膚の一欠けらでも彼が警戒心を持った相手に触れれば害を及ぼした。

その中でユウヒだけはどんな状態のカムイに触れても影響を受けなかった事から、血まみれの彼によく手拭いや着換えを持って駆け寄っていた。

それでもカムイは万が一の事を考え、ユウヒに触れようとはしなかったが。

（カムイさん……）

彼の背中を追っていれば、どんな不安も自虐も考えずにいられた。今は、自分の前は誰も居ない。

囮役として先陣を切る存在の視界には、誰の背ももう見えなかった。

それからすぐに、頬に落ちる冷たい感覚に顔を上げた。

「また、雨……」

頭上の曇天から降り注ぐ雫《しずく》に手の平を向ける。

ヤツデはソウイチロウに連絡をし始めたらしく、此方《こちら》に背を向けている。

二機の会話は分からなかったが、ヤツデの口調から相手の返答が予想できた。

「シンレイ？　いや、来ていないが……。何？　既に到着してもおかしくないと？　おかしいな……。彼はユウヒが居れば匂いを嗅ぎつけた犬のように現れて、ユウヒの役に立とうとするはずだが、珍しい事もあるものだ……」

戦血の補充が完了したシンレイが此方《こちら》に向かっているという話だった。

ぼんやりと話を聞いている時だった。

ブブブ……と、羽音が聞こえた気がした。

「ん……？」

ユウヒは辺りを見回したが、民家と生け垣があるだけで虫は見当たらない。

雨は激しさを増し始め、ヤツデも軒先を借りにきた。

だが、ユウヒは言葉に出来ない違和感を覚えていた。

降り注ぐ雨水は、あっと言う間に地面にぬかるみを生み出し始める。

なのに、雨音に混ざって羽音が此方《こちら》に近づいてくるのだ。

この豪雨の中で虫が活動するのは困難だと思われたが、そんな環境の中、羽音は数と大きさを増して……そして『現れたモノ』にユウヒは喉に息を詰まらせた。

「！」

ヤツデが此方《こちら》を振り返る気配を背中越しに感じたが、ユウヒは完全に混乱していた。

路地裏から蝿の羽音を纏《まと》わせて、首が無い神凪の群れが躍り出る。

体格に見覚えがあったので、それらが先程まで行動を共にしていた仲間の遺体だと判別がついた。

しかしユウヒは首を振る。

「し、死体が、う、うごい、てっ……？」

ユウヒの腕をヤツデが掴《つか》んで支えた。

有り得ない光景だった。

頭頂部を失い、脳を破壊された者達が動いているのだ。

どんな神凪も脳を破壊されれば死亡する。

いかなる再生技術も、脳を失った神凪だけは蘇生出来ない。

近づいてくる神凪の首の断面からは無数の蠅が、わんわんと騒音を立てて飛び立っているのが見えた。

「ユウヒ！　近づくな！」

その蠅に気づいたヤツデがユウヒを引き倒すようにして自身の背後へと移動させる。

ユウヒはヤツデの背中越しに死者の行進を見ていると、ヤツデが叫んだ。

「ウミナオシケ——カムイ型だ！　傷口を見せるな！」

第四章　ウミナオシケ　カムイ型

「カムイ……型……」

ユウヒはヤツデの言葉を繰り返す。

ウミナオシケには食人の性質がある。

喰らった相手の脳から記憶を引き出し、その皮をかぶって擬態し、新たな獲物を呼び寄せる為に死者の振る舞いを真似るのだ。

その中で、神凪を喰らったウミナオシケだけは別格だった。

神凪を捕食したウミナオシケは記憶と姿だけでなく、その神凪固有の能力も奪う。

そしてまだカムイがユウヒの傍にいた過去、団内の他愛のない話の中で、『ウミナオシケに奪われれば最悪の損害を生み出す』と評された能力は他でもないそのカムイの固有能力だった。

「ユウヒ！　呆けるな！」

ヤツデの声で我に返る。

肌は雨の冷たさも忘れる程、じっとりとした汗が滲んでいた。

目の前に迫りくる神凪の死者達。

それを前にヤツデは舌と肌から糸を作りだし、練成したそれを最前の屍《しかばね》に向けて放った。

強固な糸によって縛り上げられた遺体は、ヤツデが指を動かすと拍子抜けする程に簡単に輪切りになって地に転がる。

「……うっ！」

しかし、その肉片の状態にユウヒは口元を押さえる。

切り裂かれた遺骸の皮の下には肉や血管を喰い尽した蛆虫が隙間なく詰まっていたのだ。遺体を動かしていたのは皮下で蠢《うごめ》く蛆虫と蠅達の仕業なのだと分かった。

それを確認したヤツデは糸を繰り直す。

「成程。やはりカムイの……」

ヤツデが呟き、攻撃に使っていた糸を長い指で操作する。そして目の細かい網状に編んだ糸で周囲を覆う。

まるで蚊帳のように身辺を囲う白い糸の中でヤツデが此方《こちら》に視線を向けた。

「ユウヒ、敵との接触は厳禁だ！　細胞や体液が体内に侵入すればそこから喰われるぞ！　傷口に蠅を近寄らせるな！」

大勢の人間を喰って知性を得た上に、カムイを喰らった事で力も手に入れた件のウミナオシケは今も姿をくらましており、何処かに潜伏していると思われていた。

（カムイさんを殺した化物が、近くに居る……？）

ユウヒは全身が総毛立つような感覚に見舞われた。

しかし周囲にあるのは全身から蛆虫を零しながら歩く、蠅まみれの死体の群れだけで本体のウミナオシケと思われる存在の姿は無かった。

カムイの固有能力『寄生肉食蝿《きせいにくしょくばえ》』——蟲の卵が含まれたカムイの血や身体の一部が少しでも体内に入りこめば、それはその場で孵化《ふか》し、相手は内部から特殊な蛆虫に喰い尽されて死亡する。

彼の温厚な人柄とは真逆の殺傷能力と殲滅《せんめつ》力を誇る恐ろしいものだった。

そして憐れな苗床を糧に成虫となった蝿は、カムイが敵と認識する者を殺し尽くすまで活動する。

戦血の消費を最小限に抑えつつも、ウミナオシケに甚大な被害を与えもたらす力であり、味方であれば心強かったが、敵に奪われると非常に厄介な代物だった。

産女の間に浸からねば負傷を自己治癒できない性質をもつ神凪にとって、相性が悪すぎるのだ。

傷が開いたまま、血も止まらない性質をもつ肉体では蝿に容易に侵入され蟲の卵を埋め込まれる。

そして今、火傷による止血処理はされているものの負傷した二人は、寄生蝿に対して口を開けた体で対峙しているに等しかった。

（カムイさんの、能力で……死ぬかもしれない……？）

そう考えると、恐ろしさよりも仄暗い安堵《あんど》が芽生えている事に気づいた。

人間達がよく口にしている『天罰』という言葉が、しっくり胸に沁みた。

（カムイさんを死に追いやった愚かな私が、カムイさんの能力で……）

だが死に際のカムイは恨み言を口にしなかった。

（あの優しい声が、あの慈愛に満ちた死に顔が……わからない、忘れられない……！　どうして、恨みも怒りもなく、あんな顔で死ねるのか、わからない……）

いっそ憎悪の言葉で罵られた方が理解できたかもしれない。

混沌とする頭の中に、ふとシンレイの言葉が記憶の海から浮かび上がった。

『お前を守れて死ねたなら、あいつにとっては最高に幸福なはずだ』

ユウヒは目蓋を開けて現実を見る。

飛び回る蠅の音。死体の口や切断面、全身の穴という穴から泡の如《ごと》く噴き出す蛆虫。

それらによって死後も体を蝕まれている仲間達。

（これの……どこ、が……）

地獄絵図の光景にユウヒは唇を噛む。

死後もなお、自身の能力をおぞましい異形に好き放題にされ、仲間を殺す道具に使われている事の何が幸せなのか？

生前のカムイが他人と触れ合うのを避けていた事を思い出す。

彼は『敵』に寄生し、内側から骨も残さず喰い殺す虫が体内に居る事をずっと悩んでいた。

他人を愛したい、共に生きたいと願いつつも、その力を恐れられ、距離を置かれていた。

その時のカムイの、達観したような寂し気な横顔を思い出す度、胸が締め付けられる。

そして同じくらい、怒りにかられた。

（そんなわけ……、ないだろ！　誰が殺されて幸せだと思うんだ！　誰が自分の能力を悪用されて死ぬ未来を幸福だと思えるんだ！　オレだったら、そんな未来、絶対に嫌だ！　絶対に！）

カッとなった時、ユウヒは怯えにとらわれていた心臓が熱く燃え上がり始めるのを感じた。

哀しみと恐怖が怒りに塗り潰されていく。

そして激しい憎悪と敵意が溢れ、同時に体の芯から熱く焼けるような興奮に見舞われる。

ユウヒはヤツデの背に話しかけていた。

「ヤツデ先輩！　囲いを開けてください！　私が囮になります！」

ヤツデに進言するも、相手は即座に否定した。

「何を言っている？　今はキミの在りもしない贖罪やら、自滅願望やらを満たしてやれる状況ではないと分からないのか？」

怪訝な顔のヤツデに首を振って屋根の上を指差す。

「違います！　私がこいつらを惹きつけます！　そして、ヒビキ先輩の所まで誘導したいのです！」

「何……？」

迫る蝿と神凪の遺骸を糸で弾きながら、ヤツデが目を見開いた。

現存する神凪の主力部隊では、カムイの能力相手だと大半が分が悪い。

だがヒビキの固有能力ならば、カムイの力に対して有効かもしれない。

「そのヒビキが、何処に居るか分からないのではなかったのか？」

ヤツデに問われたが、ユウヒは頷く。

「ヒビキ先輩が見つかるまで、私がこいつらを誘き寄せて走り続けます！」

自分でも無謀な提案だと思ったが、ヤツデは頑として拒絶する。

「馬鹿な！　そんなことをすれば、幾ら燃費が良いキミでも戦血が尽きて蝿に群がられるぞ！」

「ベニマル殿がヒビキ先輩を探してくれています。それに、ヤツデ先輩が言っていたじゃないですか！　シンレイ殿は私が居る場所を犬のように嗅ぎつけて来てくれると」

シンレイは必需品の自分をまだ見捨てないだろう。

その時、屍《しかばね》の群れとユウヒ達の間に、何かが凄まじい勢いで落ちてきた。

驚くユウヒの前に、夥しい水飛沫が上がる。

そして着地した人物が此方《こちら》を振り返り、白銀の髪が翻《ひるがえ》った。

闇夜でも淡く光る蛍火のような男が、此方《こちら》を見た。

「ユウヒ、無事か！」

「シンレイ殿！」

ユウヒが呼びかけると、シンレイはいつもの無表情のまま、手に持っていた何かを地面に放り捨てた。

「……すまない、道中でウミナオシケに遭遇していて遅くなった」

水溜りに浮かんだのは、彼に殺害されたウミナオシケの急所であろう潰されたいくつもの顔だった。六体ほどの獲物の首級《しゅきゅう》にヤツデが息を飲んでいるのが分かった。

「正に忠犬だな、キミは」

ヤツデの言葉にシンレイは特に応えず、両腕を伸ばして骨を鳴らすと、左右の肘の関節部位から骨刀を抜き出して切っ先を敵に向けた。

「ユウヒ、状況はソウイチロウから聞いている。オレは何をすればいい？　こいつらを全て殺せばいいのか」

問いかけられ、ユウヒは直ぐに答える。

「いいえ、そいつらはカムイさんの能力で動いてます！　蠅や蛆に寄生されると危険ですから、ヒビキ先輩の元に誘導したいのですが……」

そう言ったユウヒの目の前で、シンレイは近づいてきた死体を骨刀の側面で力任せに叩き潰した。挽き肉のように砕けた敵の体液がシンレイの衣服に付着する。

シンレイは衣服も自身の髪や皮膚で構成している。心配するユウヒの目の前で彼の衣服に染みついた体液が蛆虫へと変わった。

それが皮膚に喰らいつこうとまとわりつく中、シンレイの服が生き物のように蠢《うごめ》いた。生地が蛆虫に絡みつき、その全てを握り潰して死骸を放り捨てる。

シンレイは平然とした様子で刀を握り直す。

「問題ない。オレの外皮機能は毒物も寄生虫も通さない」

その言葉の通り、蠅も蛆虫も皮膚や生地に潰されて殺されている。

だが防御は完璧だとしても、殲滅《せんめつ》という意味ではそれに至らないようだった。

シンレイは何度も骨刀を振り、屍《しかばね》達を斬り捨て、轢《ひ》き潰すも、攻撃を逃れた蠅の幾つかは空中で弧を描くようにしては、執拗に此方《こちら》に襲いかかってくる。

「……ちっ！」

決定打に欠けるシンレイが、骨刀を翳《かざ》る蛆虫を忌々し気に足元の地面に叩きつける。

しかし通常の虫とは違い、カムイの特殊能力を基盤とした特殊な蛆虫はその程度では離れない。圧死を免れた蛆虫は再び骨刀を貪りだしている。

ヤツデの糸も蛆虫に喰われ出しており、外で戦うシンレイを見守るユウヒとヤツデを包む防御網にも穴が開き始めていた。

骨刀や糸を捕食し、その破片に卵を植えつけたことで増殖し始める蛆虫。瞬きのうちに蝿へ成長するそれがまた卵を産み、爆発的に増えていく。その様を見たヤツデがシンレイに命じた。

「シンレイ、ユウヒを連れて退避しろ！　今はヤツデよりキミの方が足が速い！」

「そ、そんな！　嫌です！　ヤツデ先輩！」

ユウヒはすぐさま異を唱えるが、シンレイはヤツデの命令に振り返らずに頷いた。

「わかった。撤退行動を開始する」

二機はユウヒの意見を聞かずに話を進め、ヤツデはユウヒの背をシンレイに向けて押す。

そのユウヒを受け止めたシンレイはユウヒを両手で抱え上げる。

「シンレイ殿！　ヤツデ先輩！」

ユウヒはシンレイの肩越しにヤツデに声をかけた。

だがヤツデは残った糸で敵の足止めをしている。

飛び降りようとしたが、力ではシンレイに適わない。

シンレイは追いかけてくる蝿を打ち落とすべく、背中を覆う軍服や皮膚を変化させる。

シンレイの背中から溶けた飴細工のように伸びた肉体が、蝿への迎撃の構えを見せていた。

「シンレイ殿！　下ろしてください！　ヤツデ先輩が！　私が囮になりますから！」

「お前が囮になるメリットは無い」

豪雨の中、シンレイは瞬きもせずに狭い路地を疾風のように走り抜ける。跳ねあがる泥水がユウヒにかからぬように自身の衣服で包みながら。

走り続けるシンレイの肩越しに、寄生蝿と戦い続けるヤツデの姿が見えた。

その姿に手を伸ばしながら、ユウヒはシンレイに何度も訴える。

「シンレイ殿！　ヤツデ先輩を助ける方法は、何もないのですか？」

「……」

無言のシンレイにユウヒは察した。

今のシンレイは『方法を知っているのに教えようとしていない』のだと分かった。

「シンレイ殿……！」

彼を見つめると、シンレイは走りながら呟いた。

「……ある。だが、聞かれなかったから言わなかった」

目眩がした。

助ける方法がありながら問われなければ言わないなど、シンレイの意図がわからない。

「な、な……？　何で言わなかったのですか！　大切な仲間で先輩じゃないですか！」

しかしシンレイは表情を変える事なく心情を口にする。

「あの旧型が死んでもオレは何も困らない。オレはお前が無事ならそれで善い」

「何を言っているんですか！」

常軌を逸したシンレイの言動と思考に、ユウヒは声を荒げて手足をばたつかせる。

ヤツデは厳しい面もあるが、皆の居場所を守る為に我が身を顧《かえり》みずに尽力するような青年だ。そして彼が機関との潤滑剤的な役割で存在してくれているからこそ、神凪は今も最低限の権利を得て戦えている。

ヤツデが居なければ、きっと神凪は纏《まと》まらないし、機関の方針とも衝突するだろう。

（こんな囮役しか出来ない私と違って、ヤツデ先輩は神凪に必要な存在だ……！）

シンレイはそんな集団の安寧より、自身の性欲処理係の方が大切なのだろうか。

「シンレイ殿！　離して、離してくださいっ！」

暴れ方が酷かった為、ユウヒを傷つけられないシンレイは体勢を少し崩しかけた。その隙にユウヒは泥水の上に飛び降りる。

「ユウヒ！」

腕を掴《つか》んでくるシンレイにユウヒは叫んだ。

「助ける力の無い私が貴方を責めるのは烏滸《おこ》がましい事だと思います……。でも、貴方が気にかけてくれているはずの私が……私が大切な仲間だと言っている相手が、貴方にとって取るに足らない扱いなのが、どうしようもなく寂しいと思ったのです！」

ユウヒが大切だと言いながらも、ユウヒの大切なものを尊ぶ気は無いシンレイの意識が理解できない。ヤツデを案じて涙を流すユウヒに、シンレイは戸惑っているように見えた。

それからシンレイは溜息をついて、何故か目を細め、慈愛に満ちた眼差しで呟いた。

「……そうだったな。お前は昔から他者を見捨てるのが苦手だった」

「え……？」

シンレイは手を回転させると、手首の関節部位から鉈《なた》に似た肉厚の骨刀を作りだし、ヤツデの元へ引き返し始める。そのシンレイの背を追うユウヒに、彼は短く告げた。

「方法はあるが、手段は選ばない」

シンレイの表情は背中越しで見えなかったが、その力強い声音にユウヒは瞳を輝かせ、何度も頷いた。

「は、はい！　ありがとうございます！　ヤツデ先輩が助かるなら……！」

ヤツデを犠牲にせずに済むと思い、目元に涙を滲ませながらシンレイの後を追う。

現場に戻るとヤツデはまず驚いていた。そしてその驚愕が怒りへと変わる前にシンレイが走りこみ、骨刀を振り上げてヤツデの首を切断した。

噴き出す血が弧を描き、首が宙を舞う。

「なっ……！」

ユウヒが声を上げたが、シンレイが即座に「ユウヒ、受け止めろ！」と叫んだ。

「え？　え？」

味方を斬るという奇行に動揺したが、今この場で受け止められる『モノ』といえば吹っ飛んだヤツデの首しかない。そう判断し、ユウヒは飛び出して首を両手に受け止める。

その間にシンレイは首を失ったヤツデの体を切り刻み、血まみれの体を蛆虫と蠅の群れに向けて思いっきり蹴り倒したのだ。

寄生蠅は血の臭いを嗅ぎつけた鮫の如《ごと》くヤツデの体に群がり、わんわんと音をたてて貪り始めている。

それを唖然と見つめていたユウヒの腕の中でヤツデの首が掠れた声を上げた。

「……やれやれ、ムチャをする……」

「ヤツデ先輩！」

腕の中の首に話しかけると、ヤツデは怒る気すら失せたような表情で此方《こちら》を見上げた。そして苦笑いを浮かべる。

「人間とは違い、神凪は脳さえ無事なら首だけで生きていられる。だが、上官の首を刎《は》ねて持ち運び易くするなんて。それに体を足止めの餌に使うとは……」

普通に考えれば懲罰房行きだが、シンレイはユウヒを抱え上げると無表情のまま走りだした。

「貴様まで担いで走れば、虫ケラに追いつかれかねない。だから重い部分を捨てて囮に使った。これならお前を助けたことになり、ユウヒも納得する。ユウヒが危険な目に遭わなくて済む」

聞いているだけでヒヤヒヤする説明を続けるシンレイだったが、ヤツデは自分の命令を無視された事よりも、斬首されて肉体を蠅の餌にされた事よりも、『重い』と言われたのが気に障ったらしく、それについてブツブツ文句を言っていた。

だがユウヒは腕の中のヤツデの首を抱きしめながら、敬愛する先達を再び喪わずに済んだ事に涙を滲ませていた。

そうしていると、ヤツデは何も言わなくなった。

路地裏から大通りへと脱出した時、馬蹄が近づいてくる音がした。

飛び出したシンレイの目の前に、騎馬隊の先頭に居た大きな男が気づいて馬を制止させた。

「ユウヒ！　シンレイも！　無事だったか！」

後続部隊のソウイチロウ達だった。

腕の中のヤツデの姿に気づいたソウイチロウが急いで下馬して駆け寄ってくる。ヤツデの首を手渡すと、ソウイチロウは信じられないものでも見るような顔で、唇をわななかせていた。

「ヤツデ！　お前ほどの男がこんな姿に……！　会敵した件のウミナオシケは、やはり相当な脅威だったんだな！」

戦慄しているソウイチロウにシンレイが「いや、オレが」と言いかけたのをヤツデが素早く遮る。

「ああ。常人では考えつかない、異常な行動をとる相手だった。……この借りは後でたっぷり返させてもらうとして。隊長殿、通信で伝えたカムイ型の迎撃体勢は整っているかね？」

ソウイチロウが応える前に、二人の情報共有を無視したシンレイは足早に移動し、ソウイチロウが駆ってきた馬にユウヒを乗せてから自身も無断で飛び乗った。

「シンレイ殿！　何してるんですか！　それは隊長の馬で……」

馬はシンレイを嫌がり、暴れている。それでもシンレイは強引に手綱を引いて馬を従わせようとしている。やりたい放題のシンレイにユウヒが訴えるが、シンレイは空を指差した。

「撤退するぞ。ヒビキが来る」

「え？」

ユウヒは見回してみるも、シンレイの行動に戸惑っている騎馬団の中にヒビキの姿は無かった。

そもそもヒビキは基地を勝手に飛び出し、ソウイチロウからの通信も遮断し、ベニマルが捜しに行ったままの身勝手な者が此処《ここ》に来る保証など無い。

そう思っていた時だった。

「シンシン！　テッツメェェエエエ！　マジでブッッ殺すぞコラァァアアア！」

轟雷のような声が頭上から降り注ぎ、一同が視線を上げる。

大通りのカフェーの屋根の上に雨風をものともせぬ表情の青年が仁王立ちしていたのだ。

その男は金と黒の二色の髪をライオンのたてがみのように無造作に伸ばし、目元に包帯を巻いて耳や唇に沢山のピアスをつけ、はだけた軍服からは雷紋に似た刺青を無数に刻んだ痩身を晒していた。

痩せてはいるが貧弱な雰囲気は感じられず、むしろ絞った体に施された限界までの人体改造が、研がれ過ぎたナイフのように狂気的な空気を醸し出している。

がなるたびに威嚇の如《ごと》くピアスがついた蛇舌を見せている姿は、見る者に生理的な恐怖を与えるようだった。

神凪の中でも異色の外貌《がいぼう》をした戦士——ヒビキは怒り心頭の面相をしていた。

ヒビキの姿と銅鑼声《どらごえ》に周囲の神凪達はザワついていたが、ソウイチロウは進み出ると、臆する事なく彼に呼びかけた。

「ヒビキ！　お前、何処に行っていたんだ！　ずっと呼んでたんだぞ！　返事ぐらいしないか！」

叱るソウイチロウだったが、ヒビキは包帯で遮られているはずの視界を向けるようにソウイチロウの方向を見下ろす。そして雨音すら吹き飛ばす程の怒声で返した。

「うるっっっせぇぇええ！　龍雲閣《りゅううんかく》に行く前にクソナオシケどもをブッ殺してキモチ良くなろうとしたら、走ってきたシンシンのクソに敵を横取りで殺されまくって、その上、テメーは散々アタマん中に話しかけてきやがって！　ウッゼェんだよ！　この糞ソーロー野郎！」

反省する所か逆に怒りちらす姿にいつものことながらユウヒは唖然としたが、ヒビキは信じられない程に身勝手な自論を繰り広げて戦闘態勢に入った。

「シンシンの前にテメェからブッ殺してやんよ！」

そう吠えるヒビキが小脇に何かを抱えているのが見えた。

ヒビキは左手にベニマルを抱えていたのだ。

「ベニマル殿！」

ユウヒが呼びかけると、意識を失っていたらしいベニマルが目を覚ました。

「あ、あれ……？　ボク……」

事態が掴《つか》めていないベニマルの襟首を掴《つか》んで猫の子のように持ち上げたヒビキはベニマルに向けて命令しだした。

「おい、ベニ太、クソムカつくシンシンとソーローパイセン、ぶち殺すからオマエの能力、おれに全開放しろや」

「は？　いきなり何言ってんのさ！　っ……アイタタ！」

ベニマルは殴られたであろう後頭部を押さえ、意識を取り戻した事で蘇った痛みに悶絶していた。

それを見たソウイチロウは遂に声を荒らげた。

「ヒビキ！　お前は、自分を捜しに来てくれた仲間に暴力を振るったのか！」

ベニマルを揺さぶり続けるヒビキに時間を取られている間に、蝿の羽音が近づいてきた。

シンレイはユウヒを抱えたまま馬を繰ると、ソウイチロウとヒビキの間に割って入った。

仲裁してくれるのかと思ったが、シンレイは表情を変えないまま、ヒビキに向けて煽りだした。

「ヒビキ、来るのが随分と遅かったな」

「……あ？」

闇夜の雨中でも分かる程、ヒビキのこめかみに怒りの血管が浮き出した。だがシンレイは淡々と続けた。

「お前が弱くて足が遅いから、お前の為のウミナオシケを残しておいてやれなかった。すまなかったな。だがお前、得意だろう？　雑魚を殺す事に関してだけは」

「……」

もはや喋る事もままならぬ程、限界まで憤りを焚きつけられたヒビキ。彼はシンレイを敵認定したらしく、激怒から頬を紅潮させ、肩が上下する程に荒い呼吸を繰り返しだした。

神凪が敵を認識した時の、極度の扇情状態に入った事が見てとれた。ヒビキのただならぬ様子に、小脇に抱えられていたベニマルは小さく悲鳴を上げると、小動物のように震えだした。

ヒビキはベニマルに構わず怒りを撒き散らす。

「てめぇ、マジブッッッ殺す！」

ヒビキは喉が引き攣る程の声を張り上げると、軍服のはだけた胸元をさらに剥いて半身を露出させる。

彼が右手をかざした途端、青白い光が掌で踊るように火花を散らして回り始める。

狙いを定めたヒビキは、その指の中の電撃をシンレイに向けて解き放った。

『帯電』――ヒビキには体内の生体電気を増幅させて、攻撃に転用できる固有能力があった。

その能力は、製造と同時にその強烈な雷光によって彼の視力を失なわせ、更には何度産女の間で治療しようと常に肌へ雷紋を残してしまう程に制御が難しい。

だが、そんなふうに自らすら追い込む強大な能力ゆえに、殲滅《せんめつ》力は現役の神凪の中でも頭抜けている。

その凄まじい攻撃が迫る中、シンレイはユウヒを馬に乗せたまま、自分だけが傍の地面に飛び降りると馬の臀部を叩いて走らせる。

「シンレイ殿!?」

遠ざかるユウヒが呼びかける中、シンレイは体躯を縮めた少年形態をとると、ユウヒとは真逆の方向に向かって駆けだした。

少年姿のシンレイは自身の体組織を成体の時よりも凝縮しているらしく、硬く頑丈だ。彼が防御する際によくとる形状であった。

ヒビキの手から次々と放たれる雷撃が迫る中、シンレイは小柄になった肉体を生かして建造物や路上の障害物の間を走り抜けていく。シンレイが避ける度にいくつもの臥子灯《ガス》が轟音をたてて破壊され、火花を散らして夜の闇を深くさせてゆく。

ヒビキは目標に当たらぬ苛立ちから、牙を剥きだしにして吠えだした。

「クッソ！　やっぱマガちんが居ねーと命中率わりー！　おい、ベニ太、もっと出力、上げろクソが！」

ヒビキが抱えていたベニマルの襟首を掴《つか》んで、高所から落とすように首吊り状態にして脅していた。味方の戦闘力を底上げできるベニマルはヒビキに強要されて渋々と発動させていたようだが、ついに不満の声をあげた。

「出来るわけないだろ！　ボクがオマエの力を上げた所為で、皆がバリバリ攻撃されちゃってるじゃないか！　というかマガムネが居ない状態のオマエのノーコンさじゃ、シンレイに当たるわけないって！」

「威力上げたら当たるかもしんねーだろ！　つか当たるまで攻撃すっからよぉ、ベニ太、サボんじゃねーぞ！」

「そもそもベニ太って呼ぶの止めろよバカァー！」

ヒビキはベニマルの主張を無視し、シンレイを攻撃し続けている。味方すら巻き込む広範囲の電撃に神凪達は散り散りに逃げ出していたが、逃げきれずに雷撃を受けて昏倒する者も居る。

ソウイチロウはシンレイとヒビキの戦いに巻き込まれる部下を守ろうとしていたが、ソウイチロウの腕の中のヤツデはそんな彼を見て生首のまま叱咤しだした。

「馬鹿かキミは！　すぐそこにウミナオシケが迫っているというのに、指揮官が昏倒しては話にならないだろう！　いいからヤツデにしっかり掴《つか》まっていたまえ！」

そう言い放ったヤツデは口から一筋の糸を吐き出し、離れた位置にあるキネマ館の屋上の手すりに絡みつかせる。そのまま首だけの状態で器用に糸を引き戻して、動揺するソウイチロウと共に退避してゆく。

ユウヒは馬の手綱をとって停止させるも、その背から事態を見ているしか出来ずにいた。

シンレイが何をしたいのか分からない。攻撃的なヒビキをわざわざ怒らせて味方を巻き添えにしているのは何が目的なのか？

そう思っていた時だった。

放たれた一つの電撃が周囲一帯を不気味に照らしながら回転する。シンレイが直前で回避したその一撃は、凄まじい音を立てて路地裏から現れた『モノ』を焼き焦がした。

焦げた臭気を放ちながら路傍に転がったのは、路地裏から出てきた寄生蠅に体を乗っ取られた神凪の死体だった。それを見たヒビキは舌を出して嘔吐するような仕草を見せる。

「クッソが！　なんかヘンなモンにブチ当たったじゃねぇか！　つぅぅうかさぁあああ、避けんじゃねぇええよ！」

舌を巻いて怒りだしたが、そんなヒビキに構わずにシンレイが再び話しかけた。

「このウミナオシケにヤツデは全然敵わなかった。強い奴だった。それを今、お前が簡単に殺した。という事は、お前はヤツデより遥かに強いという事だ」

「……はァ？」

もしかしてシンレイはヒビキをおだてて寄生蠅と戦わせるつもりなのだろうか。

だが先程までの罵倒の自然さと比べると、これは明らかにわざとらしかった。

ヒビキも怪訝な顔で、露骨に疑っている。

「遥かに強いお前なら、他のやつらも一撃だ」

そんなので騙されるわけがないとユウヒはハラハラしたが、シンレイは機械音声のような台詞を更に続ける。

「ヤツデ如《ごと》きよりもマガムネよりもオレよりも強い。凄く強い。お前こそが真の神凪最強だ」

シンレイの言葉をヒビキは疑いながらも、その耳はぴくぴくと反応していた。

そしてシンレイは棒読みの賛辞を続けた後に、路地を指差した。

そこからは寄生されて生きる屍《しかばね》となった存在が次々に溢れ出てきている。

その内の一体にシンレイが急に飛びかかった。膝から生やした骨刀で敵を刺し貫き、薙ぎ払う。

だが、刺された敵は穿たれた部位から蛆虫と蠅を溢れさせながらもまだ蠢《うごめ》いていた。

それを見たヒビキは嫌そうに口元を歪めて吐き捨てるように呟いた。

「……やべ！　キッモ！」

だが、そのおかげでこの生理的におぞましい存在をヒビキは敵と認定したらしい。

陶酔《とうすい》した様子のヒビキは少しの間、足をふらつかせて前屈みになって膝をつき、荒々しい呼吸を繰り返していたが、直ぐに立ち上がると天を仰ぐように仰け反って声を張り上げた。

「キッメェから……ブチ殺したくて興奮してきただろォォがぁ！」

怒りながら発情しているヒビキにシンレイは淡々と会話を続ける。

「ヒビキ、こいつらは路地裏にまだゴロゴロ居る。残らず殺せば、きっと凄まじい絶頂感を長時間、味わえるのだろうな」

その言葉にヒビキの顔がピクリと反応した。

そして彼は見えぬ目元で笑みを浮かべているのが分かる程に、口角を吊り上げていた。

「……マジで？」

半信半疑で問い返すヒビキにシンレイは頷く。

「ああ。ヤツデが負けたくらいだ。そこらの雑魚より殺し甲斐があるぞ」

やたらとヤツデが負けたと繰り返しているが、その時ヒビキの興味はシンレイから寄生蝿に移ったようだった。ヒビキは獲物を前にした野獣のように舌なめずりしながら牙を見せて歓喜し始める。

それを見たユウヒはヒビキの狂気にあてられて、背筋を寒くさせた。

（ヒビキ先輩は怒りっぽいけれど、怒りが長時間続かない性質がある……）

それは彼が飛び抜けた刹那的快楽主義者だからだとユウヒは考えていた。

通常の神凪と違い、ヒビキには人間への愛情や庇護の精神は微塵も無い。

だが人間全体に向ける愛情の全てを自己愛に向けているのだと思えば理解できた。

だからヒビキはどの神凪よりも快楽に弱く、機関はそれを知っているからこそ凶暴なヒビキを臥《ガ》子《ス》室で処分せずに戦士として使っているのだ。

燃え上がった憎悪も、屈辱も、快楽の前では霧散してしまう程の快楽主義者。そんな男にシンレイが提案した上物の快楽は、何よりも魅力的に見えたらしい。

ヒビキは屈みこむと、見えない目を凝らすように額に手をあてて路地裏に注意を向けだした。

そして幼児のように声を弾ませ出した。

「マジかよ！　早く言えよ！　そーゆー事はよお～？　ヤツビッチが体ブッとばされて、頭一個にされるような敵が何匹も居るとか、マジ最高に何度でもイケるじゃねぇかよぉ～？」

ヒビキは足元をフラつかせながら、それでも快楽への渇望に抗えなかったらしい。

安心したのもつかの間、シンレイへ電撃を打ちまくっていたヒビキは傍のベニマルを引き寄せた。

逃げようとするベニマルにヒビキは告げる。

「ベニ太、もうオマエいらねーからよォ、その血ィ喰っていいよなァ？」

一方的に宣言すると、ヒビキは抱えていた少年の細い首筋に牙をたてた。

「ぎッ……！」

遠目からでも分かる程に、ベニマルの小さな体が仰け反る。

ヒビキはベニマルの頸動脈を噛み切ると、白い首から溢れる血を大きく開けた口から喉に流し込んでいた。そのおぞましい光景にユウヒは呆然と見ているしか出来なかった。

それはユウヒだけでなく、他の神凪も同じだったらしく、誰も動けずにヒビキの無体を呆けた顔で見ている。

出血量を物足りなく思ったヒビキは、再びベニマルの首筋に牙を立てた。べき、べきと嫌な音が離れていても聞こえだしてようやく、他の神凪より先に我に返ったソウイチロウの制止の声が響き渡る。

ベニマルははじめ手足を振り回して抵抗していたが、飢えたヒビキの吸血の速度が速すぎる所為か、直ぐにその手足は力を喪い、壊れた人形の如《ごと》く体を弛緩させた。

あらかたの吸血を終えたヒビキは鼻をかんだチリ紙でも持つようにベニマルの襟首を掴《つか》んだまま、口元を袖で拭い、満足げに息を吐いた。

「……ッはぁ〜！　ッしゃあ！　漲ってきたァ！　ほんじゃまァ、クソナオシケども、ブッッ殺すかァ！」

ユウヒは嫌な予感を覚え、直感的に馬を走らせていた。

判断は正しかった。

ヒビキは戦血を奪い尽くしたベニマルの襟首をあっさりと手離したのだ。そうして体をのけぞらせて笑いながらカフェーの看板から、寄生蠅の群れに嬉々として飛び込んでゆく。

ベニマルは頭から地面に落下していた。

神凪は戦血が無くとも死にはしないが、頭部が潰れれば即死する。

動けないベニマルは受け身も取れぬまま高所から落ちてゆく。

離れた場所に居るソウイチロウも、身体が無いヤツデも間に合わない。

自分しか居ないと考えたユウヒは、全速力で走らせていた馬の背に立つと、身を屈めて力を込める。

(間に合え!)

不安定な足場の中、縮めたバネを解放するように全身に渾身の力を装填《そうてん》して馬の背から跳ぶ。

ベニマルの頭部が硬い煉瓦道に叩きつけられる前に、ユウヒは限界まで伸ばした両腕でベニマルの体を受け止めた。

だが、非力なユウヒでは受け止めたベニマルの勢いに両腕が耐えきれない。痛みと共に骨が軋《きし》み、そのまま地面を転がる。抱えたベニマルが負傷しないように体で包むようにして庇った。

(くっ……!)

最速からの転倒は尚も勢いが止まらない。

服越しに石や砂で肌が傷つく感触にユウヒは顔をしかめながらもベニマルを守り続ける。

何とか目蓋を開けた時、視界に映ったのは黒光りする臥子《ガス》灯だった。

「う、わ……!」

激突の痛みを覚悟し、ベニマルの体を強く抱きしめた時だった。

凄まじい金属音と共に、視界に火花が散る。

予想していた衝撃どころか、体に触れる温もりに顔を上げる。

(えっ……?)

長く冷たい髪が、はらりと頬に触れた。

「シンレイ殿……？」

臥子灯《ガス》との激突寸前にシンレイが抱きとめてくれたらしく、ユウヒとベニマルは大きな負傷をせずに済んだ。

「も、申し訳ありま……」

言いかけたが、シンレイは無言のままベニマルを抱えたユウヒを軽々と持ち上げる。

ユウヒはベニマルを落とさないように両腕で抱きしめていたが、シンレイはユウヒを肩に担ぎ、ベニマルを小脇に抱えると「撤退する」と言いだした。

「えっ？」

問い直すと、シンレイは顎でヒビキを示した。

「オラァ！　死に腐れクソザコどもォオ！」

ヒビキが寄生蠅を殲滅《せんめつ》させている雷撃の点滅と破壊音、そして水を介して強大な電撃が此方《こちら》にまで影響を及ぼしている。ベニマルで戦血を満たした男は破壊の限りを尽くしており、全力で放たれた攻撃は離れた場所に居るユウヒですら項《うなじ》のうぶ毛がチリチリとする。

節操なく撒き散らされる高圧電流にシンレイはヒビキから距離を取ろうとしていた。

そこで避難していたソウイチロウがヤツデの糸を使って此方《こちら》に下りてきた。

ソウイチロウは何故か軍服の上着を身につけておらず、シャツ姿だった。

雨に打たれて濡れた肩は冷え切っているように見えたが、ユウヒたちを案じて駆けてくる。

「ユウヒ！　シンレイ！　無事か！」

ソウイチロウはヤツデに倒された神凪を屋上に避難させていたらしい。

ユウヒはソウイチロウの問いかけに答えたが、意識が無いベニマルを見て唇を噛む。

落ち込んでいると、ソウイチロウに頭を撫でられた。顔を上げると彼は断言した。

「ユウヒ、お前のお陰でベニマルは生きているんだ。ありがとう。そしてそれを的確に援護したシンレイも、よくやった」

シンレイは何も言わなかったが、ソウイチロウは構わずに話を続けた。

「シンレイ！　お前はベニマル、ユウヒと共にヤツデが糸を張った屋上に避難してくれ！　自分は逃げ遅れた神凪を後から連れてゆく！」

ユウヒは自分にも出来る事があればと進み出たが、ソウイチロウは首を振り、言い辛そうに真意を話した。

「……カムイの寄生蜂の能力をうばったウミナオシケ・カムイ型が近辺に居るかもしれない。カムイの為にも、ユウヒは自身の安全を特に気にかけてくれ」

ソウイチロウの言葉にユウヒは唇を噛んで俯《うつむ》く。自分の能力を持つ化物に守ったはずのユウヒが喰い殺されれば、何の為にカムイは命を賭けたのか分からないとソウイチロウは言いたいのだろう。

ソウイチロウは優しく続ける。

「ユウヒ、お前が生きて、幸せでいる事がカムイの願いだった。お前の事を話しているカムイの表情は、いつも幸せそうに見えた。だからお前は、自身を軽んじては駄目だ……お前に何かあれば、きっとカムイは悲しむ……」

シンレイはソウイチロウに向けて頷いた。

「了解した。ユウヒとベニマルを運んだら、オレもお前を手伝おう」

シンレイの意外な言葉にその場の全員が驚いていた。

今まで『ユウヒさえ無事ならそれでいい』と言っていた男の宗旨《しゅうし》変え。

シンレイは目を丸くしたユウヒを見つめると、何故か懐かし気に目元を緩めた。

「……ユウヒは、救える命は救いたいと願う男だ。なら、オレはユウヒの願いを叶える存在になりたい」

「シンレイ殿……」

シンレイは、ヤツデの糸を手繰って、爪先から生やした骨刀を壁に突き刺しながらビルを登ると、その屋上にユウヒとベニマルを避難させた。ソウイチロウの声が飛んでくる。

「ユウヒ！　すまないがヤツデを頼む！　あいつも……限界なんだ……」

「わ、わかりました！」

急いで壁を登った先、キネマ劇場の屋上ではソウイチロウによって運ばれた神凪達が傷つき、疲れ果てた姿を晒していた。

ヤツデはその中で、ソウイチロウの上着らしき服にくるまれた状態で居た。

身体を失い、首からの出血が続く中でも糸を生成し続けていた所為だろう。陶器のような肌には雨ではない雫《しずく》を浮かび上がらせている。

「ヤツデ先輩！」

近づくが、ヤツデは虚ろな目で此方《こちら》を見て、唇を動かすだけだった。

体の大半を失った事に加え、深刻な戦血不足で会話が不可能になっているようだった。そして、凍えるように震えていた。

ヤツデは皮膚や舌の分泌物を戦血で練成させて糸を生み出している。

だが戦血が枯渇した状態で糸を作り続けた結果、体温の維持に必要な温度調節や皮膚の保護すら出来なくなったらしく、降り注ぐ雨の寒さで震えた唇は罅《ひび》割れ、血が滲んだ雨水が肌を伝い落ちていた。

その無残な姿と、もはや喋れる程の戦血も残っていないのだと知り、ユウヒはヤツデの首を抱えて涙を零す。

「申し訳……ありません。私が……オレが、非力なばかりに……」

そう悔やんでいた時、肩に手が触れた。

顔を上げると、シンレイが苦し気な顔で首を振った。

「……お前の所為じゃない」

「……」

誰からどう言われようとも己を責める事を止められないでいると、シンレイは痛みを堪えるように、眉を寄せて目蓋を伏せる。

「お前の所為じゃない。ヤツデがそうなったのも、この事態も全て、オレが招いた事だ。お前は悪くない」

そう口にすると、シンレイは屋上の柵に飛び乗った。

強風で靡《なび》く白銀の髪の隙間から、此方《こちら》を振り返っている姿が確認できた。シンレイは絞り出すように告げる。

「……お前が泣いている姿は、つらい。だから、カムイ型はオレが殺す」

「えっ」

問い返すと、シンレイは目を細めた。

「カムイを喰った奴はカムイの皮を使ってカムイに擬態している可能性がある。……そんな相手をお前は殺せないだろう」

「！」

ウミナオシケが人間や神凪から深く憎悪される要因は、捕食行動だけでなく、喰い殺した相手の死肉と声帯を使って死者に擬態するからだった。

カムイを喰った化け物が彼の姿で何処かに居るかも知れないという最悪の事態を考え、ショックで黙り込むユウヒに、シンレイは呟いた。

「だから、オレが殺す。……それだけが、オレがお前の為に出来る事だ」

そうして彼は飛び降りていった。

ユウヒはヤツデを抱えたまま屋上の柵まで走り、シンレイの背を探して地上へ視線を巡らせる。

そこには神凪の救助を続けるソウイチロウ、それをサポートするシンレイの姿があった。

非力なユウヒではシンレイやソウイチロウのように他の神凪を抱えて避難させる事は出来ず、そして……。
（もし、カムイさんの顔をしたウミナオシケと対峙したら……）
手が震えていた。
彼の惨《むご》い死に様《ざま》を見た自分が、憎い仇《かたき》とは言え恩人の姿をした生物を殺せるのか？
「……」
震える拳に逆らえず、改めて自身の未熟に歯痒さを感じていた。

第五章　神凪の裏切り者

寄生蝿の件から一夜が明けた朝、ユウヒは大浴場前の脱衣所に居た。

（夜に備えて、入浴しておかなければ……）

神凪の入浴はウミナオシケの発生がまず起こらない朝に済ませる。

風呂に入っても夜に出撃すれば血まみれ汗まみれになるのだが、その時は宿舎の外にあるシャワーを使う。

野外のシャワーは真冬でも水しか出ないので、大半の神凪は面倒くさがってそのまま寝てしまう事が多く、大半の者の寝床は惨状になりがちだった。

だが神凪は『見た目が美しい守護者が異形の化物から人間を守る姿に民衆は熱狂する』という機関の方針から、身なりには気をつけるように義務づけられており、朝風呂が推奨されていた。

神凪専用の大浴場は宿舎に併設されており、既に何機かは入浴しているらしい。脱衣所の棚はほぼ使用中の状態になっていた。

ユウヒも軍服を脱ぎ、木製の棚に丁寧に畳んで置くと、扉を閉めた。扉の表面に設置されていた木製の鍵には番号が刻まれているが、ユウヒはそれを抜き、首にかけた。

そして大浴場に視線を向けた時だった。

隣に立つシンレイと目が合った。

シンレイは既に衣服を取り払っており、その裸体は大浴場への戸が開く度に漏れる湯気の中でも張りのある筋肉の輪郭を保っている。

何度も目にしても溜息が出るような均整のとれた美しい体に思わず顔が熱くなって目を背けたが、逸らした視線にシンレイの足が近づいてくるのが確認できた。

「シンレイ殿……、準備が終わったなら、どうぞ先に入浴なさってください」

シンレイに声をかけながら、平常心を保つように深呼吸して顔を上げると、彼は無言のまま首を振った。そして低い声で静かに告げる。

「ユウヒはオレが見ていないと、直ぐに危ない目に遭う」

何故ウミナオシケのいない風呂場で危険な目に……？　と思っていると、シンレイが足元を指差した。

「床は危険だ。滑るぞ」

「は、はい、そうですね！　ありがとうございます！　気をつけます！」

水滴が散らばる脱衣所の床を慎重に歩きだすと、シンレイが浴場への戸を開けながら真剣な眼差しを向けた。此方《こちら》が入るまで戸を開けて待っているようだ。

「戸も危険だ。挟まると痛いぞ」

「はい！　ありがとうございま……って、えっ？　挟まる事、あるのですか？」

戸とシンレイを見比べていると、シンレイは神妙な面持ちで頷いた。

「ある。オレが風呂に入ろうとしたら、後から来たヒビキに突き飛ばされて戸を閉められた」

それは挟まったではなく、挟まれたのではないかと思ったが、地味に痛かったのでイラッとした。戸を外して投げつけたら殺し合いになったと物騒な事を言い始めた。

そうしていると浴場のソウイチロウから名前が呼ばれた。

「ユウヒ！　シンレイ！　早く入らないと、入浴時間が終わるぞ～」

急《せ》かされて慌てて風呂場に足を入れる。

大浴場は広い天井の下に大型の湯船があり、一面タイル張りという最先端の改良風呂だった。

神凪達は体を洗ったり、湯船で鼻歌を歌っていたり、思い思いの姿で寛《くつろ》いでいる。

臥子資源《ガス》のお陰で水も湯を沸かすのも容易い為、これだけの水量を確保できるのだろう。

（そういえば、人間様の入浴姿は見た事が無いけれど、彼等も風呂ではこのように過ごしているのだろうか……）

ユウヒは考えながら、体を洗おうとして木製の椅子に座る。

すると背中に、むにょっ、と柔らかいものが触れた。

何かと思って振り返ると、シンレイが泡立てた何かで背中を洗っていた。

「あの、シンレイ殿、何をなさってるのでしょうか……？」

「お前の背中を流している」

それは見ればわかるのだが、どうして神凪最強の兵士が囮役の背中を……と考えてから、ユウヒは事態に気づき、慌てて立ち上がった。

「そ、そんな！　いけませんよ！　シンレイ殿は神凪にとって貴重な戦力です！　私などのような小物の背を流すなんて、序列的にもおかしいです！」

本来ならば自分がシンレイ殿の御背中を流し、疲弊した御体を揉み解すぐらいするべきですから！　どうか交替してください！　と告げるも、シンレイは首を振った。

「嫌だ」

「ど、どうして……」

するとシンレイは真剣な眼差しのまま、指を滴《したた》る泡を合体させるように両手を合わせた。

「オレがやりたいからやっているだけだ」

そうしてシンレイは湯船のソウイチロウに石鹸を寄越せと強請り始める。呼びつけられたソウイチロウは湯の温度で赤くなった顔で振り返ると、のほほんとした表情で語る。

「石鹸？　ヤツデから貰ったものならあるが……」

ソウイチロウが湯から上半身を出して石鹸を手に取り差し出すが、シンレイは礼も言わずにパシッと奪い取っていた。まるで猫がパンチするような早さだ。その姿にユウヒは小さく悲鳴を上げる。

「ヒエッ！　シンレイ殿！　た、隊長、申し訳ありません！　申し訳ありません！」

ユウヒが謝り倒すも、ソウイチロウは笑っている。

通常の上官相手ならば許されざる暴挙だが、ソウイチロウは皆と同じ時間帯に入浴するような気取らない男だからこそ大目に見てくれている。しかしシンレイの振る舞いは見ていて心臓に悪かった。

ソウイチロウは悪戯っ子な弟を見るような眼差しで笑っていたが、それでもどこか元気が無いように見えた。

（ソウイチロウ隊長……ヤツデ先輩が居なくて寂しいんだろうな……）

シンレイによって首以外の体を破壊されたヤツデは現在、自身を製造した産女の間で肉体を再生中だった。

見舞いに行った時に、ヤツデは産女の間の赤い水の中で苦笑していた。

『足の一本でも残しておいてくれていれば、もっと製造時間が短縮出来たんだがねぇ。見事に首以外が細切れ肉だ。まぁ、シンレイの機転が無ければ今頃、新しい副隊長を選んでいる最中だったろうから、良かったよ』

笑いながらシンレイに嫌味を言えるくらいだったので、ユウヒは安堵《あんど》していたのだが。

ベニマルも大量の戦血を喪失した事で産女の間にて補給中だった。

そして疲弊したベニマルの様子にハクマルは泣き喚き、風呂に誘っても動こうとしなかった。

『ベニマルにーにといっしょにいる！』

そう言い、産女の間のベニマルの傍で膝を抱えていた。そんなハクマルにシンレイが『お前がベニマルの傍に居ても何の意味も無いだろう。ユウヒを困らせるな。さっさと風呂に入って飯を食え。殴るぞ』等と、ぶっきらぼうに言って余計に泣かせたのだ。

ユウヒが慌てて、風呂に入って食事もとって、自分のすべき事をしてからベニマルの傍に居てあげた方がベニマルも心配しなくて済む、シンレイ殿もそう言いたかっただけですよとシンレイのフォローをしつつ励ますと、ようやくハクマルは風呂に入ってくれたのだ。

今もハクマルは湯船で落ち込み気味だったが、ソウイチロウが傍で話しかけたりと気遣ってあげていた。

ハクマルは熱い湯が苦手なのか、給水用の水が出る大きな蛇口の前から動かないようにしつつ、ソウイチロウの会話を頷きながら聞いている。大柄なハクマルは半身が湯からはみ出していたが、その肩が冷えないようにソウイチロウが湯をかけてやっている。

他の神凪も仲が良い者同士で固まって談笑していたりで、入浴は殺伐とした日常の中の癒しとなっているのが見てとれた。

(こうしていると、何だか街中の人間様の集いと変わらないように見えるなぁ……)

ヤツデとベニマルが居ないのは残念だが、あの二機も復帰したらまた、この輪の中に入れるだろう。そんな風に考えていた時だった。

「マジ風呂とかメンドくせぇ～！　先にメシ食わせろよクソが！」

乱暴な足音と共に風呂の引き戸が勢いよく開いた。

風呂場に居た全員が身構える中、入ってきたのはヒビキだった。

ヒビキの登場によって途端に空気が緊迫したものへと変わったが、今日のヒビキは機嫌が良いのか、此方《こちら》を見て愉快そうに口角を上げた。

「んだよ、ゆーぽん、居んじゃん？」

ゆーぽん、とはユウヒの事らしいが、ヒビキは何故か妙な愛称をつけてくるので一瞬、誰の事かわからない時がある。

とりあえず、機嫌を損ねては良くないと思い、会釈して挨拶を口にすると、ヒビキはますます上機嫌になったのか、ユウヒの隣の椅子に座りだした。

そして顔を近づけて、ユウヒをジロジロと見るような仕草をする。

目が見えないはずなのに見られているような心地になり、何となく気まずい思いをしていると、間にシンレイが割って入った。そしてヒビキはシンレイの行動に不愉快そうに口を曲げる。

「あ？　シンシン、ジャマだっつの。どけっつの」

「退かない。貴様はユウヒを傷つける。だから退かない」

「どけ」

「退かない」

「……」

「……」

ユウヒはハラハラしながら遣り取りを見ていたが、何回か繰り返した後に無言になったシンレイとヒビキが拳を振り上げるのは同時だった。

拳が双方の頬を打つ前に、ソウイチロウの制止が飛ぶ。

「こらぁ！　風呂場でケンカは駄目だぞ！」

その大きな声で二機の動きは、拳が当たる寸前でピタリと止まった。

が、シンレイとヒビキの表情を見ていると、命令に従ったというよりは『は？　おれより弱ぇー奴が命令すんなよ？』という、お互いの敵意がソウイチロウに向いただけのようだった。その不穏な空気にユウヒは青ざめる。

（ま、まずい……！　今はケンカを止めれるヤツデ先輩もいないし、ヒビキ先輩が暴力行為に走って、また懲罰を食らえば、神凪の戦力が……！）

何とか意識をそらそうと、ユウヒはヒビキに話しかけた。

「ヒビキ先輩！　あっ、あのっ！　き、昨日はお疲れ様でした！」

「……あ？」

しかしヒビキは明らかにイラついた表情で此方《こちら》を向く。ヒビキの態度にシンレイが後方で拳をゆっくりと振り上げているのが見えたユウヒは慌てて続けた。

「あ、あのその、私は！　ヒビキ先輩の鮮やかな雷撃、さながら雷神の降臨を思わせる至高の破壊力で豪快にウミナオシケを殲滅《せんめつ》しており、あの、その、このユウヒ、ヒビキ先輩の凄まじい強さに見惚れておりました！」

あの夜のシンレイの棒読みの賛辞を思い出し、自分も褒め殺してみた。

だが自分の語彙力と噛み噛みな台詞では……と考え込む前に目の前でヒビキが沈黙の後、大笑いし始めた。そして肩を叩いてきたのだ。その強い力にユウヒは倒れかけたが、何とか耐えながらヒビキを見ると、彼は上機嫌な口調で語る。

「マジ、ゆーぽん、見る目ありすぎじゃね？」

「あ、ありがとうございます！　ヒビキ先輩の次回戦に期待しております！」

「おう、次のクソナオシケもブチ殺しまくってやっからよぉ～。まぁ、雑魚すぎウミナオシケを倒せねぇパイセンとシンシンがマジクソザコすぎっつうか～？」

凄く良い笑顔だった。

よ、良かった～！　上機嫌になった～！　と、安堵《あんど》しかけたユウヒ。

だが、視界の片隅でシンレイが今度は今にも噛みつきそうな眼差しでヒビキを睨んでいる姿に気づいた。

ヒビキはご機嫌で自画自賛しているが、逆にシンレイは恨みつらみを積み重ねた悪鬼の如《ごと》き表情で瞬きもせずにヒビキを凝視していた。視線で殺さんばかりの圧を放っている。

（シシシシシンシンレイ殿ォォォオオ？　な、何故、そんな顔を！　ヒビキ先輩に気づかれたら絶対にまたケンカに……）

ユウヒが脂汗を滲ませていると、シンレイが此方《こちら》を振り返った。その目に殺気は無かったが、無表情のシンレイの本意を読み取るのは難解だ。そう考えているとシンレイが口を開いた。

「ユウヒ」

「は、はい！　何でしょうか？」

「……」

返事をしたが、口下手なシンレイは押し黙ってしまった。

そこで事態を見ていたハクマルが手拭いに空気を入れたものを湯に沈めて泡を放ちながら告げた。

「ユウヒにーちゃ！　シンレイも、がんばったからほめてほめて～っていいたいんだよぉ～」

「え？　私などの賛辞をシンレイ殿が？」

ハクマルが笑顔で何度も大きく頷く。シンレイは顔を逸らしていたが、何故か肩がソワソワ動いていた。それを見たユウヒは微笑む。

ハクマルがシンレイと仲良くするように気を遣ってくれたのだと思い、首を振った。

「いいえ、それよりも人間様や隊長や副隊長から褒められる方が嬉しいと思います！　なので、私などより是非、隊長に……！」

ユウヒがソウイチロウに振ると、ソウイチロウは照れ笑いを浮かべながらも嬉しそうに咳払いしていた。

「シンレイ、お前そんなに褒められたがりだったのか～。ああ、構わないぞ！　自分で良ければ、沢山褒めよう！　さあ、いっぱいよしよししてやろう！」

だがシンレイはソウイチロウが褒める気まんまんで両手を差し出している姿を一瞥すると、チッと舌打ちした。

「シ、シンレイ殿！」

急いで止めたが、更に「嫌だ」と言う。

ソウイチロウが明らかにショックを受けていたが、ヒビキがシンレイの石鹸（ソウイチロウから強奪した）を勝手に使いながらゲラゲラ笑って横槍を入れる。

「たりめーだろ。ソーローパイセンみたいな地味なオッサンに褒められて嬉しいわけなくね？

やっぱ女だろ！　女！　女にカラダ使ってアレコレされる方がウレシーっつーの」

「自分は旧型なだけで断じてオッサンじゃないし、地味とか本当の事を言うのは止めてくれ！　あと、人間様の女性をそのように言うんじゃない！」

ソウイチロウが即座に訂正していたが、ヒビキは女性にチヤホヤされた方が色々楽しいのだと自論を語っている。人間にチヤホヤされた経験など無いユウヒは話し半分に聞いていたが、シンレイが此方《こちら》を見つめながら問いかけてきた。

「お前も、女がいいのか」

急に何を言いだすのかと思ったが、そんな事を考えた事も無いユウヒは迷いながら返答する。

「え？　あ、いえ、私のような者は人間様からお褒め頂くような立場ではありませんし、そもそも人間様は年齢性別問わず、皆様、素晴らしい方揃いなので……」

「理解した」

会話の途中でシンレイが返事をした後、彼が唐突に立ち上がった。

そしてシンレイが目蓋を閉じる。その姿が湯気で一瞬、見えなくなった。

「あれ？　シンレイ殿、何をなさっ……」

ユウヒが問いかけるも、湯煙から現れたのは、長く美しい髪と澄んだ赤い瞳をした、巨乳の美女(しかも全裸)だった。

「え？」

ユウヒは幻覚かと思って目を擦る。だが目の前のタイルの上に長い足を組んで座って居るのは、どう見ても女性で、しかも白い肌が艶めかしい、色香溢れる存在で……。

「ふわぁああああ？」

突然の全裸の美女にユウヒが顔を赤くして奇声を上げると、大浴場内の神凪が事態に気づき視線を向け、騒ぎだした。全員が立ち上がり、絶叫しながら口々に感想を飛び交わせる。

「お、女？」

「なんで神凪専用の浴場に女が？」

「しかも、すげぇ色っぺぇ！」

「やべぇ、興奮してきた！」

誰もが視線を奪われる謎の美女は不躾な視線に晒されても平然としていたが、その無表情さや振る舞いは、よく見るとユウヒには何となく見覚えがあった。

髪の色も瞳の色も、シンレイにそっくりなのだ。

いや、まさか……と思いつつも、恐る恐る問いかけてみる。

「まさか、シンレイ殿……？」

シンレイは肉体を武器化できるし、少年姿にもなれるが、まさかその応用で……と震える指を向ける。すると美女は頷き、口を開いた。

「そうだ。雄《おす》は雌《めす》に褒められる方が嬉しいのだろう？」

凄いド低音の男声だった。ユウヒは度肝を抜かれたが、何か誤解しているシンレイにどう言えばいいのかわからず、とにかく頭に思いつくままに喋っていた。

「う、嬉しい？　いえ、あの、私は別に」

「嬉しくないのか。もっと製造時期が早いか遅い姿の方がいいのか」

もしかしなくても、年上好きなのか年下好きなのかを質問しているのかもしれない。

いや、それ以前に何で女体化を？　と目を白黒させていると、周囲でドサドサと何かが落ちる音が聞こえた。

（ん？）

見回すと、見た目は美女でも声がシンレイなので、さっきまで盛り上がっていた神凪達は即座に萎びたミミズのようにシワシワの顔になって崩れ落ちるように次々と倒れていっていたのだ。

「シ、シンレイ、かよ……」

「見た目がエロい女でも中身がシンレイかよ……」

「つうか声帯そのままとか手抜きすんなよシンレイかよ……」

「俺の春を返せよ……」

精神的ダメージが大きかったのか、湯船に何機もの同胞か浮かんでいる。

「せ、先輩方ァ〜！　ぜ、全滅しておられるぅううう！」

ユウヒが叫ぶと、湯船のハクマルが泣きだした。

「うわーん！　ユウヒにーちゃー！　ソウイチロウにーちゃが、シンレイのおっぱいみて、はなから、センケツぶしゃーって！　ぶしゃーってしてから、ガクッって！」

どうやらソウイチロウは女体に耐性が無かったらしく、大量の戦血を吹いて彼も湯船に浮かんでいる。

それを見たシンレイは淡々と「なんだ、女の体になれば武器で殴るよりも早く殺せるのか……」と、味方に対して言うべきではない事を漏らした。

それでも根性がある何機かは起き上がり、不敵な笑みを浮かべた。

「へ、へへ……、中身はシンレイで声もシンレイでも、見た目がそれだけ良い女なら……」

「だよな！　ギリ、イケるよな？」

凄まじい執念だ。

神凪は敵認識時に発情するような性欲旺盛な者ばかりなせいか、性衝動を持て余している者が多い。人間女性と恋仲になれても嫁入り前に肉体関係をもつのはふしだらとされるため、清い関係であったり、逆に体だけの関係を求めても薄給な所為で私娼窟《ししょうくつ》すらなかなか行けず、仕方なく神凪同士で性処理をし合っている者が多かった。

そんな飢えた野獣の群れに美女が降臨すれば、それはそれは盛り上がるのだろうと予想は出来たが、ユウヒは違和感に気づいた。

こういう時、真っ先に絡むヒビキが普通に髪を洗って黙々と入浴行動をしたからだ。

無類の女好きのヒビキも、流石に中身がシンレイでは催《もよお》さないのかと思っていると、ヒビキは手桶で髪に湯をかけ、頭を濡れた犬のようにプルプル振った後、興味がなさそうに溜息をついた。

「……つうか、女じゃねーじゃん。ついてんじゃん」

えっ……？

ユウヒがシンレイをまじまじと見つめる。

シンレイが何故か顔をぱあっと輝かせた。（いつもの無表情だが）

だが、ユウヒはヒビキの台詞の真の意味を悟った。よく見ると、シンレイは、胸は女性だが、下半身のとある部位は毎晩のように見慣れた形状の……。

「う、うわぁああああああああああああああああッッッ！」

思考の途中でユウヒが悲鳴を上げると、シンレイやハクマルがビクッとする。

「上は女性なのに、下は、下はシンレイ殿のシンレイ殿という剛直がそのまま……え？　え？　えええええ？」

混乱しながらユウヒが頭を抱えると、シンレイが心配していたが、此方《こちら》の心配よりも、そちらのどう見ても人間では有り得ない身体構造を心配してほしい。

そう悶え苦しんでいる中、先程まで『中身がシンレイでも見た目が女なら良い』派も全て血反吐（口から戦血）を吐いて昏倒していた。浴場で正気を保っているのはハクマルとヒビキくらいなものだったが、そのヒビキが皆の疑問を口にする。

「……なんで下だけ男なんだよ。下も女のにしとけや」

だがシンレイはヒビキの言葉に憮然とした態度で返す。

「見た事が無いものに変形できるわけがないだろう」

そう言って仁王立ちするシンレイ。

ユウヒですら同胞が所持していた春画を借りて女体の形状ぐらいは知っているというのに、シンレイの人間への興味の無さが、とんでもない魔物を生み出してしまった悲劇だった。

◆

入浴後、ユウヒは神凪の基地内にある食堂に居た。調理場からは明るい女性の声がする。

「ほら、シケた顔してないで飯でもお食べ！」

食事時なので多くの神凪が集まっていたが、調理場には人間も何人か居る。その一人である調理場の中年女性から食事が載ったトレイを受け取った者は、思い思いの席に着いて食事を始めている。

ユウヒも列に並んでいたが、何度か横入りされて順番が遅くなった。

「戦わず逃げてばかりいる無能なお前は最後尾に居るべきだろうが」と言われ、反論できずに並び直そうとしていた時、厨房の女性がお玉で鍋を叩いて怒鳴る。

「こら！　何やってんだい！　役割が違うだけで、アンタらはみんな命がけでウミナオシケどもと戦ってくれてる英雄様だろ！　仲間にイケズするなんて、いい男はやらないもんなんだよ！」

ユウヒを嘲笑していた神凪達は叱られた子供のような表情で最後尾に並び直していた。

配給の番が来たユウヒは、声をかけてくれた厨房の女性の治子《はるこ》に頭を下げて礼を述べる。彼女は大きな体を揺らすように笑って答えた。

「気にしなくていいんだよ！　誰が何と言おうとアンタは誰にも出来ない役目を引き受けてくれてるんだからね！　というか、ちっとはヒビキちゃんやマガムネちゃんみたいに図太くおなり！」

「図太……」

思わず繰り返してしまったが、治子はお玉になみなみとカレールウをよそって見せてきた。

「そうだよ！　毎日バケモノと殺し合いをさせられて、そのくせありえない薄給なんだから、せめてストレスだけは溜めるんじゃないよ！　アンタはシンレイちゃんみたいな図太い男と毎日つるんでる割に繊細なんだから！　ほら、これ食べてもっと太りな！」

カラカラと笑って皿に山盛りに食事をのせる治子にユウヒは慌てた。

「あ、あの、私などが、こ、このように大量に頂くわけには！　それに神凪は食べても食べなくても体型も筋肉量も製造時と変わりませんし……」

神凪は戦血があれば活動維持が可能な為、食事による栄養補給の重要性は人間ほど大きくはない。

『戦血の補給経路の確保』という問題さえなければ、神凪はウミナオシケとの戦いだけでなく『兵糧を必要としない兵隊』として北の大国を始めとする海外に出兵させられる予定だったと聞く。

それは様々な問題で実現しなかったらしいが、ユウヒはホッとしていた。

(国外の人間様とはいえ、我等がお守りする人間様と同じ生物分類の存在を傷つけるなんて、絶対に嫌だ……)

一握りの例外を除き、人間を模した人造人間の大半は根底に人間への無償の愛と服従心がプログラムされている。

そして『人間を模した』弊害として、神凪にはヒトのように味覚もあり空腹感もある。

腹が減った時に食事を摂る嬉しさも知っているし、何よりも飢餓状態の神凪は人間と同じでイライラしやすい。

その為、機関は一日のうち、昼と晩の二回だけは食事を与える方針を取っていた。

普段は汁物と漬物、麦飯ばかりだが、今日は月に一度のライスカレーが提供される日であり、それを楽しみにしている者も多い。

ユウヒは自分の配給分は前線で戦っている兵士に優先して欲しいと訴えるが、治子はお玉で先に進むように前方を差した。後ろで待ってる者が居るから、早く席について食えと言っている。

その治子に、ユウヒは目元を熱くさせながら微笑んだ。

「……あ、ありがとうございます！　人間様が手ずから作ってくださった野菜と料理を我々に供してくださるご厚意を噛み締め、感謝を忘れずにいたいと思います！」

当然の感謝を伝えたのに、何故か治子は気の毒そうに、罪悪感を抱くような表情をしていた。

だが、ユウヒは心のそこから食事を必要としない人造人間に食糧を分け与えてくれるのは人間達の優しさだと思っていた。

この国の地方農村部は疫病や災害のせいで壊滅状態に近いが、帝都には臥子《ガス》という万能の天然資源がある。そのお陰で室内や地下、屋上で作物を育てたり、家畜まで飼える恵まれた環境だ。

それでも限りある食材を提供してもらえるのは有難いと感じる。

(臥子《ガス》は地中にあるガスというものとは別物らしいけど、詳しくは知らないんだよなぁ……)

臥子《ガス》はこの綿津見ノ國《わだつみのくに》のみに存在する事から、海外の列強《れっきょう》から狙われているという話を聞いた事がある。

ふと、考える。今は帝都中にウミナオシケが溢れている事で他国からは『資源は欲しいが人喰いの化物の巣窟を攻め落として犠牲に見合う成果が得られるのか』と思われて静観中らしいが、もしもウミナオシケを絶滅したなら……。ごくりと喉が鳴った。

（人間様同士の戦いになるのでは……？）

人間を愛する神凪は人類同士の戦いでは役に立たない。自国の人間だけでなく、他国の人間も等しく愛しいのだ。そう考えていると、心が重くなってきた。

（人間様が傷つけ合うのも、嫌だな……）

ユウヒは窓際の席につくと、麦飯とカレーを混ぜ、スプーンを口に運ぶ。

具は大豆と芋のみで肉は全く入っていなかったが、薄給ゆえに外食もままならぬ神凪にとっては洋食を口に出来る数少ない機会である。食い盛りの肉体年齢で製造された男性型揃いな事もあってカレーは非常に人気だった。

メリケン粉でとろみをつけたカレーを噛み締めながら、食事への想いを馳せる。

（そういえば今日は三カ月ぶりの休日だ……！）

街で少しだけ買い物をしようかと思った。昨日の夜にソウイチロウから配られた日給が軍服の胸ポケットに入ったままだったのだ。

戦死率が高い神凪は給料が日払い制なのだが、それもソウイチロウが機関の上層部と掛け合ってくれたからだった。

彼が隊長に就任するまでは、どれだけ必死に戦って生き延びたとしても、給料日の前に死ねば血族がいない神凪に支払われる事はない。

だからソウイチロウが『毎日、命がけで生きている部下達に、ささやかな楽しみを享受できるように即金形式にしたい』と尽力してくれたのだ。決して多くは無い額だとしても、手元に金銭がある事で気晴らしの飲み食いが出来るのは有難かった。

(百貨店の食堂で食事……みたいな贅沢は出来ないけれど、屋台のみつまめ一杯くらいなら……。それとコツコツ貯めてたお金で今日はカムイさんが好きだったサンドウヰッチを駅で買って……)

カムイがよく座っていた中庭の木に彼の大好物を供えるのがユウヒの決め事だった。

そうすると、もういない男が今もこの空の下の何処かで生きている気になれるのだ。

(カムイさん、最初は食事に全く興味をもってなかったな……)

無機質に戦い続けるだけの彼に何とか様々な楽しみや喜びを知って欲しいと思い、ユウヒは巷《ちまた》で話題のサンドウヰッチという駅弁をカムイに差し入れた事がある。

高価なものだと知ったカムイは遠慮していたが、何とか受け取ってもらった。

だがカムイは初めて見る食物に困惑していた。

『……西洋のパン、か……』

後から聞いた話だが、カムイは『パサパサして硬くて食べづらい』という理由でパンが苦手だったらしい。苦手なパンと、食べた事が無いハムとチーズという組み合わせだったが、カムイはサンドウヰッチを一口食べた後、言葉を失っていた。

齧《かじ》った部位を見つめ、その後にユウヒに視線を向け、戸惑いも露わな表情で問いかけてきた。

『なんだこれは……、これは……？』

そう繰り返し、あっという間に平らげてしまった。しかも空になった箱を名残惜しそうに見ているくらいに気に入ったらしい。

それからカムイは給料の全てをサンドウヰッチに投じだしたので流石に彼の懐具合を心配したユウヒはパンやチーズを買ったり、ジャムを挟んだりして既製品を模したものをカムイに差し入れるようにした。

その手製の料理をカムイは非常に喜んでいた。中庭の木の下で手作りの弁当を食べているカムイは、人間の幼子が母に抱かれて眠る笑みのように、穏やかな表情を浮かべていた。

今も中庭の木の下にはカムイが座っているような感覚に陥る時がある。

だが今のユウヒがその木の下でサンドウヰッチを持っていくら待っていても、いつまで経っても待ち人は現れない。そうして甘い夢想から現実に引き戻されるのだ。

重い現実は今日の食堂内にも満ちていた。

普段なら活気が溢れるはずの場で、どの神凪の表情も一様に暗い。食が進まぬ者も少なくないように見えた。ユウヒは食事の手を止め、視線を巡らせる。

(無理もない、か……)

昨晩の経過を思い出す。寄生蠅を全滅させてからも一悶着あったのだ。

蠅と遺体を撃破したヒビキは最高潮の絶頂感に恍惚とした笑みを浮かべて満足気に水溜りに倒れ込み、大笑いしていた。しかもイビキをかいて寝始めたのだ。

周囲を巻き込んで好き放題に暴れるだけ暴れた末、心地よく寝ている姿に腹立たしい気持ちにはなったが、構うだけ時間の無駄とも言える。

ユウヒは爆睡しているヒビキを避けて通りながら、シンレイやソウイチロウを始めとした比較的、体力が残っている神凪と共に、路地の奥からクラゲのウミナオシケや戦死した神凪の遺体や残骸を収容した。

その最中、シンレイはウミナオシケ・カムイ型が出現した場合、即座に対抗できるように気を張り詰めているのが傍に居るだけで伝わってきた。

シンレイはユウヒの傍から離れず、常に周囲を警戒していたのだ。

今この場で最も恐怖心を抱いているのはユウヒである為、その恐怖を嗅ぎつけてウミナオシケが現れるならユウヒを狙うと考えたのだろう。

自分の事はいいから、この場で最も命の価値が高い存在であるソウイチロウの傍を警護してくれと頼んだが、シンレイは頑なに拒絶した。幸いと言うべきなのか、その夜はもうウミナオシケ・カムイ型は現れず、活動の痕跡も見つからなかった。

黙々と遺体を回収していると、蝿に乗っ取られた神凪の骸は全て頭部が破壊されていた。

少女のウミナオシケの切断痕ではなく、もっと徹底的な破壊だった。

それを不思議に思いながら残骸を死体袋に拾い集めるユウヒの隣りで同じ作業をこなしていたシンレイが、ぽつりと呟く。

『ヤツデが脳を爆破したのか』

思い返してみると、ヤツデに合流した後、ユウヒは湿った爆発音を聞いていた。

ヤツデが隊長と副隊長のみに許された『同胞の頭部破壊の権限』を使ったのだとシンレイは推測を語った。

これはウミナオシケによる神凪の脳の捕食を防ぐためのもの。

神凪にとって最も不名誉な事は戦死ではない。ウミナオシケという宿敵に力と姿を奪い取られる最期だ。だからヤツデは遠隔で爆破する装置を使い、自ら部下の頭部に仕込まれた釘を起動させたのだろう、と。

そんな装置などヤツデは持っていなかったと語るユウヒにシンレイは目を細めた。

『隊長格の二機は常に爆破装置を持っている』

そしてシンレイは自身の首を指で示した。

『あいつらが首から下げている時計だ。ソウイチロウは金の懐中時計、ヤツデは銀の懐中時計を機関から支給されている。針を神凪の登録番号に合わせてスイッチを押せば神凪の誰であろうとも破壊できる。他の神凪に爆破方法を知られて装置を奪われれば神凪内の権力が一変するから、あいつらは表立って装置を使わないがな』

戦血の補給の時、ヤツデが時計を操作していた事を思い出してユウヒは絶句した。

(後輩を助ける傍らで、死んだ後輩の遺体を損壊していた……?)

手がかかる些事《さじ》を片付けるように時計を操作していたヤツデの姿を思い出し、仕方がない事とは言えショックを受けたし暗い気持ちになった。

だが、そこでヤツデの立場と思惑を考える。最も辛いのはヤツデだとも思った。

大切な部下だからこそ、敵にその死を利用される前に自らの手で葬ったのだろう。

神凪の異能がウミナオシケに渡った事で、どれだけの人的被害が生み出されたかは計り知れない。

特にウミナオシケ・カムイ型は最大級の厄災と恐れられ、今も帝都の人々や神凪に恐怖を与え続けている。本来ならば神のごとく称えられる英雄であった存在を、他でもないユウヒが人喰いのバケモノに貶めてしまったのだ。それを考える度にユウヒは消えてしまいたい罪悪感に襲われた。

（私さえ居なければカムイさんは……）

顔を覆い、身を縮こまらせる。

食堂に設置されている扇風機は生温い風と昼食の臭いをかき混ぜて投げつけてきたが、それすら自身を苛む呪詛のように感じられた。

結局、今回もユウヒが居なければヤツデはもっとスムーズに任務をこなせただろう。

（ヤツデ先輩は戦血の補充だけでなく、体の補修で産女の間からまだ出れていない……）

最古参の型でありながら最前線を任される一軍の神凪として存在し、ソウイチロウのサポートに生き甲斐を見出している彼にとって、今の状態は歯痒くてならないだろう。

逃げ足しか取り合えの無い足手纏《まと》いの所為で貴重な隊長格の一機を戦線から遠ざける結果となった事を悔やむ。

あれからシンレイが何度も『お前は悪くない。やったのはオレだ。悪いのはオレだ』と何度も告げてきたが、ユウヒが願わなければシンレイはやらなかっただろう。

ヤツデの修理がどれだけかかるか分からないが、マガムネが懲罰房から出されるまでは最前線で戦える一軍の神凪がシンレイとヒビキしかいない。しかしヒビキは強力だが命令に従わない事が多い。

仮にヒビキが戦場に出てもその甚大な攻撃力と引き換えに戦血の消費量が多く、持久戦には全く向いていない。

指揮官のソウイチロウも頭が痛いだろう。

神凪の士気が落ちているのはヤツデが負傷した事だけが原因ではなかった。

ウミナオシケを倒し、神凪とウミナオシケの死体を回収し終え、疲れ果てて帰路につく神凪の一団に向けられたのは、神凪が守り続けた人間達による罵倒だった。

瓦斯《ガス》灯や自宅の壁等を破壊された民衆の不満に加え、クラゲのウミナオシケに殺された被害者の家族の悲哀も加わる。

『何故もっと早く倒してくれなかったのか』

『民家を巻き込んで戦うなんて、何を考えているのか』

それらの哀しみや不満の声をソウイチロウは無視する事なく、ひたすら謝罪し続けていた。

ユウヒも、やるせない意識で項垂れていたが、その心を切り裂くように誰かが叫んだ。

『寄生する蝿のバケモノが出てきたのは、お前らの仲間が無駄に喰われた所為だろうが！』

ユウヒは顔を上げる。路傍に集まり、泣いて憤怒《ふんぬ》する民衆の誰が叫んだのかは分からなかった。

だが、何処からともなく聞こえてくる。

『人間を守る兵隊の癖に、人間に被害を生み出しやがって！』

『どうしてもっと早く上手く助けてくれなかったのよ！』

『俺たち人間は恐怖を嗅ぎとられないように家に籠って隠れるしか出来ないんだぞ！　どうせお前らにとって、人間なんてどうでもいいんだろう！』

神凪の中には怒りに駆られる者も居た。特に血の気の多いヒビキと、ユウヒを冒涜されたと考えたシンレイは武器を出し始めた。ヒビキに至っては雷を纏《まと》わせた拳を見せている。

シンレイが口を開く前にヒビキが民衆の前に進み出ると、騒いでいた中年男に顔を近づけて怒鳴りだした。

「あァ？　守られてーなら、強ぇおれに上手に媚びとけっつうの！　弱くて直ぐ死ぬクソザコなテメーらが出来ねー事をやってやってんだよ！」

ヒビキの言葉にシンレイまで「なぜ人間は、自分の身も守れない癖に偉そうなのか意味がわからん」と追従し始める。その人間嫌いの二機の態度に民衆の怒りが過熱しかけた時だった。

「申し訳ありません！」

夜空をつんざく程の声量で詫びたソウイチロウが、ヒビキとシンレイの後頭部を掴《つか》んだ。

そして二機が反応する前に凄まじい勢いで二機の顔面を地面に叩きつけたのだ。

「いッッッでぇええええ！」

「ぐっ！」

激痛に苦悶の声を漏らす二機。ソウイチロウは強制的に頭を下げさせていた。

シンレイもヒビキも地面に押しつけられた姿でもがいていたが、彼等の渾身の暴れっぷりでもソウイチロウの腕力はビクともせず、その状態で人間達に頭を下げる。

「大変、申し訳ありません！」

そう大きな声で詫びるソウイチロウに、他の神凪もザワつく。

「隊長……！」

「隊長……」

驚愕と、罵倒されても人間に媚びるのかと落胆する者達の前で、ソウイチロウはしっかりとした口調で話しだした。

「我らは人間様よりも強靭《きょうじん》な肉体と、恐怖に関して鈍い性質を持っている。だが、人間様は我らよりも恐怖や不安を感じやすいのだ。愛する者や住み慣れた家を破壊され、常に化物が襲撃してくる今の社会に恐れを感じながらも同胞で助け合い、家族や友を愛し、守っておられる……。そんな儚さと強さ、そして優しさを持つ方々を不安と絶望に陥らせてしまっているのは自分の力不足によるもの……！　大切な部下達が命を賭けて任務に励んでくれているというのに、それを結果に反映できていないのは自分の責任！　大変、申し訳ありません！」

ソウイチロウが平身低頭、責めて石を投げるのならば自分にして欲しいと訴えた。

その態度に人間達の怒りは収まりつつあったが、人間達の群れの中から一人の少女が姿を見せた。

その少女の衣装にユウヒは何となく見覚えがあった。

彼女は土下座するソウイチロウの前に膝をつくと、祈るように組んだ手で訴えた。

「神凪様、申し訳ありません！　私の妹が、まだ、家に戻ってきていないのです！　そ、それで、先程の戦闘で、小さな女の子の犠牲者が居たと聞いたのですが……。もしかして……」

犠牲者の確認をさせて欲しいと訴える少女に、ソウイチロウは妹の特徴を聞いていた。そしてソウイチロウは思い当たる節があったようで此方《こちら》を振り返る。

幼い少女の遺体……いや、クラゲのウミナオシケに捕食され、その姿と記憶を奪われた犠牲者の遺骸はユウヒが死体袋に入れて抱えていた。だが、それは若い娘が見るには無残すぎた。

「……見ない方が」

近づいてくる少女に思わずそう口にしたが、彼女は首を振り、それからしっかりとした口調で答えた。

「気遣ってくださってありがとうございます。でも、あの子に残された家族は私だけですから……。姉として、強く在りたいのです」

そう告げる少女に、おずおずと袋の中身を見せた。

だが、恨まれても見せるべきではなかったと後悔した。

幼子の顔に異形の体を持ち、その体表には犠牲者の死に顔が無数に浮かぶ、おぞましい遺体を前に少女は両目を見開き、がくりと腰を落とした。卒倒しかけた所をソウイチロウが咄嗟に支えた。

だが、彼女の大きな瞳からは見る見る涙が溢れ、瞳孔が水滴で滲んで見えた。わななく唇が嗚咽《おえつ》を紡ぐ前に、周囲の誰もが惨い現実を察して沈黙する。

ソウイチロウが肩に触れると、少女は彼の胸にしがみつき、声を上げて泣き出した。

(敵を排除したが、得られたものは何も無かった……)

しかも肝心のウミナオシケ・カムイ型は、被害を生み出しておいて姿を見せなかった。食堂のテーブルに座り、虚しい戦果を思い出していると、ふとユウヒは違和感を覚えた。

(あのクラゲのウミナオシケ、妙なことを言っていたな)

――『あの神凪がいってたとおり』

昨晩の流れを整理していたユウヒはスプーンを落とす。安物の白いテーブルの上を同じく安価なスプーンが転がり、床へと吸い込まれるように転がってゆくのを見ながらも、動けずにいた。

昨日の任務で、駆けつけた神凪はまるで待ち伏せにでも遭うように、潜んでいたウミナオシケによって大半が殺された。

(そうだ、あのクラゲのウミナオシケは確かに『あの神凪がいってたとおり』と、口にしていた……。神凪はソウイチロウ隊長に常に女性や子供、お年寄りを重点的に助けるように厳しく命じられている。年齢の概念が薄い神凪が、少しでも人間様に愛される為に。でもこれは内密に命じられていること。神凪だけが共有する情報をどうしてウミナオシケが知っているんだ?)

ウミナオシケ側に情報を流した神凪が居る……?

(まさか、そんなはずは!)

だが、否定しようとする思考に昨夜の襲撃の光景が甦る。

わざわざ非力な子供の遺体で擬態して襲いかかってきたウミナオシケ。

『ワタシの死……それは神凪に潜む裏切り者が悪意に満ちた本性を見せたという証拠だ』

常にユウヒを案じ、そして命をかけて守ってくれたカムイの忠告が息を吹き返す。

(裏切り、者……)

ユウヒは首を振る。

(そんな、そんな事、ありえるわけが……！　カムイさんは誰かに恨まれるような人じゃなかった！　大体あの人を失った事で、神凪がどれだけ困ったか！)

神凪の存在意義はウミナオシケを絶滅させ、人間を守る事だ。

だから神凪の前線組の中でも殲滅《せんめつ》力も戦血の保持力も優れた主力の兵士とも言えるカムイを殺し、戦力にならないユウヒを狙うなど理解不能だった。

それに神凪達には同胞を裏切る理由が無いのだ。

機関が管理する産女の間が無ければ戦血の補給もままならず、現状に不満や不平があっても、機関の管理下で過ごすしか道は無い。反抗的なシンレイやマガムネ、ヒビキといった者達が機関に腹立たしさを感じながらも従うのは、戦血を得る為だ。

(だから同胞を裏切るメリットなんて……無い、ハズなんだ……)

だが、否定しようとすればする程、浮かんだ疑問への答えが出てこない。

いくら神凪が『人間のように協力して生きる能力に欠けている』性質を持つとは言え、あまりにも全員の足並みが揃っていない気がした。

本来は出撃するはずだったマガムネが懲罰房に入った事。

同じく当日に出撃予定のヒビキは勝手に出かけて不在だった事。

シンレイはソウイチロウから連絡を聞いていたはずなのに、道中でウミナオシケを狩っていて到着が遅れた事。

ソウイチロウは現場に向かいながらも最前線に居るユウヒとは通信が途絶えがちだった事。

ヤツデは、ユウヒという恐怖心が誰よりも強くウミナオシケに見つかりやすい存在と何故か別行動を取った事。

本来、敵に狙われやすい存在が居るのなら部隊で最も強い個体……当時で言うならば副隊長のヤツデと行動を共にするのが当然のように思えた。

実際、あの後の死体回収作業の途中で部隊最強のシンレイはユウヒの傍を離れなかった。

『敵』が狙うとするならば、誘き寄せやすいユウヒだとシンレイは理解していたのだろう。

なのにヤツデは途中でユウヒと別行動をとった。それをソウイチロウも咎《とが》めなかった。

そして結果的には何機もの神凪が戦死した……ように見えた。

ソウイチロウら後続部隊の到着が早ければ話は変わっていたかもしれないが、昨晩ソウイチロウらは、あの路地に向かう最中、無数のウミナオシケに襲撃されたという。

まるで此方《こちら》の動きを予め知っていたかのように、ウミナオシケが伏兵を用いたようにも見えた。

現にクラゲのウミナオシケは神凪の誰かから内部情報を受け取っていた。

だが、誰が、何の為に？

(分からない……！　事象を繋ぎ合わせようとしても、繋がらない……)

裏切り者は居るのか、居るとすれば誰なのか？　そして目的は何なのか……と考えた時、カムイの過去の言葉が繰り返される。

『その悪意は、お前を奪い、喰らい尽くすだろう』

背後から冷たい手で心臓を握り潰されたような、恐怖を覚える。

あの夜、狙われていたのはウミナオシケではなく、自分だったのではないか……？

（誰かが、私を殺す為に……？）

そこまで考えてユウヒは額をテーブルに打ちつけた。

周囲の目も構わず、何度も何度も。

鈍痛に目眩を感じながらも、顔を上げて首を振る。そして両手で自身の頬を叩いた。

（そんなわけない！　ソウイチロウ隊長は常に誰よりも仲間の事を考えてくれている！　ヤツデ先輩は自分の身を危険に晒しても、私に戦血を与えて殿まで務めようとしていた！　シンレイ殿も、いつも私を庇ってくれた！　それにいつでも殺せるほど弱いオレにあんなに手間をかける意味は無いじゃないか！　きっと、何かの間違いだ！）

なのに、頭に浮かんだ疑念を晴らせなかった。もしも昨晩の全員の行動の違和感が狙って行われた誰かの背信行為だと仮定するのならば、裏切り者を予見したカムイの遺言は『カムイは自身が裏切り者によって殺される未来』を予見していたのではないかと考えてしまう。

カムイを喰ったウミナオシケを唆《そそのか》したのかとも考えたが、今までウミナオシケカムイ型がカムイに擬態してクラゲのウミナオシケを唆したのかシケに接触する意味がわからない。

そうするとカムイの死はその『裏切り者』によって引き起こされたものとも言えた。何よりも、ウミナオシケ側が神凪の内部情報や現場への移動経路を知っていた事の説明がつかない。あのクラゲの化物が神凪を捕食して記憶を奪い取ったとも考えられるが、神凪を喰った個体ならば固有能力も奪っているはずだ。

だが、あのクラゲにはそのような節は見られなかった。

頭の中で信念と疑念がグルグル回る。

周りの音は何も聞こえないのに、自分の心音だけは頭の中で鐘の如《ごと》く鳴り響いている気がした。

そうしていると、不意に「ユウヒにーちゃ！　しっかりしてよぉ！」と、大きな声が聞こえた。

「……はっ！」

顔を上げると、テーブルを挟んで向かいの席に座ったハクマルが心配そうに此方《こちら》を見つめていた。

「ユウヒにーちゃ、さっきから、オカシイよ！　すぷうんをおっことしてもひろわないし、カレーもたべずに、ひとりでウンウンうなってるし、あたまゴンゴンしだして、いたくないの？」

元気を取り戻したハクマルは悩むユウヒに声をかけ続けてくれていたらしい。

大柄で声も大きい彼が呼びかけている事にも全く気付かない程に没頭していたと気づき、ユウヒは頭を下げる。

「あ、ありがとうございます。ハクマル殿……」

お礼を口にすると、ハクマルは明るい表情で大きく頷いて見せた。

「んーん！　ハクはいいんだぁ～！　ユウヒにーちゃがゲンキなら、それでいいんだ！　それにカレー、はやくたべてあげないとカワイソウだから、たべてあげよぉ！」

ハクマルが拾ってくれたスプーンを差し出してくる。

食欲がわかず、積極的に受け取れずにいると、ハクマルは慌てて付け足した。

「ちゃんと、ハンケチでふいたから、キレイだよ！」

その心遣いに胸が温かくなった。ハクマルは、知性こそ幼くとも、誰よりも優しい神凪だと思う。

そしてユウヒは最新型のハクマルだからこそ、安堵《あんど》している自身に気がついた。

ハクマルとベニマルはカムイと面識が無い。だから、カムイが示す『裏切り者』には該当しない。

考えたくない事だが『裏切り者が居る』と仮定した場合、カムイと同時代に製造完了しており、なおかつ生前の彼とそれなりに交流があった個体の中に居ると考えられた。

旧型の大半はウミナオシケとの戦闘で死亡したか、脳内の釘の異常で廃人になったりで、極めて少ない。その中から、他者との付き合いが少ないカムイと共に過ごした者に限定して更に絞ると……。

例えば神凪の製造順は初期型から始まって、大神《おおかみ》ソウイチロウ、蟲食《むしばみ》カムイ、荒雲《あらくも》ヤツデ。

その次は中間型の個体として九鬼《くき》マガムネ、水月《みなつき》ヒビキ。

更にその後に製造された新型は三世瀬《みよせ》ユウヒ、袖時雨《そでしぐれ》シンレイという順番だった。

最新型の呼魂《こだま》ベニマルと来魂《こだま》ハクマルはカムイ死亡後に製造されていた。

故に、ベニマルとハクマルをカムイが『裏切り者』と評するのは不可能と言える。

そういった背景を抜きにしても、ベニマルとハクマルは狂人揃いの神凪の中でも温和で平和的な性格をしており、誰かを陥《おとしい》れるなど想像がつかなかった。

だがソウイチロウとヤツデはカムイと同期で、共に戦う事も多かった。特にヤツデはユウヒを戦場に出すかどうかでカムイと揉めた事もある。

マガムネとヒビキはカムイと共に前線に立つ機会が多かったが、彼等はカムイの殲滅《せんめつ》力によって自身の活躍の場が奪われるのに悪態をついていたのを聞いた事がある。

（シンレイ殿は……）

シンレイにいたっては、カムイと最も不仲な存在だった。

何かにつけてユウヒに『あいつには近づくな』『あいつはお前にとって毒だ』とカムイを悪く言い、ユウヒがカムイと親しくするのを良く思っていなかった。

カムイ自身は何故シンレイからそこまで嫌われるのか心当たりが無いと言っていたが。

性懲りも無くまた猜疑心と自虐にかられて考え込んでいるとハクマルにスプーンの柄で眉間を軽く突かれた。驚いて見つめると、ハクマルは両手を握り締めて心配していた。

「ユウヒにーちゃ、またマユゲ、ちかづいてるよ？　なんでそんなツラそうなカオでかんがえてるの？　ツラいことなら、かんがえないほうがいーとハクは、おもうよ？」

その無垢な言葉と眼差しに、ユウヒは己を恥じた。

（……そ、そうだ、今までの皆を見ていれば、裏で姑息な事をするような者などいなかった）

ソウイチロウは隠し事など出来そうにないし、後輩に深い愛情を抱いている。ヤツデは何だかんだで好き嫌いが態度に露骨に出る。シンレイやマガムネ、ヒビキにいたっては頭にきたら面と向かって殴り罵るという暴力行為に躊躇が無い性格だから、遠回しなやり方は好まないと考え、ユウヒはハクマルに向かい合う。

「す、すみません、ハクマル殿。お恥ずかしい事ですが一度悩むと、なかなか抜け出せなくて……」

そう詫びてから、気が進まないままにライスカレーを掬《すく》って口をつけようとする。

するとドカッ、と物音がしてユウヒの隣りの席に何かが倒れ込むように座り込んだ。

音に驚いて横を見ると……。

「うッ！」

思わず顔が引き攣った。

着崩した軍服でテーブルに足をのせたヒビキが居たのだ。ヒビキは片手にハクマルから奪ったばかりの皿を持ち、スプーンを煙草のように咥えて上下させながら話しかけてきた。

「よう、ゆーぽん！　ハク太とメシ食ってんのかぁ？　おれも混ぜろよぉ～？」

「どっ……」

どうして自分と？　と言いかけて口を噤《つぐ》む。

刺激しないように言葉を選んでいると、ハクマルが大声で泣き出した。

「うわぁああああん！　ヒビキが、ハクのカレーたべたぁ！　どろぼおー！」

泣き喚くハクマルをヒビキが威圧しだした。

「あ？　とってねぇっつーの！　味見してやってんだっつーの！」

同じ味付けの料理を味見する意味など無い。

ヒビキは自分のカレーを食べるより先にハクマルの皿のものをゴッソリ奪っている上に、テーブルに足をのせたまま喋りながら食べるという振る舞いを見せていた。

その間にもハクマルは泣き喚いている。ハクマルは常日頃ヒビキに虐げられており、ヒビキを見かける度にコソコソと逃げるくらい彼の事を苦手としていた。

そしてヒビキは自分を見て逃げ回るハクマルに対して、機嫌が良ければ追いかけ回して泣かし、機嫌が悪ければブン殴って泣かせる為、二機の相性は最悪だった。

だが、騒いでいるハクマルの声を聞きつけた治子が厨房から大きな声でヒビキの名を呼んだ。

「こら！　ヒビキちゃん！　メシの最中に他の子とケンカすんじゃないよ！　明日からアンタの分だけ量を減らしちまうよ！」

隊長格のソウイチロウやヤツデですら手を焼くヒビキにそう叱る治子。

彼女にヒビキはテーブルに拳を叩きつけて立ち上がった。

「うるっせぇ！　ババア！　おれのメシ減らしたらブッ殺すぞ！」

そんなヒビキに治子は反抗期の少年でもあしらうように鼻で笑った。

「殺せるもんなら殺してみな！　その代わり、アタシが死んだら明日からアンタのメシの質が格段に落ちるよ！」

立ち上がったヒビキはヒビキは握り締めていた拳を振り下ろす前に「……マジで？」と間の抜けた問いかけをしている。そんなヒビキに治子は逞しい腕を組みながら大仰に頷いた。

「昔みたいに陸軍や海軍の残飯を喰わされる生活に戻りたいのなら、さっさとこの死にぞこないのババアをブッ殺しちまいな！　アタシは構わないよ！　あの世にはウミナオシケに殺された旦那と娘が居るからね！　望む所さ！　ははっ！」

ヒビキは舌打ちして椅子に座り直していた。性欲と食欲が生きる糧のヒビキにとって食事の質が落ちるのは非常に避けたい事態だったらしい。

だが、押さえつけられるのが大嫌いなヒビキの心情を察したのか、治子はヒビキの目の前のテーブルに沢庵を置いてやっていた。

「ほら！　オバチャンちで漬けたコレ食べて有り余ってる元気を発散させときな！」

ヒビキはノコギリのように尖った歯を見せて唸る。

「はぁ～　漬物かよ？　ショボくね？　こんなショボいモンいらねぇ～っつうの」

文句を言いながらボリボリ食べている。そして咀嚼している間に落ち着いたのか、普通に話しかけてきた。

（そもそも何でヒビキ先輩が一緒に食事したがるんだろう……）

困惑したが、ヒビキは訊いてもいない話を勝手にし始める。

「つうかよぉ～、いつもメシ一緒に食ってるマガちんが懲罰ってっから居ねーじゃん？」

「は、はい、居ませんね……」

食いつきの低い返事をしたが、ヒビキはカレーと会話に夢中なのか怒らない。怯えているハクマルに飛び火しないようにヒビキとの対話を一身に受け続ける。

「んでよぉ～、ならシンシンでいいかって思ってよぉ～」

「はぁ……」

「シンシン捜したのにシンシンもどっか行ってっしよぉ〜。マジ何アイツ？　いつもいねーじゃん？　ションベン近いジジィかよ？　カオとかマジありえねー老け方してるし、中身も枯れたジジィなんじゃね？」

「……」

シンシンことシンレイは風呂場で女体化したり、その後にヒビキを骨刀で殴ったりした。

その所為で戦血が少し減ったので補充に行っているとは言えなかった。

だがヒビキはマガムネとシンレイが居ないと言いながらも、二機の不在を寂しがっているようには全く見えなかった。その理由も直ぐに判明した。ヒビキは食べながら会話し続けている。

「つーか、一人でメシ食うとマズイって聞いたからよぉ〜、じゃあ、そこらへんに居たお前らでいいかっつー風に思ったんだけどよぉ〜」

一人の食事よりも誰かと食べる食事の方が美味いと人間達が言っているのを聞いて感化されたらしい。それは家族とか友人とか恋人限定であって、仲良くもない間柄では意味が無いのでは？　と思ったが、ユウヒは黙った。

ヒビキもオカシイと気づいたらしく、握ったスプーンで皿の端をカンカン叩いて口を尖らせている。（ハクマルが「ぎょうぎわるい……」と小声で聞こえないように反抗していたが）

「つか誰と食ってもメシの味とか変わらなくね？」

それは味が劇的に変わるわけではなく、食事という行為を『楽しむ』人間達の感性を多人数の食事は美味いと表現したのではないかと思ったが、その感覚を説明してヒビキに正確に理解させられる自信が無かったユウヒは口を閉ざす。

だがヒビキはカレーをバクバク貪りながら好き勝手に話し続けていた。

「そもそもよぉ、カレーは一人で食っても最強じゃね？　だからよぉ、人数が多ければメシうまくなるとかマジ嘘情報だったのかっつうとよぉ、ムカついてくっしよぉ～。あとカレーはスゲェうめぇから、メシは全部カレーにしろってソーローパイセンに言っとけや。オマエ、ソーローパイセンとかヤツビッチとスゲー仲いいじゃん？」

何度聞いても彼のネーミングセンスは酷いと思う。

その間、ハクマルは椅子の上で膝を抱えて大柄な体を縮こまらせていた。見ていられない。ハクマルだけ逃がそうと思っても、部屋に戻るように促したりした事でヒビキの注意がハクマルに向けば、また面倒な事になる気がした。更に周囲に居た神凪もヒビキの機嫌を損ねれば容赦なく暴力を振るわれる為、みんな逃げ出している。

食堂にはユウヒ、ハクマル、ヒビキだけが残っていた。

ヒビキは好物のライスカレーに上機嫌らしく、口角が上がりっぱなしだったので、ユウヒは思い切って自分の皿を差し出すことにした。

「あの、私、食欲が無いので良かったらどう……」

「マジかよゆーぽん？　じゃあカレーの時は常に食欲無くしとけや！」

どうぞと言いかけてる最中で皿を引っ手繰られ、貪り喰われた。

礼など期待していなかったが、狂犬に噛まれる前に餌で気を引いたと思う事にした。

そして椅子からテーブルの下に移動して震えているハクマルに声をかけ、狂犬がカレーに夢中の間に一緒に食堂を出ようと促した。

「おい」

扉をくぐる一歩手前でヒビキに呼び止められた。

振り返った二機の前で、ヒビキが鼻をスンスンと犬のように反応させ、周囲を見回していた。

目元を布で覆っているから何も見えないはずなのに、まるで何もかもが見えているように振る舞っているのはいつ見ても不思議だ。

「おい、ゆーぽん、メスの匂い、しねぇ？」

「え？　いや、しませんけど……。治子さんの事ですか？」

急に何かと思ったが、治子の事かと思って答えるとヒビキが吠えた。

「バカかお前！　ハルコじゃねぇっつうの！　そもそもハルコはババアだろ！　ババアじゃなくて、もっと若ぇ人間のメスの匂いだよ！」

そう言って、調理場から飛んできた鍋の蓋をヒビキが避けた。

首を傾げていると、食堂の窓の外から若い女性の声がして、それに気が付いたヒビキはカレー皿を持ったまま窓に駆け寄って下を覗き込んだ。

そのヒビキの横から外を見てみると、うら若い娘達が基地内の小道を歩いているのが見えた。

女性らの姿は様々だった。上品な色合いの袴を身につけた編み上げブーツ姿の女学生も居れば、流行りの短髪に帽子を合わせ、カラフルなハイヒールを履いて洋服を着こなすモダンガール、いわゆる職業婦人と思われる装いの女性も居て、思わず目を奪われる。

男性型ばかりの神凪を見慣れていると、人間の女の丸みを帯びた肉体や高い声音は別の生物のように見えた。ユウヒの後ろから恐る恐る外を見たハクマルも、目を輝かせていた。

「わ、わ、ニンゲンサマのおねいさんが、いっぱいいるね！」

彼女らの細工物のように小さな手や指を見たユウヒとハクマルが、改めて女性との体躯の違いに感嘆していると、ヒビキがカレー皿を手渡してきた。

要らないのかと思ったら「後で食うから置いとけ」と命令された。

逆らうと大変なので近くのテーブルに置いていると、ヒビキはニヤニヤしながら眼下の女性らを親指で指した。

「なぁ、あいつらブチ犯してきてもいいんだよな？」

「何でですか！　絶対に駄目ですよ！」

とんでもない事を言いだすヒビキを咎《とが》めると、ハクマルに袖を引かれた。

「ユウヒにーちゃ、ぶちおかすって、なにー？」

「……ぐっ！」

ハクマルは性的な事象に疎い。その上、精神性が幼いハクマルに詳細を説明するのは躊躇われた為、とりあえず『絶対やってはいけない事』と濁し、ハクマルだけでなく、今にも窓から飛び降りて女性らに襲いかかりそうなヒビキにも人間への暴行は厳禁だと重ねて注意する。

人間への暴行はソウイチロウやヤツデによって厳しく禁じられている。

だが、ヒビキは普通の神凪よりも性欲も食欲も旺盛が故に、目の前に子羊の群れが居るのに首輪をつけられた狼の扱いが不満なようで、歯ぎしりしていた。

「ヒビキ先輩、あの方々は恐らく産女の間の新設に協力してくださる巫女様方ですよ。我々の仲間の神凪を増やす為に、お力を貸してくださってる尊い方々です！　だから絶対に絶対に手を出してはいけません！」

産女の間の建造には初潮を迎えた女性による祈りが必須だと言われていた。

当初は全国の神社や仏閣から集められた巫女達によって建設されていたというが、最近では増えるウミナオシケと戦死する神凪の多さでバランスが崩れてきた。

それ故に産女の巫女は公募制となったのだ。

だが巫女に選ばれた娘は生涯を祈祷に費やさねばならない為、婚姻関係を結べない。

更には家族とも会えず、人里離れた寺で平和を願って修行に励む一生を送らなければならないという厳しい条件があった。

それでも産女の巫女として志願する女性らの強い意思により、産女の間は造られ続け、清廉な巫女の祈りと願いを背負って生まれ落ちた神凪はウミナオシケから帝都を守護している。

ウミナオシケは人間の『穢《けが》れ』が地下に溜まり、それが近代になって閾値を超えたため形を成して人に害を成しはじめた物の怪の一種と言われている。

人間が居る限り、ウミナオシケは産まれ続ける。故に、対抗する神凪の製造も終わる事は無いだろう。

ヒビキは窓に寄りかかりながら、今度は退屈そうにしていた。

「なんだ、産女の巫女かよ……。アイツら、つっまんねぇんだよなぁ～」

「そんな！　不敬ですよ！」

ヒビキは先程まで盛り上がっていた感情も何処へやら。巫女候補に目も向けなくなり、興味なさげに体を逸らして空を見上げていた。

「産女の巫女っつーのはよぉ～、アレじゃん？『ワタシが皆を救わなきゃ！』みてぇな青臭ぇ奴ばっかじゃん？」

「しっ、失礼な！」

「だからよぉ～、そこらへんの女みてぇにケツ触られりゃあキレてビンタしてくるような奴、いねぇ～じゃん？　むしろ『神凪様にならら喜んで！』って股開いてくるビッチ以下のヤツばっかじゃね？」

「ビッ……」

相変わらずの最低さと下品さにユウヒは真っ赤になったが、とにかく巫女様候補に非常に無礼で失礼だと訴えるも、ヒビキは自論を続ける。

「そういう人形みたいなヤツつまんねぇっつうか、ブチ込むだけなら、穴ついてりゃ男でも女でも何でもいいしよぉ～。ぶっちゃけ、ヤリてーだけなら、適当な神凪使った方が早ぇーし、スッキリすっからよぉ～」

あまりに酷すぎて最早、諌めるのも無駄だと思った時、窓の下から大きな歓声が上がった。ヒビキの半笑いの声音が届く。

「おー、シンシンじゃん。女に囲まれてんなー」

その言葉に思わず外を見てしまった。

先ほど巫女候補の少女らに取り囲まれたシンレイが小道に立っていた。吹きすさぶ夏風に白銀の髪を舞わせるシンレイの怜悧な姿は遠目から見ても幻想的な美しさで、そんな彼を至近距離で見ている少女らの中には腰が砕けたように座り込んでしまっている者まで居た。

表情を蕩けさせた若い娘を見ても、シンレイは相変わらずの無表情だった。

凄艶な美貌と相まってむしろそれが少女らの目には堪らない魅力として映るのか、きゃあきゃあと騒ぐ声が上階にまで届く勢いだ。

状況的にはシンレイは戦血の補充が終わって食堂に向かおうとしていた途中で少女らと遭遇したと思われる。娘達は彼の気を惹こうと話しかけたりしているが、シンレイは興味が無さそうな素振りで少女達の間をすり抜け、足早に立ち去ろうとしており、それ自体はいつもの光景に見えた。

だが、そのうちにシンレイが足を止めた。とある女性に呼びかけられたらしい。

(ん……？　珍しいな？)

見守っていると、シンレイは話しかけてくる女性に向き直って会話を始めていた。

周囲の女性らの驚きや嫉妬を他所に、シンレイは少女に向けて何やら熱心に語っているらしく、更にはごく僅かに口角を上げていた。

(シンレイ殿が、笑ってる……？)

それを見たヒビキも意外そうにしていた。

「シンシンが、オンナと話してんじゃん？　めっずらしーなぁ、オイ！」

それを見てユウヒは不思議に思った。

(そういえばシンレイ殿は何故、今まで人間様の女性に興味がなかったのだろう？)

どんな神凪も、基本的に人間の女性に対して大なり小なり興味と関心を抱いている。

そして美しく強靭《きょうじん》な肉体をもつ人造人間に恋する人間の娘は多い。

帝都の露店では神凪のポスターが有名なスタァのポスターと並んで売られており、それを買い求める人間の女性達を見た事があった。

その人気は凄まじいもので、特に神凪の中でも屈指の美形であるシンレイとヤツデのポスターは販売と同時に売り切れる程だし、ソウイチロウやマガムネなどは一部の女性から熱烈に支持されているようで、一人の人間が大量購入していたりする。

神凪と人間の恋愛を題材にした演劇も作られ、それらを追う女性らの神凪への想いは、人間達の中でも最も強い印象だった。

それに、神凪の中には実際に人間と恋に落ちて駆け落ちした者も居る。

だが駆け落ちも悲恋なのは確定していた。

今でこそ帰還しない神凪は隊長格によって頭部を爆破されるが、昔の爆弾は精度が低く、隊長らから遠く離れれば爆破を免れる事もあった。

だが爆破による処分を免れても戦血無しでは稼働できない神凪は、戦血切れを起こせば動く事も喋る事も出来ない人形同然となる。

ユウヒは、ふと思い出す。

(昔、駆け落ちした神凪の捜索をカムイさんと一緒にした事があるが……)

蒸し暑い夏の夜、帝都の外れにある廃墟の奥でカムイと共に見た光景が脳裏に浮かぶ。

戦血が切れて物言わぬ人形となった神凪と、そんな恋人の体に覆いかぶさるようにしていた人間の屍《しかばね》。

それは凄惨なものだった。夏場なのもあって人間の遺体の損壊は激しい。

群がる蠅の羽ばたきがサイレンのように木霊する中、遺骸には腐敗して蛆が涌き、崩れた肉体は神凪の体と溶け合うように一つになっていた。

しかし戦血切れの神凪は意識だけは残っていたらしく、硝子玉のような瞳に愛した人間の姿だけを映していた。

その神凪も既に心は壊れているようで、声すら出なくなりながら、喉を震わせていた。

人間の死因は病だと思われたが、動けなくなった神凪と、彼の傍で命尽きる事を選んだ人間は、幸せだったのだろうか……?

そしてその時、隣のカムイが魅入られたように、愛し合う者達の成れの果てを見つめていた姿も鮮明に覚えている。

野外の臥子灯《ガス》から漏れる光に浮かび上がるカムイの横顔と、彼が小さく呟いた言葉が記憶の中で繰り返される。

『羨ましい』と。

（羨ましい……？）

聞き間違いかと思ったが、その後カムイは足を振り上げると、件の神凪の頭部を踏み潰したのだ。

『カムイさん？』

自分達に下された命令は駆け落ちした神凪の回収で、ユウヒはカムイの初めての命令違反に驚いていると、カムイは『これでいい……これでいいのだ』と言い残し、恋人達に背を向けた。

あの時のカムイは、愛し合う恋人達にどのような感情を抱いたのだろうか。

慈悲深い彼の憐れみなのか？　任務に忠実が故の侮蔑なのか？　それとも……。

ただ、わかるのは人間をベースに製造された人造人間なのだから、誰かに恋をするのも不思議ではない。故に、人間のように愛や恋を理解する神凪も少なくは無い。

なのにシンレイは人間の女性にどれだけ愛されても興味をもった事は無かった。

彼が性愛を抱く相手は何故かユウヒだけで、笑顔を見せるのもその時ばかりだ。

（だが、そのシンレイ殿が、もしも人間様の女性と恋に落ちたなら……）

肉体の飢えを満たすだけの相手ではなく、心を満たしてくれる相手を求め、尊重し合える関係こそが人間達が言う『真実の愛』なのだろう。そう考えていると、長身のハクマルが覗き込んできた。

「ユウヒにーちゃ、さびしそうなカオしてるね」

「えっ？」

そんな表情をしていたつもりは無かった為、顔についた汚れでも拭うように己の頬や鼻先を軍服の袖でゴシゴシ拭う。

だがハクマルは無邪気に言った。

「シンレイは、ユウヒにーちゃがダイスキだから、ユウヒにーちゃ、もっとやさしくしてあげたら、ふたりともシアワセになるとおもうんだけどなぁ」

「ふえ……？　ふええっ？」

素で問い返してしまった。シンレイが自分を好いているなど、有り得ないと思ったのだ。

ユウヒはシンレイに性行為は求められても、嫉妬も束縛もされた事は無い。

それ所か『お前が誰と関係を結ぼうと、オレには関係ない』と言われた事まである。

もしも少しでも愛着なりがあるのなら、普通は嫉妬や独占欲を見せるものだと思う。

使いたい時にだけ使う、共有の道具のように表現はしないずだ。

だから、ユウヒは首を振ってハクマルに答えた。

「……有り得ないですよ。そんなの……。彼にとって私は……」

そう呟いた時だった。食堂の入り口から機関の人間が、一人の中年男性を連れて入ってきた。

中年男性は豪奢な刺繍が入った羽織を身につけ、肉付きの良い体を揺らして悠々と歩きながら、此方《こちら》に不躾な視線を向けている。

通常、機関の人間が神凪専用の食堂に来る事は無い。

とりあえず敬礼した。が、人見知りが激しいハクマルは背中に隠れようとしてくるし、ヒビキはカレーを食べだしている。

ハクマルとヒビキの態度に案内役の機関の人間が露骨に苛立ちを顔に浮かべる。

ユウヒは焦ってハクマルに自分の真似をするように言い含めた。ヒビキの方は無理矢理立たせようとして彼の背後から脇に腕を挟んで持ち上げたが、そちらは肘で打たれた。

「ヒビキ先輩！　敬礼しないとカレーの供給を止められるかもしれませんよ！」

小声で告げる事でヒビキは不機嫌ながらも立ったが、軍服ははだけているし、両手をポケットに突っ込んで欠伸までしていて最低な振る舞いだった。

その間、機関の者は和装の中年男性に媚びへつらうような笑みで話しかけていた。

「平野《ひらの》様、こちらが神凪どもに食事を与えてやっている食堂でございます」

平野と呼ばれた中年男は、この帝都でも有数の資産家との話だった。

「平野様は海外との貿易事業で成功を収められ、国内の鉄道や様々な事業に……」

機関の男の延々と続く説明の間中、平野は満面の笑みで得意げである。しかしユウヒの隣に立っていたヒビキがボソリと呟いた。

「あぁ、マガちんが言ってた成金《なりきん》ってヤツかぁ？」

途端、その顔は罅《ひび》割れた花瓶のように引き攣った。機関の男は青ざめている。

まずいと思い、ユウヒは大きな声を上げてヒビキの言葉を掻き消そうとしたが、ハクマルに上着を引っ張られた。

「ユウヒにーちゃ、なりきんって、なに……」

言いかけるハクマルの口をユウヒは背伸びして押さえ、機関の男と平野に言い訳する。

「も、申し訳ありません！　か、神凪は皆、人間様のように高等な学業を学んでいない為、その、皆、ぼ、母国語が多少、かなり不自由な傾向がありまして！」

ここで不興を買えばソウイチロウやヤツデに迷惑がかかると思い、涙目で謝罪する。

平野侯爵は何かしら満足したのか、口角を上げて金の前歯を見せてきた。

そして近づいてくると、何故か腰を引き寄せられ、顎を上げられて顔を凝視された。

「あ、あの……？」

意図を問うが、平野は顔から喉、軍服越しの体に視線を這わせた後、指輪だらけの太い指で尻を撫で回してきた。

「ちょっ……！」

見知らぬ相手に不躾に触れられ、逃れようとしたが、機関の男に睨まれた。

ここで抵抗すれば不安そうな顔をしている隣りのハクマルまで巻き添えで罰を受けるかもしれないと考えると、逆らえなかった。生理的な嫌悪を感じつつも、されるがままに体を触らせていると、平野は顔を近づけて耳元で囁いてきた。

「遠目に見ても美青年だと思ったが、怯える姿がこれまた色っぽいではないか。しかも細腰に見えて細部の肉付きや弾力は女体に劣らんぞ。これは具合がどうか試してみたいものだ」

そう言われて近くのテーブルに押し倒されてる。

「え？」

ハクマルやヒビキが居る前で　と思ったが、ハクマルはワケがわからなくなったらしく泣き出しているし、ヒビキは我関せずで椅子に座ってカレーを食べており、機関の男は平野の望むままにするようにと、視線で訴えてくる。

生理的に無理な相手と行為に及ぶなど嫌だったが、拒否権は無い。

ならせめて流石に人が居る場所では無理だと伝えるが、拒む姿がそそると言われて悦ばれた。

平野の太く短い指が胸を撫で回しながら上着をはだけさせ、シャツ越しに胸の突起を探るように蠢《うごめ》いている。

「ッ……！」

シンレイとはまるで違う下卑た動きに怯えを抱くも、シンレイとの情事で敏感になった乳首は芋虫のように這う指に嬲《なぶ》るように摘まれ、本能的な快感を呼び起こされる。

しかし平野はそれを『悦んでいる』と認識したのか、ユウヒの突起を執拗に甚振《いたぶ》り、声をあげさせようと強く引っ張る事までし始めた。

ワザと痴態を晒させようとする振る舞いに堪らずに足をばたつかせた時、押さえつけられて揺れたテーブルから食器が落ちたらしく、破壊音が響いた。

「いや、流石に無理、です！」

厨房からは飛び出そうとする治子を他の従業員が抑えているのが見えて胸が締め付けられた。

同じ人間なのに、どうしてこうも違うのだろうか。

その時、平野が荒い息を吐きながら舌なめずりをした。

「嫌がりながらも、満更でもない反応をしているではないか」

言われて、ユウヒは涙目で羞恥と屈辱に唇を噛む。大半の神凪は人間相手なら、相手がどんなに生理的嫌悪感を抱かせる容貌であろうとも性的に昂れるように造られていた。

嫌なのに興奮してしまう己に更なる嫌悪を強めていた時だった。

窓の外から降り注ぐ強い日差しが断たれ、大きな影が此方《こちら》を覆った。

雲でもかかったのかと、思わず視線を向ける。視界の先の光景に、ユウヒは心臓を掴《つか》まれたように息を飲んだ。

窓から悪鬼の如《ごと》き形相のシンレイが侵入してきていたのだ。

その大柄な体と長い髪は陽の光を遮る程だった。

シンレイは歯を食いしばり、見開いた目で此方《こちら》を見つめている。

明らかに憤っている様相だったが、ユウヒの目元の涙を見た途端、シンレイの表情は氷で刺されたかの如《ごと》く、痛切な表情へと変わった。

それはユウヒが何度も鏡に映る己の顔で見た『後悔』の表情だった。

「シ……」

呼びかけようとしたが、ユウヒはシンレイが手首から骨刀を出して振り下ろす姿に、彼が何をしようとしているかを察し、咄嗟に平野を押しのけて刀の前に飛び出した。

「！」

ユウヒの行動にシンレイは目を見開き、渾身の力で振りかぶっていた骨刀を握る自身の腕を、逆の手で掴《つか》んで止めた。

刃はユウヒの耳元で止まったが、その剣圧で長い髪が幾筋か切断されて床に落ちる。

それを見たシンレイは、また酷く辛そうな顔をしていたが、直ぐにユウヒの後ろに座り込む平野を睨みつけた。

シンレイは骨刀を構え直すと、足早に平野の元へと近づく。刀を逆手に持って刺し貫こうとする姿に、ユウヒはシンレイの腕にしがみついた。

「シンレイ殿！　駄目ですよ！」

だが、シンレイは制止したのを意外に思ったのか、困惑していた。

「何故、止める……？」

機関が賓客《ひんきゃく》として扱う存在を殺していいわけがない。

そのような事をすれば幾らシンレイといえども処分されかねない。

特に怪我や懲罰のせいで、今の神凪でマトモに戦力になるのはヒビキとシンレイぐらいなのだ。

それを伝えようとするが、シンレイは理解していないらしく、平野を指差して問いかけてきた。

「お前は……アレすら、必要だというのか……？」

「あれ？」

「ああいった人間すら、お前は愛せるのか……」

その反応に、ユウヒはシンレイが『ユウヒは、どんな人間も大好き』と勘違いしているのだと気づき、すぐさま首を振った。

「ち、違……！　いや、あの、そうではなくて！　人間様を傷つけてはシンレイ殿が責任を追及されてしまいますから！」

「……オレが？」

シンレイが問い返してきたが、自分の身の上の事は全く脳内に残っていなかったらしく、きょとんとしている。なので意図を念入りに説明しておいた。

話を聞き終えたシンレイは、いつもの無表情の中に少しだけ安堵《あんど》の色が見えた。

「……そうだったのか。オレの為だったのか……」

「は、はい！　シンレイ殿は大切な存在ですから！」

『神凪にとって貴重で』と付け足す前に、シンレイが凄い勢いで此方《こちら》を振り返った。

何故か信じられないものを見るような目で見てくる。

「あ、あの、シンレイ殿……？」

呼びかけると、よく見るとシンレイの耳は先端が少し赤くなっていた。

しきりに「そうか……、そうか……」と、噛み締めるように繰り返していた。

まるで思春期の人間が恋い慕う相手の反応に一喜一憂する姿のようだった。

が、落ちこぼれで、お荷物で、神凪最大の大罪を犯した自分が誰かから愛されるなど、ありえない、あってはならないと考えていた時だった。

後方から凄まじい怒声と物音がした。振り返る前に厨房から治子が呼びかけてくる。

「ちょっと！　シンレイちゃん、ヒビキちゃんを止めておくれよ！」

ヒビキ……？　と思いながら振り返ると、ヒビキが片手で平野の頭を掴《つか》んで持ち上げていた。

機関の人間はヒビキに殴られたらしく気絶して転がっており、ハクマルは座り込んで大泣きしている。

更にヒビキが平野の顔面をテーブルに叩きつけた。

平野は汚い悲鳴を上げて白目を剥いて倒れたが、その胸倉を掴《つか》んで引きずるヒビキが窓に近づいている姿に嫌な予感がしたユウヒは制止の声を上げた。

「な、何してるんですか！　ヒビキ先輩！」

窓から平野を放り投げようとするヒビキに抵抗するべく、平野を掴《つか》んで止めるが、ヒビキは凄まじい声量で吠えた。

「邪魔すんじゃねぇぇよ！　オマエもブン投げるぞ！　このクソカス、おれのカレーをぶち撒けて踏みつけやがった！　だからブッ殺す！」

「か、カレー……？　え？　カレーですか……？」

シンレイだけでなく、ヒビキまでもが人命を軽んじている有り様に、ユウヒはへたりこみかけた。

第六章　帝國劇場

食堂での事件の後、ユウヒはしばらく帝都内で奉仕活動に従事させられることになった。

帝國劇場周辺の清掃を機関から命じられたが、その指示を伝えにきたソウイチロウから自分がその場に居なかった事、そしてユウヒやハクマルを辛い目に遭わせた事を何度も悔やみ、詫びられた。

ソウイチロウの責任ではないし、上官が下っ端に謝るのも宜しくない気がした。そもそも自分が上手く振る舞っていれば良かっただけだと謝り返すと、ソウイチロウは何故か哀し気に目を細めていた。

真夏の日光が照りつける中、煉瓦道の掃き掃除に勤しみながら、溜息を漏らす。

「ヒビキ先輩……。ムチャクチャだったな……」

額から伝う汗を拭いながら愚痴っていた。

ヒビキが平野に暴力行為を働いた件で巻き添えを食らったのだ。

「まぁ、でも、私が原因だから……ムチャクチャでもない……か？」

少し前の事を反芻する。

ユウヒが平野に襲われて暴れた所為で、ヒビキが食べていたカレー皿が床に落ちてしまったという。ユウヒがシンレイを説得している間、平野は料理を踏みにじったと聞いた。

『貴様！　ワシの心配よりカレーだと？　フン！　こんな薄汚い残飯、我が家の犬でも喰わんわ！』

平野は台無しになったカレーを眺めるヒビキにさらに高圧的に命令したらしい。

「おい！　あの窓から飛び込んできた無礼な男を殺せ！」

『あぁん？　殺して【くださいませ】ヒビキ【様】だっろーが？　国語やりなおしてこいよハゲ！』

言い返すヒビキの態度に平野は余計に激怒したらしい。

『黙れ！　そうすればこんな残飯ではなく、帝都の一等地に居を構える料理人の料理を貴様に恵んでやる！　豚以下の残飯しか食えん神凪どもが一生かけても口に出来んものをな！』

それでヒビキは完全に切れ、平野を庇う機関の人間を蹴り倒して平野も殴ったという。

騒ぎを聞きつけたソウイチロウのおかげでどうにか事は収まったが、賓客《ひんきゃく》への暴力行為の代償は大きかった。

マガムネに続いてヒビキまで懲罰房入りとなり、更にヤツデはいまだ修復中の為、前衛を務められる一軍がシンレイ一機のみという事態にソウイチロウは頭を抱えていた。

しかも面子を潰された機関の命で、その場に居ながらヒビキの暴行を止めなかったという連帯責任でユウヒ、シンレイ、ハクマル、そして部下の監督不行届きを理由に騒動を収めたはずのソウイチロウまでが奉仕活動に駆り出される事となったのだ。

だが今回シンレイは基地で待機させられている。基地を防衛できるだけの戦力は残しておかなければならない。シンレイは居残りとして、内職でできる奉仕活動をさせられることとなった。

通常こういった時、シンレイは相当ゴネる。

だが、今回は大人しく基地での職務に従事していた。

（シンレイ殿……）

ユウヒは唇を噛む。シンレイが待機している理由の一つはユウヒと揉めたからだ。

あの騒動後、自室に戻ったユウヒは同室のシンレイがいつもの如《ごと》く性欲を持て余しているのに気づいた。シンレイの性衝動を適度に発散させる事で性欲と連動している戦意を活性化させるのが自分の役目だと思っているユウヒは寝台に座り込むシンレイの足元に膝をついた。

シンレイの足の間に割り入り、彼のズボンのファスナーを下ろして口で奉仕しようとする。衣服の中でシンレイのモノは相当にいきり立っていたのか、ファスナーを下ろすと同時に、その熱く硬化した塊は勢いよく飛びだした。

（うわ……）

シンレイの逸物には頻繁に触れているというのに、改めて目にすると、その暴力的なまでの逞しさと、彼特有の濃厚な雄の香りがユウヒの欲を煽り、思わず喉が鳴った。

シンレイの剛直に手を添えて、ユウヒは髪を耳にかけながら唇を開いて舌先を伸ばす。唾液で濡れた舌を猛る肉棒に這わせようと、先端が触れかける。

だが、突如額を押さえられて拒まれた。

（えっ？）

驚いて見上げると、シンレイは変わらぬ表情で此方《こちら》を見つめていて感情が読めない。ただ、シンレイの頬が紅潮しているのを見ると、彼自身もかなりの性衝動を抱えているのがわかった。

口での奉仕でなく、肉体の交わりを求めているのかもしれないと考え、ユウヒは真意を話す。

『シンレイ殿、すみません、もう直ぐ夕方でウミナオシケが動き出します。出動命令が下るかもしれませんので、今は口で処理するしか出来ませんが、後程、私を好きに使ってくださいね』

体を重ねている最中に呼び出されれば困るだろうと気を遣ったつもりだったが、シンレイは眉を寄せて首を振った。長い白銀の髪が何故かゆっくり宙に舞っているように見えて、その美しさに呆けながらも彼の言葉を待っていると、シンレイは静かに告げた。

『不要だ』

『え？　そ、そんなわけには……』

シンレイは生まれつき強いが、その本領が発揮できるようになったのはカムイ亡き後、性欲に目覚めてからだ。

ウミナオシケを敵視できない彼の性能を最大限に引き出すために、ユウヒと性行為を重ね、彼の戦意を滾らせる。それを怠れば、彼の強さに曇りが出る可能性がある。

だが今日のシンレイは頑として聞かず、ひたすら性行為を拒んだ。

そんな気分じゃないとしても、ただの性欲処理なので我慢して欲しいと説得しようとしたが、シンレイの表情は見る見る険しくなっていった。

何がそんなに気に入らないのか困惑していると、シンレイは衣服を正して立ち上がる。

去ろうとするシンレイにユウヒは呆然としていると、彼は退室の間際に呟いた。

『……オレは、ニンゲンどもとは違う。お前に、そんな事は望んでいない……』

『シンレイ殿……？』

名を呼ぶと、シンレイが振り返った。その表情は、今にも泣きだす人間の子供のようだった。

『オレは……、私は……』

だが、その先を語る前にシンレイは目蓋を閉じ、部屋から出て行った。

あれからシンレイと会話していない。お互いに話しかけようとするも、目が合うと何故かどちらからともなく、気まずい心持ちで目を逸らしてしまう。

ベニマルやハクマルからケンカしているのかと心配されたが、明確にケンカしたわけでもないので、仲直り……というのも違うような気がした。

ただ、ユウヒは胸に重し付きの釣り針でも食いこんだような不安感に苦しんでいた。

シンレイに必要とされない自分は更に無価値な存在に成り下がった気がした。

そして、薄汚い心はシンレイの腕に抱かれていた時間を恋しがりだしていたのだ。

どんなに明日が来るのが怖くて眠れぬ夜も、将来の自分がどんな惨めな末路を辿るかと恐怖に怯える日々も、シンレイと熱情を交わし合っているひとときだけは、忘れられた。

ただひたすらに与え合う快楽に酔い痴れ、溺れるように生きている喜びだけに浸れた。

(私は、最低だ……)

シンレイの調整用の部品のつもりの自分はその実、彼によって心身を救われていた。

なのにシンレイに縋りついて、彼の熱を乞う権利など自分には無いのだと、ただひたすらにシンレイの事ばかり考え、部屋に戻ってこないシンレイの空の寝台を見ては滲む涙を拭っていた。

当のシンレイは屋根の上やら裏庭で寝ているようだが、雨の日はベニマルやハクマルの部屋に押し入ったり、時にはヒビキとマガムネの部屋に突撃して寝床を奪っていると聞く。

（そんなに……、顔を合わせるのも嫌なくらい、私はシンレイ殿に避けられているのか……）

基地内の神凪達も、帝都を行き交う人間達も、誰も彼もが不思議に見えた。

自分とは違う相手と仲睦まじく、信頼し合って共に生きていけている優秀な存在揃いに見えてくる。自分の劣等ぶりを更に感じて堪らない。

ソウイチロウとヤツデは信頼で結ばれているし、ベニマルとハクマルはぶつかり合いながらもお互いを大切に思い合っているのが伝わる。

あの破天荒なヒビキですら、他者と共に生きれているのだ。懲罰房に連行されるヒビキを治子が心配して怒っていた事を思い出す。

『馬鹿だね！　大人しく言う事きいときゃ、こんな事にならなかったのに！』と。

その治子にヒビキは鬱陶しそうに舌打ちして答えていた。

『あぁ？　ババア、遂にボケたか？　一等好きなモン、バカにされてもキレねーのがニンゲンの作法なのかしらねーけどよぉ、ンなモン、いらねぇっーの！　今後も思い出してムカつくくらいなら、殴って面倒なコトになるほうがスッキリすんだろ～がよぉ～』

ヒビキは他者の目を気にもとめずに手枷をつけた手で食堂の床を指差した。

『つうか、ンな事より、治子、おれのカレー片付けんなよ。戻ってきたら食うからよぉ』

ヒビキは床でぐちゃぐちゃになったカレーを指さした。

『バカ言うんじゃないよ！　拾い食いなんかしたら病気になっちまうよ！』

『は？　バカじゃね〜し？　神凪はビョーキしねぇっつうの！　つーか、床に落ちたくらいで、お前のメシ食えねーとか、そんなヤワじゃねぇ〜からよぉ〜。お前のメシ食いに戻ってくっからよぉ〜』

そう告げるヒビキに、治子は驚いた後、僅かに涙ぐんでいた。

『バカだね……。カレーなんか、いつでも作ってやるってのに……』

治子にはウミナオシケに喰い殺された子供が居たと聞いたことがある。

朝寝坊した子供が『帰ってきたら食べるから』と急いで家を出て行って、その先でウミナオシケの犠牲となったのだと噂で聞いた。

連行されるヒビキの背に向けて治子が呼びかけていた。

『カレー作って待っててやるから、絶対、帰ってくんだよ！』

そんな治子にヒビキは手枷をつけられた腕を掲げて見せた。

ヒビキの事は好きではないし、命令違反でソウイチロウやヤツデを困らせるのもどうかと思う。

だが、彼の『好きなものは何があろうとも誰に見下されようとも好き』を貫く姿勢はユウヒには無いものであり、それを羨ましいと思う意識があった。

（どうして同じ人造生物なのに、執着の方向性が真逆なのだろうか……？）

考えが纏《まと》まらず、蝉の声と夏風に誘われて視線を上げた。

帝國劇場前の広場では、オペラや活劇を目当てに集まった民衆が行き交っていた。

風鈴の屋台まで来ており、乾いた硝子《がらす》の創造物が空虚な音色を重ねている。

広場の先の街並みは劇場の周辺の為か洋風建築が多かったが、その硬質な建造物には、様々なのぼりが別れ際に振るハンカチーフのように揺れていた。

行き交う婦女は皆、幸せそうに微笑んでおり、ふと先日のシンレイと若い娘の姿を思い出した。

あの時はシンレイが誰かと恋をし、愛し愛される未来を想像していた。

彼には愛される価値があり、魅力がある。そうあるべき、そうであれと頭では理解している。

だが今のユウヒにとって、何故かそれが酷く胸を軋《きし》ませた。

自分を抱いたあの腕で別の誰かを抱くのだろうか。

笑う事の無い男が、微笑を向けたいと思う相手はどんな存在なのか。

それを考えると、胸がひりついて苦痛が止まらない。

「なんだ、これ……」

まるでシンレイが自分のものかのように考えている傲慢な思考に気づく。

こんな気持ちになった事は、誰に対しても無かった。

シンレイだけでなく、カムイも他者から愛を告げられて迫られる事が多かったが、あんなにも敬愛して止まないカムイ相手にユウヒはこんな感情を抱いた事はなかった。

シンレイだと辛くて、カムイだと経験が無い感覚。

なのに、いまだにユウヒは自分の感情をどう分類すればいいのかが分からなかった。

（人間様は皆様、本当に凄い……。どんなに幼体の頃でも好きや嫌いや喜怒哀楽の感情に名前をつ

けて判断しておられるのだから）

きっと人間であれば、情緒が未熟な幼子の頃から感情を学び、それを愛や信頼だと自身で判断して体得してゆくのだろう。

だが生まれながらに自我を備え、成熟している神凪には情緒を学ぶ期間が無い。

それでも人間を模した生物である以上、感情らしきものはある。

だから多くの神凪は少ない給金をはたいて、書物や演劇、活動写真等に触れ、己の中の感情の名を知ろうとする。

ユウヒも様々な書物をヤツデから借りたが、大半が恋愛小説だったので難しくて理解できなかった。それらの知識で考えてみる。

（うーん……。ソウイチロウ隊長とヤツデ先輩の事は『凄い』『尊敬』なんだろうな。ベニマル殿とハクマル殿は『可愛い』『癒される』だと思うし……。マガムネ先輩とヒビキ先輩は『苦手』『近づきたくない』『怖い』『無理』とかかな。それなら……）

ユウヒの、カムイとシンレイに対する感情は何なのだろうか？

カムイは何もかもから逃げるしか出来なかった頃、静かな庇護で心を救ってくれた恩人だ。

そのカムイを喪い、一時期は廃人のようになりかけたユウヒを今の状態まで引き上げてくれたのはシンレイだった。

（カムイさんは人間様の感覚で表現すると、師や親のような存在だろうか？）

それにカムイは寄生能力の問題もあって、彼から触れられた事はない。入浴の時ですら常に野外の冷水シャワーを使用し、皆と大浴場で談笑する事は一度も無かった。

ならばシンレイは、と彼の姿を思い浮かべる。

心臓が忙しなく動きだし、それでいて切ない気持ちになった。

（シンレイ殿は……同じ産女の間で製造されて、私の方が先に製造完了したから……人間様の感覚で言うと、弟みたいたもの……になるのかなぁ……。でも人間様は弟とは同衾《どうきん》しないから、本当に、私とシンレイ殿って一体……）

考えすぎて頭が痛くなってきた。

「好きとか、嫌いとか……難しいな。人間様はこんな難しい感覚を瞬時に判別しておられるのか……」

溜息をついて掃き掃除に戻ろうとすると、背後の頭上から大きな声がした。

「ユウヒにーちゃーッ！　ねえねえ！　すごい？　なにがすごいのー？」

「わぁ！」

突然かけられた言葉に仰天して振り返ると、カンカン帽をかぶったハクマルがホウキを持って立っていた。ハクマルも今日は軍服を着ておらず、吊りベルトで固定したズボンにシャツという夏らしい出で立ちだった。ただ、胸筋の所為でシャツのボタンが胸元で開いていたが。

ユウヒは特に何も考えず、普段着にしているスタンドカラーのシャツの上に着物と袴姿でいたが、ハクマルと同じ格好にするべきだったたと、少し反省した。

そんなハクマルの帽子には鳩や雀が羽を休めており、足元では猫が何匹も体を擦りつけている。

ハクマルは神凪には珍しく、動物に愛されている。彼のもつ無邪気な空気を嗅ぎ取るのかもしれない。

「ハクマル殿か……。び、びっくりした……」

思わずそう言ってしまうと、ハクマルは申し訳なさそうに藁でできたつばを両手で持って押し下げた。そうやって帽子で顔を隠すようにして落ち込んだ声を漏らす。

「ご、ごめん。ハク、からだだけじゃなく、こえも、おっきいから……」

しょんぼりするハクマルにユウヒは慌てて両手を上下に、首を左右に振った。

「あ、ち、違います！　私が小心者なだけです！　ハクマル殿は悪くありませんから！」

しょぼくれるハクマルを全力で励ます。

しゃがみこんで膝を抱えるハクマルの頭を撫でながら励ます。

「ハクマル殿、大丈夫ですよ」

「う〜……」

涙目になっているハクマルは親指を咥えだした。

彼が困惑している時によく行う癖だったが、シンレイと同年齢に見える程の外見と高身長の青年が泣きながら指をしゃぶる姿は殊更、奇異に映るらしい。それまでハクマルの美貌に視線をおくっていた人間達の中には、立ち止まって此方《こちら》を見る者まで出始めた。

落ち込んでいるハクマルが怯えてはいけないと思い、ユウヒは彼の両手を掴《つか》んで立ちあがらせると、その手を引き、近くの建物の裏へと移動させる。

日陰に連れてゆくと、ぐずりだしたハクマルにハンカチを差し出す。

それを受け取って涙を拭うハクマルは、独り言のような声音で話しかけてきた。

「……シンレイは、いいなぁ」

「え？」

不意にシンレイの名を出されて問い返すと、ハクマルは頷く。

「だって、シンレイは、きょうだいのユウヒにーちゃとナカヨシで……。きのう、ハク、ベニマルにーにのおみまいいったら、くるなっておこられて……」

「……」

「ハク、ベニマルにーににキラワレてるから……」

ベニマルはヒビキに戦血を奪われた一件以来、現在も補給中だった。

彼は仲間のヒビキの手で戦闘続行不能にされた事を恥じており、そんな悔しい思いをしている時に見舞いに来たハクマルに泣きつかれて、心に余裕が無かったのだと思う。

ベニマルはハクマルに対して複雑な意識はあっても『兄であるボクがハクマルを守らなきゃいけないんだ』と、常日頃、口にしていた。

ベニマルは決してハクマルを嫌っているわけではないとユウヒは感じていた。

だがそれがハクマルには伝わっていないらしい。彼は哀しみ続けていた。

「ニンゲンさまが、ふたごきは、ダメなのばっかりだけど、ユウヒにーちゃとシンレイはスゴイんだってゆってたし……」

人間だけではなく、神凪の中にも双子機の彼等を蔑む者は居る。特に古参の神凪は『実戦でどれだけの敵を殺せるか』が自身の価値と機関から叩き込まれているので、ベニマルとハクマルへの当たりが強い。

（ソウイチロウ隊長に代替わりしてから戦闘力至上主義は落ち着いたけど、その前の隊長は酷かったからな……）

『敵を殺せぬ神凪は帰還するな』と、成果を上げれぬ者を駐屯地の門の外に締め出し、しかも気が弱い神凪を見つけては鬱憤を晴らす為に暴力を振るうような男だった。

ユウヒも何度も暴力を振るわれかけたが、その頃から副官を務めていたヤツデの機転やシンレイの反抗、ソウイチロウやカムイの庇護で何度も難を逃れていた。

その横暴な隊長職の男はある日の朝、瓦子灯《ガス》に頭部のみを串刺しにされて火をつけられた焼死体の状態で発見された。今思い返しても異常な死に際だった。当時の光景を思い出し、身震いする。

直ぐに次の隊長としてソウイチロウが任命されたが、次期隊長職にはソウイチロウ以外に副隊長だったヤツデと、同次期製造の神凪であるカムイの名も挙がっていた。

だが、カムイ本人による辞退と、副隊長だったヤツデがソウイチロウを強く推薦した事が、ソウイチロウ任命の決め手となった。

ソウイチロウの代になってから、ようやく神凪に人間らしい日々が訪れたと言えるが、犯人探しは行われなかった。そして横暴な前隊長の死は悼まれるどころか、喜ぶ神凪の方が多かった。

（こう考えては不謹慎だけど、代替わりしていなければ、実戦に使える固有能力を持たない私やベニマル殿、ハクマル殿は誕生と同時にウミナオシケの前に放り出されていたかもしれない……）

ユウヒはハクマルの背中をさすった。此方《こちら》を見つめるハクマルに、穏やかな声音で話しかける。

「ハクマル殿と私は全く同じ立場ではないですが……それでも、貴方の悩みをほんの少しは理解できるつもりです。私などでは気の利いた言葉をかけられませんが、せめて辛い時に気兼ねなく心情を吐露できる相手になりたいと思います」

「ユウヒにーちゃ……」

「それに、ベニマル殿は態度には出せませんが、いつもハクマル殿を守りたいと、気にかけている、優しい兄上ですよ。嫌いだったらそんな事、しないと思います！」

そう告げて肩を撫でていると、ハクマルは目元を拭ってから立ち上がった。

ハクマルの顔を見上げると、彼は赤くなった目元を緩ませた。

「そ、そっかぁ……。そうなら、うれしいなぁ……。ベニマルにーに、せかいでいちばん、かっこいいよね！」

「そうですね」

そうやってハクマルと笑い合っていた。

談笑の小休憩の後、ユウヒとハクマルは並んで掃除に取りかかった。

掃き掃除をするユウヒに、後ろから「あのね……」とハクマルが言った。

「なんですか？」

振り返ると、曇った面立ちでハクマルは口ごもった。

「ハクマル殿……？」

ただならぬ空気を感じて名を呼ぶと、ハクマルが意を決したように口を開いた。

「あのね、ほんとは……、ハク、ウミナオシケとも、なかよくしたいんだ……」

「……」

一瞬、聞き間違いかと思った。だから直ぐに返答できなかったのだ。

人間と神凪を捕食し、帝都を恐怖に陥れる化け物との共存を願うなど、有り得ないからだ。だが、ハクマルは小さな声で続けた。

「これ、ゆったら、かんなぎのみんなはおこるだろうけど……、でも、ウミナオシケと、ハクたち、ほんとにたたかわないとダメなの……？　あのね、ハク、いたいのもかなしいのも、こわいから、だれともケンカしたくないんだ……。ウミナオシケは、みんなからキラワレてて、かわいそうっておもったりするから……。そ、それに、ニンゲンさんだって、どうぶつさんをたべるのに、なんでウミナオシケがニンゲンさんをたべたら、わるいことみたいに、ゆわれるの？」

「それは……」

生きる為の捕食は自然の摂理だ。けれど、人間達はそこに己を組み込まれるのを非常に恐れ、嫌い、その循環の輪に入れられる事を避けようとする。

人肉しか摂れぬ生物が居たとしたら、人間は躊躇わずに『ソレ』を絶滅させるだろう。

人間にとって捕食者は『滅ぼしていい悪』なのだ。

ハクマルにはそれがわからないのか、続ける。

「ハク、ニンゲンさんもスキだけど、ねこさんも、いぬさんも、とりさんも、むしさんも、みんなスキなんだ！　だから、ハク、おなかすいたウミナオシケにたべられても、しかたないっておもう……。けど、たべないとダメなように、うまれたから、ハク、こわいけど、でも、しかたないっておもう……。けど、たべるのがダメなことなら、なんで、いのちをたべないと、しんじゃうようなセイブツにつくったの？　わるいのは、たべるコじゃなくて、そうゆうふうにつくったソンザイじゃないの？　ニンゲンさんをたべないといきていけないコは、ホントウにたべたいからたべてるの？」

ハクマルの問いに対する答えをユウヒは持ち合わせていなかった。

人間達が神と崇める存在なら答えられたかもしれない。

けれど、ユウヒには自分の感情すらままならない。

恩人を惨殺した種族と仲良く共生できないか　と問われるのは、思った以上に辛かった。

それがユウヒ的に好意を抱く、仲が良い神凪から言われた為、更に応えた。相手にそんな意図がなくとも、自分の憎しみも哀しみも後悔も全て否定されたように感じてしまったのだ。

だがハクマルは精神が幼いだけで、愚鈍《ぐどん》ではない。此方《こちら》の空気を読み、自分の言葉が詳細は分からないまでも失言だったのを察したらしく、慌てて話題を変えた。

「え、えっと、えっとね！　シンレイ、ユウヒにーちゃのハナシばっかりするんだよ！　それで、ハクもわかるわかる〜ユウヒにーちゃはやさしくて、きれいで、だいすきってうなづいてたら、シンレイは『お前はユウヒの価値を分かってる、良い奴だ』ってほめてくれて、ラムネのびーだまもくれて、それからユウヒにーちゃのはなしをよるになるまで、ずっとずっとずーっとずーっと、してて……」

　ハクマルが万歳しながら無邪気に騒ぎだしたので、ユウヒは己が感じた痛みを口に出す事は出来なかった。

　かといって新しい話題に乗ってあっさりと流す事も出来ず、感情の処理が追いつかない。

「ハ、ハクマル殿、そういえば夏で暑いですね！」

「え？　ずっとまえからアツイよ……？　なんでいまなの？　にーちゃ、あたまのクギが、ぐらぐらしてきたの？　そういえば……」

　あたまのクギがぐらぐら……とは神凪に起こる現象だった。

　頭部に打ちこまれた杭型の爆弾が次第に位置がずれ、脳に影響を与える事があるのだ。

　この現象が起こると、温厚な神凪が暴力的になったり、妙な言動をとることがある。

　心配そうなハクマルにユウヒは首を振った。

「ですよね！　暑いですね～！　暑くて喉が渇くと戦血の消費が激しいと思いますので、何か飲み物でも買ってきますね！　そこに居てくださいね！　何が飲みたいですか？」

　言いかけるハクマルの言葉を中断して提案すると、ハクマルは飛び跳ねた。

「やったぁ～！　ハク、シンレイのスキなラムネがいいなぁ～！　それでね、シンレイ、ラムネのいろが、ユウヒにーちゃのめのいろににてる、ずっとずぅっと、みていたい～って、いつもいつもいつもゆってて……」

　その無邪気な姿に、自身の心の狭さで彼との対話を打ち切ろうとした自身に引け目と罪悪感を覚えてしまう。

「あ、あのっ！　すみません！　じゃあ、行ってきます！　あっ、知らない人間様に声をかけられても、ついていっちゃいけないですよ！　直ぐに戻りますので！」

そう言い含めてユウヒは財布を取り出して路地を走る。

走りだした時、ふと聞こえた。

――ごめんなさい、と。

振り返って確認すると、ハクマルは地面に膝を抱えて座り込んで、笑顔で両手を振っていた。その姿に胸の痛みを覚えた。

（ハクマル殿は他の神凪みたいに裏表があったり性格が好戦的だったり残酷だったりしない……。なのに、私は……優しく出来なくて、最低だ……）

走りながら頭を冷やすように、反省の意味をこめて両頬を叩いて気合いを入れる。場を離れる前に、ソウイチロウに水分補給の為に離脱する旨を報告しようと、頭の中で呼びかけ、通信を試みた。

（あれ？　応答しないな……？　隊長、取り込み中なのかな？）

仕方なく彼の姿を探す事にした。

ソウイチロウは社交的で人間との交流も上手い為、付近の商店や屋台を手伝っていたはずだ。

路地から雑踏にでたユウヒは帽子を目深にかぶり直し、帝國劇場と日比谷濠の間に連なる屋台に視線を向けた。場所が場所なだけあり、行き交う人間達は皆、楽し気な表情をしている。

こういった場にはウミナオシケが寄りつかない。人間の恐怖を嗅ぎつけるウミナオシケは、人間が幸福や喜悦に浸っているとその姿や居場所を感知できない。

だから帝都ではウミナオシケ避けとして頻繁に祭や縁日が開かれていた。

帝劇では連日のように喜劇を上演しているが、逆に悲劇や怪談は『ウミナオシケを呼ぶ忌まわしきモノ』として、禁制扱いで上演は許されていなかった。

特に、ウミナオシケは人間が恐怖に駆られやすい夜に出没する為、それを避ける帝都市民が多く繰り出す昼間のこの時間帯は活気に満ちている。

先程までソウイチロウが働いていた雑貨屋の店主の男性に声をかけてみた。

「こ、こんにちは。お仕事中に申し訳ありません」

「いらっしゃい！　おぉ？　こりゃまた、帝劇のスタァも裸足で逃げ出しそうな美形なお兄さんだねぇ～！」

坊主頭の店主は陽気な笑顔で対応してくれた。しかも此方《こちら》が返事をする前に、更なる話題を振ってくる。

「もしかしてアンタ、神凪かい？」

「ほ、ほへぇぇえ？」

言い当てられて変な声が出た。

今日は軍服も着ていないし、球体関節部位がバレないようにしているのに、どうしてなのかと冷や汗をかいていると、店主は膝を叩いてカラカラ笑いだした。

「すまねぇなぁ！　美形なアンちゃんを見ると、神凪かと思っちまうんだよ！　それにしても、アンタ、本当に綺麗な顔してるよなぁ〜」

からかわれているのだと理解し、とりあえず会話を繋げた。

「え？　あ、あの、えと、ありがとうございます……？」

「そうだ、お兄さん！　巷《ちまた》をにぎわせてる帝劇で起こる怪奇事件についての新聞、買ってかないかい？」

眼前で広げられた記事には大きな見出しで『帝國劇場の光と影！　上映中に消えた恋人！　行方不明者として捜索願も』等と、信ぴょう性の薄い内容が記載されていた。

だが、生憎ユウヒは客ではなく、更に言うなら薄給の為、散財はできない。ユウヒは店主に頭を下げた。

「お仕事中にお時間を頂き、真に申し訳ありません！　私はお客ではなく、神凪の大神ソウイチロウ殿を探しておりまして……」

だが店主は客ではないと知っても、気の良い笑顔で答えてくれた。

「ああ！　隊長さんなら、さっきまで居たよ！」

近くの路地を指差す。その方向に目を向けると、店主は続けて説明した。

「そういえば、きりが良い所まで片付いた所で、隊長さんを呼びに来たお兄さんが居てねぇ。その人と一緒に、あの路地裏に行ったよ。ん？　呼びに来た人の見た目かい？　神凪の軍服を着ててねぇ、長い髪の美男子だったねぇ〜」

神凪は戦血の保有量を高める為に大半が長髪であり、外見も人間に好意的に扱われるようにと整った容貌に製造されているので、誰が来たのかは分からなかった。

店主に礼を述べてソウイチロウを追いかけようと振り返る。

だがそこでユウヒは、急に目の前を駆け出した子供にぶつかりかけ、慌てて止まった。

「わぁ！」

思わず声を上げてしまい、相手も立ち止まったが、子供の体幹では急な動きには耐えきれなかったらしく、よろけて転びかけた。

その子供を素早く受け止める。そしてユウヒは彼女を抱え上げ、目を見つめながら声をかけた。

「私の不注意で申し訳ありません！　人間様、お怪我はありませんか？」

子供を助けた拍子に帽子が落ちたが、構わずに問いかけると、助けた少女は此方《こちら》の顔を見て目を白黒させた後に、無言のまま凄い勢いで頷いた。

「あ、ありがとう、おーじさまみたいなおにいちゃん！」

「王子様？」

問い返しつつも、無傷の少女にホッとした。そうしていると直ぐに雑踏から少女の母親らしき女性が慌てて近づいてくる。

「三春《みはる》！　迷子になるから、手を離さないでと言ったでしょう！　ああ、すみません！　ウチの子が！」

叱りながら駆けてきた母親は着物の乱れを直すより先に娘を受け取り、此方《こちら》に礼を伝えようとして顔を見た。

瞬間、その表情が凍りつく。

好意に満ちた表情が真逆のものへと変貌してゆき、その負の感情は言葉という矢となってユウヒを射抜いた。

「ウ、ウミナオシケを呼ぶ……神凪……！」

母親が漏らした一言にユウヒが視線を向けると、彼女は我が子を抱えて距離をとった。

そして敵意が滲んだ目で睨みつけた。

「アンタ！　ウミナオシケを呼び寄せる、ハズレの神凪じゃない！」

母親の言葉に周囲の人間達もユウヒを見る。

その様を見たユウヒは、人間達に不安が伝播しないよう、慌てて否定した。

「ち、違います！　私は人間様に危害を加える真似は断じて、いたしません！　それにウミナオシケは昼間には出没しませんし、今の私は恐怖や不安を感じておりません！　ウミナオシケどもが嗅ぎつけるのは恐怖や不安で……」

だが、どれだけ不安を払おうとしても波が引くように周りの人間が距離をとり、見なくとも分かる程に、此方《こちら》に向けられる視線が変容したのを肌で感じた。

急いで帽子を拾ってかぶったが、その姿を咎《とが》めるように母親が叫ぶ。

「帝國新聞に書いてあったわ！　ウミナオシケを呼び寄せる癖に、臆病だから戦わないで逃げるんだって！」

「……」

黙しているユウヒに更に言葉が降り注ぐ。

「その卑怯者のアンタが逃げた所為で、神凪最強のカムイ様が殺されたって！」

「……！」

心臓を抉《えぐ》りだされるような衝撃を感じて胸を押さえる。目の焦点が定まらないような目眩を感じ、動機と息切れが増す中、群衆の声が集まり、波のように荒れ始めた。

「カムイ様は逃げた神凪の所為で亡くなられたって聞いたけど」

「こいつのせいで……」

「仲間を殺しておいて、のうのうと生きてるとか……信じられねぇ……」

ユウヒは無意識の内に震える両手を地面につけて詫びていた。

「は、はい。謝罪して済む事ではありませんが、も、申し訳ありま……」

言いかけるユウヒの言葉など誰も聞いていなかった。返ってくるのは人々の怒号だけだった。

「謝るくらいなら人前に出てこないでよ！」

「……申し訳ありません、人間様、申し訳ありません……」

繰り返していると、地に伏せた手の甲を誰かに踏みにじられた。

「アンタの所為でカムイ様が死んだってのに、泣いて被害者ヅラしないで！　何も懲りてないのね！　どうせカムイ様の死なんて何とも思ってないんでしょ！」

母親の言葉に周囲からも怒りが溢れだす。

「そうだそうだ！　でなきゃこんな場所に出てこれるわけねぇ！」

「カムイ様じゃなくて足手纏《まと》いのお前が死ねば良かったのに！」

罵倒の後、額に衝撃が走り、肌が熱を帯びる。

目の前に転がった石に血がついているのを見て、投石を受けたのだと分かった。

負傷による出血という、避けるべき事態に遭遇しているのに、ユウヒは抵抗する気が一切起こらない。されるがままに座り込んでいた。

すると、投石が止み、周囲がざわつきだしたのだ。

「……？」

視線を巡らせてみると、人間達は石を投げる手を止めて、信じられないものでも見るように此方《こちら》を見ていた。何がおかしいのかと思っていると、先程の母親が我が子を抱えたまま青ざめて告げる。

「あ、あんた、なんで……石を投げられて、笑っているのよ……？」

頬に触れると、口角が上がっていた。笑っている自覚は無かったが、神凪が守るべき存在である人間達を怯えさせるのは本意ではない為、ユウヒは頭を下げた。

「す、すみません……！　良かった、と思いまして……」

「良かった……？」

問い返され、ユウヒは頷いた。

「はい。神凪は人間様をお守りして死ぬのがお役目です。ですが、私のように人間様からも神凪からも望まれぬ者は、いつか壊れる日がきたとしても、私の所為で命を喪ったカムイさんのように多くの人間様を悲しませずに済みます……。そう考えると良かった、いつ死んでも誰のご負担にならなず、むしろ死ぬ事で人間様に笑って喜んで頂けると思ってしまいまして……」

カムイを喪った時に、死に別れる辛さを知った。

その時に痛感したのだ。

『もしも、こんなに辛い経験をする事が再びあれば、自分は正気を保っていられないだろう』と。

だから誰の事も心の奥深くに入れず、敬語と敬称で距離を取り続けた。

万が一、誰かに大切に思われたとしても、自分が死んだ時にこんなにも辛い想いを遺して逝くのは絶対に嫌だと思ったのだ。

(今回も……嫌われているのがわかって、良かった……)

だから誰からも愛されるべきではない。

そうしていると、ふと脳裏に浮かんだのは、シンレイの後ろ姿だった。

(あ……)

温かな光景を振り払うように目蓋を閉じる。

シンレイの不興を買った今の自分は、彼にとって出来の悪い備品だ。それを哀しいと思う等、烏《お》滸《こ》がましいにも程がある。誰からも惜しまれずに逝くべきだ。

(そう、あるべきなんだ……)

なのに、自分は死ぬべき罪人で、後を濁さず死ねるのは幸いだと詫びると、石も罵声も飛んでこなくなってしまう。

人間達は憎むべきか、憐れむべきか迷っているように見えた。

同じような事をユウヒは何度か経験していた。

少し前に皆で帝都の奉仕活動を行っていた時、石を投げつけられた事があった。

石を投げたのは、父親に『あいつはカムイ様の仇《かたき》の悪い奴だ』と教えられた小さな少女だった。

当時はソウイチロウが抗議し、その少女の姉が飛んできて何度も詫びていたが……。

今の状況と当時の記憶を思い出し、ふと何かが胸に引っかかった。

(あれ……？　そういえば、あの時の家族……。何処かで見たような……？)

そうしていると、人間達は見てはならないものでも見たかのように、一人、また一人と無言で立ち去って行った。呆然としていると、先程の雑貨屋の店主が近づいてきて無言で肩を叩く。

どういう感情なのか分からなかったが、死にかけた動物を見るような眼差しに、立ち去るように促されているのだと受け取り、ユウヒは騒がせた事を詫びながら足早にその場を後にした。

照りつける日光を背に受けながら、汗ではなく何故か寒気を感じていた。

(昔は誰かに必要とされたい、生きている事を許されたいと願い続けて、シンレイ殿に酷い言葉をぶつけたりしていたのに、今は死を願われて安心しているなんて、おかしいな……。なのに、なんで)

涙が出るのだろう。

ユウヒは路地に隠れると、目元を拭った。

(でも、良かった……。オレは、今日もちゃんと、憎まれるべき存在だった……。カムイさんを死なせたどうしようもない存在の癖に、皆のように笑ったり喜んだり……、優しくされて、幸せだとか、もっと仲良くしたい、一緒に居たいとかって思ったりしちゃいけない存在だって、ちゃんと思い出せた……。ちゃんと、正しく苦しみ抜いて壊れるまで働かなきゃいけない人形だって……）

なのに、シンレイ達が見せてくれる優しさや笑顔を思い出して、また泣いていた。

それらを振り払って捨て去れない自分に涙が止まらなかった。

「うっ……うぅ……。苦しむべきなのに……。苦しいのが正解なのに……なんで、オレは、被害者みたいに泣いてるんだ……」

そう自問しながら人の気配が無い路地裏に入り込む。

壁に手をついたまま、ずるずると座り込んだ。湿った土に水滴が落ちていくのに気づき、泣いて悲しんでいい立場などではないと思うと涙すら許せなくて乱暴に目元をこすり、鼻を啜《すす》る。

そうしていた時だった。

「また、お前はカムイを悪く言っているのか！」

ソウイチロウの声が聞こえた。

（隊長……？）

あの日の会話を思い出し、反射的に息を潜めて聞き入る。

「お前……最近、カムイへの文句が多いぞ？　どうしたんだ？」

漏れ聞こえるソウイチロウの声は動揺を滲ませていた。だが、ソウイチロウは強い口調で告げる。

「カムイはユウヒにとって恩師みたいなものだと知ってるだろう？　ユウヒの気持ちを裏切るような真似をしたら、いくらお前でも絶対に許さないからな！　あいつは自分にとって、代わりなどいない、可愛い弟分だ！　勿論、シンレイもベニマルもハクマルも……そして、カムイも！」

ソウイチロウの最後の言葉にユウヒは、はっとする。

鎌首をもたげかけていた疑問を理性が抑えつけた。

ソウイチロウはカムイにも友として接していた。カムイの死に、人知れず号泣していた姿も見ていたはずなのに。あの涙が嘘だとは到底、思えなかった。体が震える。

（どうして、そんな人を疑おうとしたんだ……）

その時だった。ユウヒの肩を大きな手が掴《つか》んだ。

（しまっ……！）

ソウイチロウと会話していた誰かだけでなく、他にも居たのかと振り返る。

だが、その目の前に居たのは……

「ユウヒにーちゃ、なにしてるのー？」

大きな声で呼びかけられ、恐怖に陥りやすいユウヒは腰が抜けそうになりながらも何とか堪えた。

そんなユウヒの様子をハクマルが親指を咥えて不思議そうに見下ろしている。

「あ！　もしかして、かくれおにー？　ハクもやるー！」

口元に指を立てて声を出さないように伝えるが、ハクマルは構わずにわあわあ騒ぎだした。

「ねえねえ！　ハク、からだがおっきいくて、かくれるのニガテだから、おにのやく、するー！

みつけたら、がおーっていうね！　がおー！」

両手を掲げ、立ち上がったライオンのように「がおがおー！　にげないと、ライオンさんになって、たーべーちゃーうーぞー！」と吠えるハクマル。

これだけ騒いでいれば誰でも気づくだろう。

「……ユウヒに、ハクマル？　何をしているんだ？　奉仕活動はどうした？」

ソウイチロウの瞳は普段の凛々しさが影を潜め、明らかに動揺していた。

そんなソウイチロウにハクマルは両手を上げて吠えた。

「ハクマルじゃなくて、ライオンまるだぞー！　がーおー！」

「らいおんまる？　ハクマルじゃなくて、ライオンマルに改名したいのか？」

ソウイチロウがハクマルと会話している間にユウヒは会話相手が居たと思われる場所に視線を向けた。路地裏の地面には鋭利な踵《かかと》を持つ軍靴の跡だけが残っている。

その特徴的な靴跡を見て、ユウヒはソウイチロウを見上げる。

「あ、あの、隊長……今、どなたと会話されて……」

ソウイチロウの事は信じたいという気持ちが強くなっている。だが、彼にカムイへの罵倒を吹き込む男の事は疑っていた。ユウヒの問い掛けにソウイチロウは口籠る。

「いや、その、そう、誰も居なかった！　何のことだ？」

見るからに嘘をついている表情だった。

無言で見つめていると、彼は大きな身振り手振りで足りない言葉を補うようにしている。

「ほ、本当だぞ？　誰も居なくてだな……」

そう言いかけた彼は、ユウヒの顔を見て顔色を変えた。

「ユウヒ……？　お前、泣いてたのか？」

挙動不審だったソウイチロウは、途端に顔色を変えて案じてきた。

「カムイさんが死んで良かった、なんて言う人と、どうして隠れて会話されていたのですか？」

率直に指摘すると、ソウイチロウの顔が青ざめる。

「そ、れは……」

口籠る彼にユウヒは悲痛な面持ちで詰め寄る。

「私は、貴方の誠実さを敬愛し、信頼しています！　だからこそ、貴方にカムイさんの死を喜ぶ誰かと隠れて付き合っているのかが、わからないのです！」

返答を待つ間もなく、表通りから悲鳴が轟いた。

ユウヒが表通りを振り返る。民衆の絶叫と怒号が入り混じる中、確かに聞こえた言葉があった。

「ウミナオシケだ！　ウミナオシケが出たぞぉおおお！」

その言葉にユウヒはソウイチロウの顔を見上げる。

ソウイチロウも目を見開き、信じられないという感情を露わにしていた。

昼間の、こんなにも人々の歓喜に満ちた場所にウミナオシケが出てくるわけがない。

少なくとも、今までの帝都では有り得なかった。

ソウイチロウは人間達の助けを求める声に、弾かれたように路地から飛び出してゆく。

「た、隊長！」

ユウヒ、ハクマルも急いでその後を追った。大混乱に陥り、逃げ惑う民衆の流れに逆らうように間を縫って走り続けると、帝劇前の広場でようやくソウイチロウの背中に追いついた。

だがそこに広がる惨状を目にしたユウヒは、口を押さえて、えづきかけた。

帝劇前には人の形を失った人間の遺体が幾つも転がっていたのだ。

その中心には蟹のような姿をした巨大なウミナオシケが居た。

通常の蟹とは違い、その外貌《がいぼう》は禍々しいものだった。

馬ほどの大きさがあるそのウミナオシケは、本来ならば蟹の胴体にあたる部位に半端に吸収された生きた人間の男性が一人、両手を上げた横向きの状態で埋めこまれていた。

左右合わせて十本ある蟹の足。その一番下、左右二本ずつの計四本は、埋め込まれた人間の両手両足を利用しているらしい。とにかく見栄えだけは蟹の形をとりたいらしく、右側は両腕、左側は両足を無理やりに地面に向かって関節を無視した位置と角度で捻じ曲げている。

ウミナオシケが移動する度に、その人間の手足が蟹の移動手段として使われていた。

「だ、だずげでぇ……」

しかも胴体にされている人間には意識も痛覚も残っているらしく、耐え難い苦しみによって顔からありとあらゆる体液を流して助けを求めている。

ウミナオシケは胴体にした人間の苦痛など素知らぬ風で、上部にある両のハサミを使って地面に散らばった遺体を切り刻んでは、引きずりだした臓物を捕食していた。

両のハサミは器用に餌を口元に運ぶが、口として使う穴は胴体部位の人間の腹部に空けているらしく、蟹が血肉を啜《すす》る度に寄生された人間は腹の中をかき混ぜられ、言葉にならない悲鳴を上げている。

あまりにもおぞましい形状と光景に恐怖するユウヒは、束の間の沈黙の後、肌がひりつくような圧を感じた。

「貴様ァアアアァアアアァアアアア！」

ソウイチロウが空気が揺れるほどの怒声を上げたのだ。

その怒りと殺意は凄まじく、後方に居るユウヒは彼の本気の怒号に身震いすらした。

「何という……何という事を！」

吠えたソウイチロウは機関から特別に所持を許可されて佩《は》いていた軍刀を抜き、ウミナオシケに向けると、その苛烈な憤りを隠す事なくウミナオシケにぶつけた。

ソウイチロウの咆哮にウミナオシケが人間の脇腹から生やした黒い両目を此方《こちら》に向けた。

だが、そのギョロギョロと蠢《うごめ》く無機質な黒目は対峙するソウイチロウを素通りし、その後方で怯え切っているユウヒとハクマルを見た。

恐怖を嗅ぎつけるウミナオシケにとって、恐慌状態に陥っているユウヒは格好の獲物に見えたのだろう。ウミナオシケは喰い散らかしていた残骸を放り捨てると、猛スピードで此方《こちら》に迫って来る。

ウミナオシケの手足にされた人間の皮膚が煉瓦道を這う度にバタバタと湿った音を立てた。

「う、うわぁあああ！」

その様子を見たハクマルが泣き喚いて駆け出し、ユウヒもまた怯えた声を上げてしまった瞬間だった。眼前を何かがよぎって、ユウヒの横に転がる。

視線を向けて確認すると、それはウミナオシケの左のハサミだった。

ソウイチロウが刀で切断したようだが、バケモノの体から離れても、まだ蠢《うごめ》いているハサミに新たに恐怖してしまう。そんなユウヒにソウイチロウが背を向けたまま怒鳴った。

「馬鹿者がァアア！　いつまで虫ケラの如《ごと》く無様に泣き喚いて戦血を無駄に消費しているのだゴミ虫が！　貴様、それでも神凪か！」

「た、隊長……」

「泣くのを止めろ！　敵を前にして怯むなど、産女の間に肝を置いてきたのか！　さっさと殺せ！直ぐに殺せ！　敵は皆殺せ！　人間の敵は全て全て全て、全殺しに殺し尽くして殲滅《せんめつ》し尽くせ！」

刀をウミナオシケに向けるソウイチロウの口元が、笑う。

神凪特有の精神高揚状態に入ったのだと判った。

普段のソウイチロウは指揮官という立場上、理性を保っている。

それが今は「殺す！」と、他の神凪と同じように殺意を繰り返している。

その姿にユウヒは唇を噛んだ。

（私は……何をしているんだ！）

ソウイチロウは神凪の本能である耐え難い迎撃の性衝動に悦を滲ませて笑いながらも、顎から伝い落ちる程の涙を流していた。

「殺す……コロス……、殺してやる……！」

それは犠牲を出してしまった事への後悔と怒り、そして哀しみの涙なのだろう。

どの神凪よりも人間への愛が深く、責任感が強いソウイチロウ。そんな彼の背中をユウヒはずっと見て生きてきたというのに、自分はそんな相手に猜疑心を向けた上に、守るべき人間達が惨たらしく殺されているというのに怒りや敵愾心を持つ前に恐慌状態に陥って役立たずを晒していたのだ。それが恥ずかしくて情けなくて、そして申し訳なく思っていると、ウミナオシケが妙な動きを始めた。残ったハサミで腹を抱えるように、胴体にされた人間の腹部を執拗に撫でているのだ。

（何だ……？）

何を始めるつもりか分からないが、人質にされている人間を助けるのが先決だと考えたらしいソウイチロウが踏み込んだ瞬間、この世のものとも思えぬ濁った声が蟹の胴体にされている人間の喉から放たれた。

「あぁあああああ！　い、いたい！　いたいぃぃぃいい！」

耳を塞ぎたくなる程の絶叫。瞬間、ユウヒは、全身に走る悪寒に身構える。

本能が訴える危険に、細かく考えるよりも先に体が勝手に動いていた。

ユウヒは斬りかかろうとしていたソウイチロウに駆け寄ると、彼の背中に抱きつき、勢いのままに倒れ込んだのだ。

「ッ！」

そのまま煉瓦道を共に転がる。ソウイチロウはそんな状態でも刀がユウヒに触れないようにしていたらしく、お互いに受け身をとれていたので軽い擦り傷程度で済んだ。

「ユウヒ？　何を……」

起き上がったソウイチロウが話しかけてきたが、途中で台詞を止めて、先程まで居た場所を見て生唾を飲みこんだ。

ソウイチロウの視線を追って振り返ると、彼が立っていたあたりの煉瓦が白煙を立てて異臭を放っている。煙が晴れた後の煉瓦は、無残に黒く変色して崩れていた。

「毒……いや、強酸か……？」

ソウイチロウが呟く。マトモに浴びていれば服ごと肉体が溶かされていたかもしれない。

安堵《あんど》しかけたユウヒの鼓膜を、再度の絶叫が突く。

見ると、ウミナオシケが胴体にしている人間の腹部にある口を再び蠢《うごめ》かしていた。

「隊長！　また毒弾が来ます！」

ソウイチロウは自身の上着を引き千切るように脱ぐと、破壊された煉瓦の破片を包み、ウミナオシケに向けて投擲《とうてき》する。

ウミナオシケの口を狙うように投げられたそれと、飛ばされた酸の液が空中で衝突した。

「いッ……！」

直撃は避けれた……と思えたが投擲《とうてき》した上着は一瞬で溶け、激突の衝撃で散った僅かな飛散がユウヒの頬に付着し、皮膚に焼けるような激痛が走る。

上着を捨てた上に、ユウヒを飛沫から庇うように抱きよせていたソウイチロウの方は肩や腕に数か所、直接酸を喰らったらしい。肉が焦げる音と共に白煙が上がっている。

「た、隊長！」

相当の痛みらしく、苦悶の表情を浮かべるソウイチロウを案じるが、彼は投げ捨てた刀を手に取ると素早く立ち上がった。

「大丈夫だ！　それよりユウヒ！　奴から距離をとれ！」

「は、はい！」

ウミナオシケはソウイチロウに目玉を向け、ユウヒとソウイチロウそれぞれに狙いを定めている。

恐怖に反応するはずのウミナオシケがソウイチロウを認識していた。

ソウイチロウの様子を確認すると、彼は荒い吐息を漏らしながらも、敵を見つめている。、
ユウヒは先程の強酸の攻撃で、ソウイチロウが本能的な危機感、本人も自覚しない程の恐怖を感じたのだと察した。

(このままでは、敵が隊長を潰しにかかる可能性が……！)

自分ではこのウミナオシケと戦えない。何とかソウイチロウから意識を逸らさせねばならないと判断したユウヒは、眼前のおぞましい化物に視線を向ける。

恐怖を煽る異形の敵生物を直視した途端、心臓が激しくなり、汗が頬を伝った。

(こ、怖い……！　気持ち悪い……！)

ぎょろりと動く目がユウヒの姿を捉える姿に恐怖が跳ね上がり背筋が凍ったが、今はその恐怖こそがユウヒの望むものだった。ユウヒは片手を上げて走りだす。

「こっ、こっちだ！　追いかけて来い！」

莫大な恐怖を抱えて走る丸腰の獲物をウミナオシケは夢中で追跡してくる。

（ウミナオシケを誘き寄せれば敵の死角から隊長が一撃を入れられるはず……！）

そう考えるが、十本の足全てを使うために地面に伏せ、蟹に似た形状とは思えぬスピードで地面を駆け回るウミナオシケの背中が目に入り、ユウヒは喉を引きつらせた。

「……ッ！」

蟹状ウミナオシケの背中には、びっしりと人間の顔が浮かび上がっていたのだ。寄生虫によって甲羅に円形の卵を産みつけられた蟹のぞっとする姿を見た事があるが、あれに酷似していた。

（こ、こいつ、こんなにも喰ってたのか！）

歯を食いしばりながら化け物を睨みつける。酸を飛ばしてくるので目をはなしての逃走はできなかったが、神凪一の速さを誇るユウヒにしか出来ない仕事だ。

此処《ここ》でこいつを仕留めねば、きっとまた何処かの誰かがカムイのように犠牲になる。そしてそれを誰かが引きずり、生きながら苦しむ負の連鎖が帝都に満ちてしまう。

そんなのは、自分だけで充分だ。

（他の誰でもなく、私しか……私が、やらなければ！）

恐怖を使命感が支えた。怯えが足取りを迷わせる事無く、前へと進ませる。

臥子灯《ガス》や建造物を激突寸前で避けながら速度を維持する。

（大丈夫だ、帝都の事なら、どの神凪よりも知ってる……！）

時間さえあれば帝都を散策し、地理も材質も完璧に記憶している。どこの床石にどんな窪みがあるか、雨の日と湿度が低い日の地面の摩擦の差まで熟知している。

給料の大半が軍靴の交換で消えたとしても、走る事だけが自分の存在意義だ。

（この化け物は此処《ここ》で完全に仕留める！）

通常の神凪ならば速度を出せない体勢でも、ユウヒなら軽々駆け、相手を引き離し過ぎない距離を保つことまでできる。

あまりに遠ざかればウミナオシケは追うのを止めて新たな獲物を探しに行きかねない。

だから、手が届きそうで届かない獲物を演じる事で奴らは己の疲弊にも気づかずに夢中でユウヒを追跡してくるのだ。

頭部をかすめるハサミを体をよじって避けながら、ユウヒは帝劇の建物まで蟹のウミナオシケを引き付ける。十分な距離と判断したところで、その柔らかい筋肉を最大限に伸ばして跳躍《ちょうやく》した。

建造物の二階の窓に片手をかけてぶら下がる。

一拍後、一目散にユウヒを追いかけてきたウミナオシケは曲がり切れずに壁に激突した。

それでも壁をハサミで登ろうとウミナオシケが蠢《うごめ》きながら、大きく振り回したハサミとウミナオシケの重さで壁が揺れた。振動でユウヒの手が窓枠から外れかける。

「くっ！」

落下すればウミナオシケに捕食される。何とか体勢を立て直そうとするユウヒの眼前で、ウミナオシケの体に何かが凄まじい勢いで激突した。ウミナオシケの体勢が崩れる。

ウミナオシケに直撃したものは石畳の上を乾いた音をたてながら転がったが、それは神凪の軍靴だった。

（えっ？）

ユウヒが驚いていると、物陰からハクマルが次に投げつける予定であろう軍靴を握り締め、叫んだ。

「ユウヒにーちゃ！　いまのうちに、にげてー！」

「ハクマル殿……！」

恐怖にかられて逃げたと思われたハクマルは、勇気を振り絞って戦場に戻ってきてくれたらしい。

それがどれだけ困難な事かは、ユウヒは誰よりも知っている。

（ハクマル殿……ありがとうございます！）

ハクマルの行動に元気づけられたユウヒは手を伸ばしてウミナオシケから距離を取る。

ハクマルは涙目になりながら振りかぶって二投目の軍靴をウミナオシケめがけて放ち、それによってウミナオシケが体勢を崩した。

ユウヒを追うスピードが止まった化物に、今度は窓から刀を持ったソウイチロウが飛び出した。

「死ね！」

ソウイチロウの刀は的確にウミナオシケの甲羅と腹の隙間に突き入れられた。そのまま落下の勢いと彼自身の筋力を込めて刀を食い込ませる。

ブチブチと不快な音をたて、ウミナオシケの甲羅が胴体部位から斬り剥がされた。

吹っ飛んだ甲羅が広場に転がり、ソウイチロウが地面に着地する。

「隊長！」

窓にぶら下がったまま呼びかける。

「ユウヒ！　捕らわれていた人間の手当てを！　自分はウミナオシケの本体の顔を潰してトドメを刺す！」

ソウイチロウは返り血を浴びたまま鋭い眼差しで劇場前のウミナオシケの胴体部位を示した。

「わかりました！」

ユウヒは着地し、ウミナオシケの胴体にされていた人間の元に向かったが……。

「……ッ」

あまりの惨状に思わずユウヒは言葉を失う。

化け物から解放された男性は、手足の関節が異常な方向に折れ曲がり、更に腹部の臍《へそ》のあたりはウミナオシケが筒状の口で串刺しにしていたらしく、残骸状態のウミナオシケの口からは人間の血とはらわたが流れ出ていた。

（神凪なら生還可能な負傷だが、人間様のお体ではこれは……）

手の施し用が無かった。

何よりも、極限の苦痛と恐怖を味わい続けた所為で既に精神が壊れてしまっていた。涎を垂らしながら枯れた笑い声を漏らしているあまりにも無残な『かろうじて生きているだけ』の状態に、ユウヒは小刀を取り出すと、膝をつき、己の無力を詫びた。

「……間に合わず、申し訳ありません……」

そうして切っ先を人体の急所である頸動脈につきつけようとしたが、その手は震えていた。

神凪は基本的に人間に危害を加える行為に対して強い抵抗感をもつ。

例えそれが苦痛からの解放だとしても、小刀を握るユウヒの指はそれを取り落としそうになる程に震え、歯の根は音を立てて噛み合わなくなる。喉からは細い嗚咽《おえつ》が漏れて涙が滲む。

（殺せ、ない……）

こんなにも苦しんでいる相手を前にして、いまだに自分の脳髄は『死なないでほしい』と残酷な生を願っていた。苦痛の中で緩慢に死に逝く者を前にして自分に出来る事など無い。

結局、寄生された人間は激痛の中で事切れた。

「……」

目の前で喪われた命に、ユウヒは涙を溢れさせていた。

助ける事も苦悶から救う事も出来ず、ただ泣き喚いているしか出来なかった己が情けなくて申し訳なくて悔しくて、小刀を思いっきり壁に投げつける。

「くそっ！」

金属音をたてて跳ね返る刃物が無様に転がる中、ユウヒは自身の太股を両手の拳で殴る。

ユウヒが憤るのと同時に、ソウイチロウもまた怒声を放っていた。

顔を上げると、ソウイチロウはウミナオシケの甲羅に何度も刀を突き立てては苛立っている。

「くっ！　顔が多すぎて、どれがこいつの本体の顔か分からん……！」

ウミナオシケは喰った人間の顔を体表に浮かべるが、そこに自分の急所である顔を混ぜている。

本体の顔を潰さない限り死なない化け物どもだが、捕食人数が多い個体ほど擬態が上手く、殺すのに時間がかかるのだ。

このウミナオシケは相当の人間を捕食したらしく、甲羅に粒の如《ごと》く浮かび上がる無数の顔のどれが本体の顔なのか分からなかった。

ユウヒも近づいて確認してみたが、ウミナオシケの顔は分からなかった。

効率を考えるならば全て踏み潰せば良いのかもしれない。

だが、本体の顔以外は犠牲者の顔なのだ。

それを潰す行為は人類に友好的な神凪ほど心理的抵抗感が強い。守り切れずに命を奪われた死者を死後も辱めるようでユウヒもソウイチロウも苦手としていた。

そんな時、大きな手の長い指がユウヒとソウイチロウの間を割って入り、甲羅の顔の一つを指差した。

「これ……」

振り返ると、涙目のハクマルが震えながら立っていた。

ハクマルは神凪の中でも現状、彼とシンレイ、マガムネの三機しか所有していない『ウミナオシケの本体の顔を見抜く』という貴重な眼を持っていた。

だからハクマルが示した顔は確実にウミナオシケの急所と言える。

「ハクマル殿……」

声をかけると、ハクマルは目元に溜めた涙を流して屈みこんだ。

「ごめんなさい！　ごめんなさい……！　ハク、こわくて、かくれてて……。でも、ハクが、がんばって、たたかわなかったから、にんげんさま、いっぱいしんじゃった！」

声を上げて泣きだすハクマルに、どう声をかけるべきか分からなかった。

力及ばずに人間を守れなかったのは自分も同じだと思うと、彼にかける慰めの言葉が全て己への言い訳のように思えて、何も言えなかったのだ。

そんなユウヒとハクマルの傍でソウイチロウ刀を振り上げ、渾身の力で示された顔を刺し貫いた。

石畳まで破壊する程の一撃と同時にウミナオシケの体は痙攣を止めた。

それを見届けたソウイチロウは刀を鞘に納めると、振り返り、口を開いた。

「三世瀬ユウヒ！　来魂ハクマル！」

「は、はい！」

「はぅいぃ……」

背筋を伸ばして返事をすると、泣いていたハクマルも何とか立ち上がって嗚咽《おえつ》混じりに応える。

そんな情けない後輩にソウイチロウは広い歩幅で近づくと、ハクマル共々、頭を撫でられた。

「お勤め、御苦労！」

「……え？」

「ふぇ……？」

頭を撫でられながら、ハクマルと一緒に気の抜けた声を漏らす。

ソウイチロウは目を細めながら頭をわしわし撫でてくる。

「お前達は、よくやった！」

「で、でも……」

ソウイチロウはユウヒの言葉を遮って続けた。

「お前達は己に出来る範囲で精一杯、考えて動いていた！　後から最善手を考える事は誰にでも出来る。だが、一刻を争う時に必死に考え、勇気を振り絞ったお前達を、そんな弟達を自分は誇らしく思う！　よく頑張った！　お前達も、自分で自分を褒めてやれ！」

ソウイチロウの表情も声音も嘘偽りが無く朗々としていた。

己を責める事に没頭していたユウヒを受け入れてくれたソウイチロウの言葉に思わず鼻を啜《すす》る。横を見ると、ハクマルも目元をしょぼしょぼさせていた。自分だけ泣いていたら恥ずかしいと思ったが、ハクマルも同じ状態で安堵《あんど》した所為か、ボロボロと泣き出す。

「隊長……」

「たいちょおぅ……」

情けない姿を見せている後輩にソウイチロウは胸を張って見せた。

「泣くな泣くな！　泣くと戦血が減る！　基地に帰るまでにバテるぞ！」

そう言いながらソウイチロウはハンカチーフを探していたが、先ほど上着が溶解された事を思い出したのか、結局は苦笑しただけで誤魔化すように背中をバンバン叩いてきた。

怪力のソウイチロウの勢いで涙は頬から振り落とされてゆく。

ソウイチロウの慰めを受けながら、ユウヒは惨状を振り返る。

直接は居合わせなかったとはいえ、奉仕先の帝國劇場のまさしくその場で多くの人間の犠牲が出た。おそらく隊長であるソウイチロウは機関から何らかの罰を受けるだろう。

(なんだ？)

項《うなじ》の産毛が逆立つ感覚に、ユウヒが顔を上げる。と、同時に、周囲に重い何かが落ちてきた。

落下してきたモノが土埃の間から姿を見せた時、ユウヒは言葉を失った。

「な……っ！」

そこには先ほど倒した蟹状のウミナオシケと同じ、巨大な化け物が眼前に着地していたのだ。

それも六体という群れで。ウミナオシケには幾つかの定説がある。

『昼間には出てこない』

『劇場や祭など、恐怖が薄い場所には現れない』

『単体で行動する事が多い』

『人間や神凪を捕食するが、それ以外の行動はとらない』

だが、その全ての説が一瞬で覆されたのだ。

「ユウヒ！　こっちに！」

ソウイチロウに呼びかけられ、腕を引っ張られる。

よろめいて彼の胸に倒れ込んだが、ソウイチロウの顔にも、彼の背に隠れてぶるぶる震えている
ハクマルの顔にも、息がつまりそうな程の緊張が漂っていた。

蟹型のウミナオシケが群体で現れた上に、円を描くように此方《こちら》を囲んでいる。

しかもウミナオシケ達は先刻、殺したばかりの個体と同じように胴体に生きた人間を組み込んで

いた。

ウミナオシケが移動する度に人間達の苦悶の声が呪詛の如《ごと》く周囲を埋め尽くしてゆく。

ユウヒらは背中を合わせて固まっていたが、常識外の行動をとる異常個体が群れで現れた理由が分からず、そしてどうすれば囚われた人間を救えるのか、見当もつかなかった。

(さっきの人間様は、ウミナオシケと分離して死んでしまわれた……)

胴体にされていた人間はウミナオシケに背中から鈎針のような骨で固定されていた。

それ故に仮にウミナオシケと引き剥がせても、むしろそのことで背骨や内臓は修復不可能な程に破壊されてしまい、解放後に無事な部位は頭部くらいだったのだ。

逆にウミナオシケの胴体として寄生されている間は、どんな扱いを受けても生存していられる程に奴等に生体を支配されているのでは……と考えて、ユウヒは青ざめる。

(まさか、寄生された時点で死……)

そう考えて首を激しく振った。

(ダメだ！　諦めるな！　我々が諦めたら人間様を守れない！　何か弱点や手段があるはずだ！)

だが、その手段を探ろうにも、あまりにも多勢に無勢だった。

化け物の甲羅に浮かぶ犠牲者の数から脅威度は中位のロ型ウミナオシケと判別できたが、それが複数体出現するなど、戦闘に特化した固有能力を持つ神凪が数機で対処するレベルのものだ。

このような時に肝心のマガムネとヒビキは懲罰中、シンレイを呼ぶか、戦闘特化型の神凪数機の出撃を基地に要請するしかなかった。

現在こちらは誰も戦闘向けの能力はもっておらず、かろうじて肉弾戦が出来るのはソウイチロウだけで、しかも寄生されている人間も早急に助けねばならない。

(先程の人間様のように見殺しにするわけには……だが、どうすれば！)

戦力差に歯噛みするユウヒの肩をソウイチロウが叩き、耳元に顔を寄せた。

「ユウヒ、こいつらを引きつけて走り続けられるか？」

ソウイチロウは敵を睨み、犬歯を食いしばって索敵時の情動に耐えながら問いかけてくる。その指示にユウヒは目を丸くする。

「は、はい！　戦血には余裕がありますし、先程の個体で、このウミナオシケの速度は把握しました！　で、ですが、人間様が人質にされています……。私の囮行動で時間をかけるわけには……」

言いかけると、肩に触れた手に力が籠り、ソウイチロウが苦渋の面持ちで告げた。

「……無論、人質の救出が最優先だ。だが、情けない事に中型の群れを相手に自分一人では囚われた人々の全てを救えない……。だから、基地から増援が到着するまで、あの化け物どもに酸弾を撃たせず、走らせ続けてくれ」

「酸弾を撃たせず……？」

問いかけると、ハクマルが声を上げて前方で胴体部位の人間をハサミで撫でているウミナオシケを指差した。

「あ！　あのコ、なでなでもぐもぐしてる！」

ハクマルの忠告にソウイチロウが弾かれたように反応すると、足元に転がっていたユウヒの小刀を手に取り、件のウミナオシケの甲羅の上に生えた眼球めがけて投げつけた。

「！」

小刀は狙い定めたようにウミナオシケの片目を射抜く。ウミナオシケは視界を潰され、吹き出す血に暴れ、痛みに悶え苦しんでいる隙にソウイチロウが告げる。

「先程、この蟹みたいなウミナオシケが飛ばしてきたのは、胴体に埋めこんだ人間の胃液や体液、体内の毒素だ！」

「えっ……？」

言葉を失うユウヒにソウイチロウは鼻を押さえながらも続ける。

ソウイチロウは改造ベースに狼が組み込まれている為、他の神凪より嗅覚が鋭い。

だからこそ酸弾の臭気から、素材が人体由来のものだと気づいたようだった。

「あれを撃たせれば撃たせる程、埋め込まれた人間様は疲弊する！　だから、あれを使わせないには、停止させずに走り回らせるしかない！　現状、走行中にあの化け物は酸弾は撃たなかった！恐らく、酸弾を体内で生成するのに時間がかかるのだろう！」

それを聞いたユウヒは鋭い目つきで身構える。

「わかりました！　一発たりとも撃たせぬよう、ウミナオシケどもを全て引きつけます！」

「ああ、頼んだぞ！」

ソウイチロウが膝をつき両手を組んで差し出す。応答代わりに頷き、その膝から手の中へと片足をかける。と、同時にソウイチロウが両腕に力を込め、ユウヒの体を頭上高く投げ飛ばした。

宙を舞いながら、ユウヒは指笛を吹き、ウミナオシケの輪から外れた位置に、ひらりと着地する。

飛び抜けた恐怖心を抱えた獲物が囲みから抜けた事に気づいたウミナオシケ達が全て此方《こちら》を向いた。それを確認してから、広場を走りだす。

我先にと追いかけてくる異形どもを相手に、いつもの如《ごと》く恐怖で吹き出す涙を拭い、暴虐な獣のように暴れる心臓を押さえつけながら、ユウヒは駆ける。

走行中は酸弾を飛ばさないと聞き、今度は背を向けて前方を確認しながら移動できる事で最速のスピードを出せた。

(この状態なら、援軍が来るまで余裕で走り続けていられる……！)

そう考えた時だった。

塀の上を走っていたユウヒは何処からともなく視線を感じた気がして、視線を巡らせる。

(なんだ……？　何となく誰かに見られているような……？)

ウミナオシケのハサミの攻撃を避けて床石に着地しながら、ユウヒは執拗に向けられる視線の気配に周囲を見回す。

帝劇前ではソウイチロウが脳内通信で基地内の同胞に指示を出しており、ハクマルは能力を使うのに必死だ。あの二機ではないと考えた時、ユウヒは帝劇の最上階の窓から覗く者の姿に目を見開き、足が止まった。

「……カムイ……さ、ん……？」

長い髪と、鋭い眼差しをした懐かしい男が佇んで此方《こちら》を見つめていたのだ。

夢と記憶の中で何度も再生され続けた姿を認識した途端、視界が涙で埋もれる。

「カムイさん……」

全ての音が消え去ったかのように、ユウヒは目の前の光景に釘づけになっていた。

一目でいいから会いたいと願い続けた恩人。

幻覚だとしても、その姿に見入っていた。

冷静に考えれば異常な事態であるのに、願望がそれを打ち消していた。

背後から迫りくるウミナオシケの殺気も、此方《こちら》に呼びかけるソウイチロウとハクマルの声も消え去ってしまう程に感情が溢れていた。

無意識に足が劇場の方へ向かいかけた時だった。

とある言葉が甘い夢想を突き崩すように響き渡る。

『カムイを喰った奴はカムイの皮を使ってカムイに擬態している可能性がある』

シンレイが告げた言葉が脳内に響き渡る。

夢想の世界以外で遭遇するカムイは、ユウヒがよく知るカムイではなく、化け物が成り変わっているのだと。

そして、シンレイはユウヒではカムイに擬態したウミナオシケは殺せないだろう、とも。

(こ、ころ……)

再び視線を向けた劇場の窓には、誰も立っていなかった。幻覚だったらしい。

感傷に浸っていた脳に現実がつきつけられる中、ソウイチロウの咆哮が飛んだ。

「ユウヒ！　何をしている！　動け！　ウミナオシケが迫っている！」

その声が届いた瞬間、ユウヒは後方から襲いかかるウミナオシケを見る。

振り下ろされる巨大なハサミがスローモーションのように見える中、多くの人間を組み込んだ異形の化物は笑っているように感じた。

カムイを殺した敵も、嗤《わら》いながら彼の肉体を、脳を喰らい散らかしていた事を思い出す。

心から敬愛する存在が人型から肉塊に変わる迄の全てを見せられたのだ。

「……ッ」

思い出して唇を噛む。

ユウヒはウミナオシケが振り下ろした巨大なハサミで胴体を横薙ぎに払われる。

「ッあ！」

全身の骨に響くような一撃に嘔吐しかけるも、そのまま化け物の異常な筋力で紙屑のように転げ飛ばされた。

「ユウヒ！」

「に、にーちゃ！」

仲間達の声が遠ざかる勢いで飛ばされる。

幸いな事に植え込みに転落した。何とか直ぐに起き上がり、走りだそうとした矢先だった。

「うっ！」

二体のウミナオシケに進路と退路を阻まれ、大きなハサミが覆いかぶさるように頭上に影を落としてくる。

逃げ道を防がれたと察し、最早これまでかと、無様な最期を覚悟した時だった。

鼓膜に乾いた破裂音が届く。

と、宙を突っ切って何かが視界を横切った。

その後、ユウヒに襲いかかろうとしていた前方のウミナオシケの甲羅に浮かぶ顔が突如、砕けて赤い体液を噴き出した。潰れた顔はウミナオシケの本体の顔だったらしく、ユウヒの足元に倒れ込んだ化け物は即死していた。

「……えっ？」

その間にも後方のウミナオシケの急所も弾け、転倒していた。地面に広がる血の海を見ながら、何が起きたか分からずにいるユウヒだったが、死骸の潰れた顔の傷痕から、察した。

「これは……この痕は……！」

その間にも発砲音が続いている。

傷の内部を抉《えぐ》り抜く凶悪な弾丸は、先程の死んだウミナオシケの後方に居た群れの急所を的確に撃ち抜き、一匹、また一匹と殺してゆく。

銃声と排莢《はいきょう》音の繰り返しで狙撃手の位置に気づいたユウヒが視線を向ける。

基地の方角の路地から、長銃を構える黒髪の男が居た。結った長い髪が風に揺れており、その姿にユウヒは思わず名を呼ぶ。

「マガムネ先輩……？」

驚いて呼びかけるが、マガムネは此方《こちら》の存在には目もくれず、淡々とウミナオシケを射殺してゆく。

槍の如《ごと》き長さを誇る銃身に備え付けられたボルトを引いて排莢《はいきょう》する。排出された薬莢《やっきょう》が弧を描いて落下する中、次弾が硬質な音を立てて射出を待つように定位置にセットされていた。

マガムネは『金属を銃器に練成する』という能力をもっており、特に遠距離からの狙撃は神凪の中でも並ぶ者が無い程に優れた腕前だった。

そんなマガムネは残存するウミナオシケに銃口を向けて引き金を引き続け、放たれた弾丸は距離をものともせずに獲物の急所を貫き、一発たりとも外さなかった。

まるで的から弾に当たりにいっているように見える程、異常な命中精度だった。

(すごい……。目視するのも困難な急所をこれだけ離れているのに一発も外さずに……)

意図的に貫通力が低い弾丸を使用しているらしく、ウミナオシケの体内に組み込まれた人間まで巻き添えで撃たれるという事態にはなっていなかった。

先端が潰れた弾丸はウミナオシケの急所の顔と甲羅の間で止まっている。

その鮮やかなまでの戦闘能力に目を奪われていると、場の制圧を終えたマガムネは腰の弾薬盒《だんやくごう》から取り出した挿弾子《そうだんし》を使って再装填《そうてん》を完了させていた。

だが、懲罰房に居るはずのマガムネが何故ここにいるのか?

こうして、三機がかりで苦戦したウミナオシケはマガムネ一機によって制圧された事で、帝劇前の戦闘は一旦、幕を下ろしたのだった。

第七章　シンレイの進化

「あいたた……」

あの戦闘から数日後、ユウヒは帝都内のカフェーの窓際の席で、治癒が終わったばかりの頬に触れていた。

(まだ痛みが少し残ってるなぁ……)

酸を受けた傷は産女の間の治癒能力で完治したとはいえ、まだ神経関連の接続が上手くいっていないのか、疼痛が続いていた。

(鎮痛剤や薬物は人間様が最優先、その後に家畜、最後に神凪だから仕方ないか……)

薬物は貴重品すぎて神凪には支給されない。そもそも薬を買えるだけの金も無い。

だが、とユウヒは鋭い眼差しで窓の外を見つめる。

行き交う人間達は蟹のウミナオシケの被害など知らぬように普段通りに暮らしている。機関の情報統制によって、あの日の出来事を大半の人間は知らずにいるのだ。ユウヒは拳を握りしめた。

(まだ蟹のウミナオシケの謎についての解明も進んでいない。が、こんな負傷で参っているわけにはいかない！　人間様が安寧に暮らし続けていられるように……。そしてカムイさんの仇《かたき》であるウミナオシケどもを絶滅させる為に、動かねば……！)

実際、何かしていないと不安と焦燥が胸を焼いて苦しかった。

帝劇の窓から見えたカムイの姿……あれがもしもカムイを喰らったウミナオシケの擬態であったのなら、仇《かたき》が間近に居た事になる。

そして、恩人の姿や能力が、おぞましい化物どもによって今も凌辱されているに等しいのだと思うだけで、怒りと憎しみが込み上げてくる。

（ウミナオシケ、カムイ型……。どんな手を使っても、必ず……！）

そう考えていたユウヒは近くの席でカフェーの女給達が、きゃあきゃあと黄色い声をあげて騒いでいる光景に視線を向ける。娘らは熱っぽい眼差しと紅潮した頬で口々に何やら叫んでいた。

「きゃあ！　神凪様よ！」

「神凪様が複数いらっしゃるなんて！」

「出勤していて良かったぁ～！」

「あぁ……！　なんて美しいのかしら！」

店中の女給がその席に集結しているらしく、他の客が放置されている。

だが、それも無理もない。ソファー席ではテーブルに足を乗せて寛ぐヒビキと、ヒビキから少し離れた席では腕を組んだマガムネが居たのだ。

「きゃぁああ！　ヒビキ様～！」

「マガムネ様ぁああ！」

絶叫に近い声まで聞こえてくる。凄まじい人気だった。どちらも癖が強い神凪ではあるが、二機とも美形揃いの神凪の中でも飛び抜けた容貌を誇っており、更にウミナオシケ撃破数もトップクラスな為、人間の女性は美しさと強さを誇る彼等に好感を抱かずにはいられないようだ。

しかしマガムネは言い寄る女性達に対して、寄るな触るなと、けんもほろろな対応をしている。

逆にヒビキは両脇に女給を侍らせ、膝に女性を座らせ、更に後方からは別の女性に果物を差し出されたりと、まるで何処ぞの王宮の主のようだった。

（ヒビキ先輩は女性にチヤホヤされて上機嫌だけど、マガムネ先輩は明らかにイライラしているなぁ……）

そしてこの二機とユウヒが行動を共にしているのは理由があった。

蟹のウミナオシケを倒した日に、ユウヒらは機関の上層部に呼びつけられたのだ。

作戦会議室では指揮官のソウイチロウと、その場に居たユウヒ、ハクマル、マガムネの四機だけでなく、基地内で待機していた副官のヤツデに、一軍のシンレイ、ヒビキまでもが整列させられ、機関の老人達の吊し上げを食らう羽目になっていた。

老人達は誰もが額に青筋を浮かべながら責めたてた。

曰く、市民の犠牲を大勢出した問題、日中の人目につく場で劣勢の戦闘を晒した醜態、それら全てが知れ渡れば機関の権威を曇らせる問題となるといった内容の話だった。

『何故、こんなに被害を拡大させたのだ！』

『直ぐに一軍の神凪を出撃させていれば、手間取る事もなかったのではないか！』

老人達はソウイチロウの指揮能力に全ての責任をかぶせたいようだったが、当時はヤツデは産女の間で療養中であったたし、強力な一軍のヒビキやマガムネを何かある度に懲罰房に放り込んでは戦力を枯渇させ、更には自分達の身の安全の為に基地内に最低でも一機は一軍を待機させろと命じる彼等の言い分は、ユウヒからしても理不尽に思えた。

老人達は神凪の兵舎の傍で、堅牢な塀に囲まれて生活しているが、帝都の民はウミナオシケが発生すれば基地から神凪が駆けつけるまで、恐怖を噛み殺し、ひたすら耐えるしかないというのに。

だが、それは他の神凪も感じていた事だろう。

居並ぶソウイチロウとヤツデの姿が窓ガラスに映っていたが、隊長格二機は眉を寄せたり、唇を噛み締めながらも無言を貫いているようだった。

彼等の後にはシンレイ、マガムネ、ヒビキと戦闘力の序列で並んでいる。その後はハクマルと最後にユウヒという並びだったが、シンレイは相変わらずの仏頂面、マガムネは老人達に対して汚物でも見るような目を向け、ヒビキは退屈そうに欠伸をしている。

その明らかに態度が悪い三機のせいで、老人達の怒りは熱を増すばかりだったが、ハクマルが長時間の責め苦と怒鳴り声に限界がきたらしく、声を上げて泣き出した。

『うぇっ、うぇえん……！　ごめんなさい、ごめんなさぁい……、ハク、にんげんさま、まもれなくって、ごめんなさ……ぇえええええん！』

ユウヒは急いでハンカチを差し出したが、泣きじゃくるハクマルの嗚咽《おえつ》に、ヒビキが舌打ちしだした。しかもマガムネは『ヒビキ、デカブツが鬱陶しい。殴れ』と言いだしている。

そのあたりで、ソウイチロウが勢いよく頭を下げた。

『申し訳ありません！　全ては自分の力不足ゆえの不徳の致す所！　部下は皆、己の出来得る全てを尽くしてくれました！　罰ならば、どうか自分だけに！』

それで収まるのだと思っていたのだが、場の怒気は燃え上がる。

『貴様が無能なのは、とっくにわかっておるわ！』

『現場に指揮官と、戦闘能力が無い兵と、雑魚の囮役しかいなかったなど何をしておった！』

『この責任をどうとると言うのか聞いておるのだ！　昼間にウミナオシケが出るなど前代未聞！　どういう事なのだ！』

それを調べるのが国家機関の仕事なのではないかとユウヒが考えるのと同時に、シンレイが口を開いた。

『なら、貴様らが自分達でウミナオシケを殺せ』

シンレイの暴言に機関の人間達だけでなく、神凪も彼に視線を向けた。

更にシンレイは言葉を続けた。

『出来ないなら吠えるな。あの場で、ユウヒは己に出来る事を完璧にやった。ウミナオシケの被害を拡大させないように、引きつけ続けた。同じ事が貴様らの中の誰が出来る？』

唐突に名指しされたユウヒは青ざめた。そして機関の老人達の憤りの感情が此方《こちら》に向けられる。

（シ、シンレイ殿……どうしてここで私の名を……）

居たたまれない気持ちになっていると、唐突にヒビキが笑いだした。

ぎょっとしながらヒビキに視線を向けると、彼は大声でゲラゲラと笑いながら、隣りのマガムネの肩に腕をのせて、語りだした。

『マジ、そ〜れ〜な〜！　つか、ゆーぽんが居なかったら、マガちんが蟹ナオシケぶち殺しまくるまでニンゲンもっと食われまくってたんじゃね？　そしたらオマエら、今よりもっとヤバかったんじゃね？　ユウヒちゃん、ありがとぉ〜キミのお陰でボクらの自尊心？　が守れて嬉しいですぅ〜抱いて！　って言うトコじゃね？　そうだよなぁ〜？　ゆーぽん』

ヒビキに話を振られ、慌てて『だ、抱きませんよ？』と首を振ると、ヒビキは何故かまた声を上げて笑い、両手の人差し指と中指を立てて、曲げ伸ばし始めた。

蟹のジェスチャーをしているようだが、テーブルを挟んだ眼前の老人達はヒビキの振る舞いに怒りで言葉も浮かばないのか、肩を震わせている。

挑発行動を止めようとソウイチロウとヤツデが動いたが、それをシンレイが片手で制止した。その間にもヒビキは煽る。

『つか、昼間に蟹が出てくるとか誰にも予想できなくね？　なのに、もっと上手くやれただろぉ〜？とか、ソーローパイセンごときの指揮でどうにかしろとかムチャぶりマジありえなさすぎじゃね？　キレまくってるニンゲンまじ現実見えてなさすぎてウケる〜』

引き続き豪快な笑い声を放つヒビキの腕をマガムネが肩から手で払いながら不敵に笑った。

『全くだ。三世瀬がゴミを集めていなければ、帝劇前が惨憺《さんたん》たる有り様となっていただろうな』

マガムネが他者を褒める事など無かったので驚いたが、その理由は直ぐにわかった。マガムネは優美な笑みを浮かべて言葉を続ける。

『我が敬愛する母上がこよなく愛された、美しい帝劇を血で染めるなぞ、至上の母上への冒涜以外の何物でも無い。三世瀬は、その場を守ったのだ。故に、貴様らに罵倒を受ける謂《いわ》れは無い』

あの時どうして懲罰中のマガムネが真っ先に出撃してきたのかと思ったら、彼が信奉する『母上』なるものが、帝國劇場を大切に思っているからだったという。

マガムネはソウイチロウの脳内通信を聞いて帝劇の危機を知り、劇場を守る為に急いで牢を破壊して軍馬に飛び乗ってきただけで、つまり同胞を助けに来たわけではないのだと理解した。

（でもマガムネ先輩の母上って、産女の間……のはずなんだけど、産女の間って、観劇、するものなのかな……？　それとも、私が知らないだけで、産女の間は実は生きてて動き回るのか……？）

頭がこんがらがってきたが、それはユウヒだけではなかったらしい。

狂人マガムネの奇妙な発言に一瞬、場の空気が唖然としたようだが、シンレイが口を開く。

『そうだ。ユウヒは頑張った。それに変異種の蟹のウミナオシケは複数、湧いてきたと聞く。なら、まだ何処かに群れが居て、再び帝都に現れるかもしれないな』

シンレイの発言によって不穏な空気が漂い始めた。老人達が顔を見合わせて動揺している。

だが、老人達は帝都の平和よりも、侵略者によって自分達の権限が侵されないようにする為の話しかしておらず、誰も民草の事など考えていないように見えた。

その姿はユウヒにとっても良い印象は無かったが、他の神凪はもっと不快だったようだ。今まで黙っていたヤツデが進み出ると、発言の許可を問うてから、いつもの洗練された微笑で切りだした。

『此度のウミナオシケの襲撃は我ら神凪にとっても不本意の極み……。なればこそ、おぞましい異形達を神凪が華々しく討ち取ってこそ、汚名を雪《すす》ぐ事となりましょう』

老人達は、だからそれをどうやるのだと野次を飛ばすが、ヤツデは笑みを貼りつけたまま、ユウヒを示すように手を向けた。

『幸い、神凪にはウミナオシケを誰よりも引き寄せる能力をもつ兵士が居ります。彼を帝都に常時解放し、更に護衛兼、迎撃部隊として一軍の袖時雨シンレイ、九鬼マガムネ、水月ヒビキの三機を一斉投入します』

ヤツデの台詞に老人達は躊躇が滲んだ顔を見合わせていた。

一軍をヤツデ以外の全機出撃という思い切った策は、基地で待機している神凪の戦力が激減する事を示している。

老人達の表情からは、ウミナオシケは殺したいが、自分達の安全を疎《おろそ》かにはしたくないという保身が見てとれた。だがヤツデはそれを理解した上で、重ねて提案した。

『無論、神凪はウミナオシケを殺す事こそが存在意義の人造兵器……。戦果を上げれぬ者に価値は無い。敵の首級を上げるまで彼等は基地には戻しません』

その発言にシンレイらがヤツデを見たが、ソウイチロウが疑問を投げかけた。

『い、いや、それでは戦血の補充はどうするんだ？　神凪を産女の間に戻さずに帝都に展開し続けていれば、戦闘行為が無くとも、いずれ戦血が尽きる！』

その通りだった。戦血はどのような容器に保管しても、凍結させたり固形化させても、産女の間から持ち出したり、神凪の肉体から流れ落ちれば見る見る劣化してその効力を失うのだ。

ソウイチロウの問いにヤツデは笑みを打ち消し、頷く。

『当然だ。だからこそ、廃止していた兵站《へいたん》を復活させる』

ヤツデの言葉に場がザワついた。

（兵站《へいたん》……）

ハクマルが『へいたん、ってなに？』と問いかけてきたが、神凪における兵站《へいたん》とは『有益な存在の為に無能を糧とする』戦略だった。最前線の一軍を長く戦わせる為に、弱い神凪を送りこみ、その戦血を与えて戦闘続行させる手段だ。

だがそれはソウイチロウによって長らく禁じ手とされていた。

（ソウイチロウ隊長以前の隊長職は全員、起用していた兵站《へいたん》術……。しかし、戦闘が近い場で戦血を抜かれた者は機能停止に陥り、高確率でウミナオシケに殺害されていたという……）

一部の有能な兵の為に弱い兵を使い捨てにする事を嫌ったソウイチロウによって廃止されていたが、それをヤツデは復活させると言いだしたのだ。

基本的にソウイチロウの方針を優先するヤツデがソウイチロウの意向に背くのは、恐らく苦渋の選択だと推測していると、ヒビキが騒ぎ始めた。

『よっしゃあ！　これで補給を気にせずに、ウミナオシケ殺しまくってイキまくれるじゃねぇか！最高かよ！　ヤツビッチ、たまには良いこと言うじゃね〜か？』

ヒビキは手の平に拳を打ちつけて大喜びしている。

そしてシンレイとマガムネも異論はないとばかりに同意していた。

『ユウヒの凄さが伝わるなら、何でもいい』

『フン。敵を屠《ほふ》るのに手段を選んでいるような生温い指揮には嫌気がさしていた所だ。それならば参加してやってもいい。俺が戦功をあげれば母上もお喜びになるだろう』

こうして、昼夜を問わずに帝都にユウヒを囮として放ち、常に戦血補給用の兵を現場に送りながら神凪最大の戦力で叩き潰すという『兵站《へいたん》作戦』が実施されたのだが……。


ユウヒは溜息をついてカフェーのテーブルに突っ伏す。

（……ウミナオシケ、全然出てこないな……）

作戦を開始して数日が経過しているというのに、昼も夜もウミナオシケがパッタリと出なくなったのだ。

目の前のラムネ瓶の中身は儚い泡を出しては消え……を繰り返している。

この小さな泡のように、たまに夜に弱いウミナオシケと遭遇する事はあった。

だが、通常の神凪でも倒せるようなウミナオシケ相手に一軍をぶつけるなど過剰戦力も良い所で、シンレイとマガムネとヒビキで獲物の取り合いになっていた。

毎日のように『どけ！』『テメーがどけよシンシン！』『邪魔だ！　貴様らごと撃ち殺すぞ！』と怒鳴り合いながらウミナオシケを粉々にしているのだ。

もともと協調性が無い個体ばかりだった為、揉める度に仲裁に入り続けたユウヒは疲労していた。

しかし、それはまだいい。まだマシだ。

（問題は、それよりもッッ……！）

そこまで考えてユウヒは頭を抱える。そうしていると、ヒビキとマガムネに呼びつけられた。

「おいコラ、ナニしてんだよ、ユウコ、酌《しゃく》しろよ」

「ユウコ、群がる女どもが鬱陶しい。追い払え」

ユウコと呼ばれたユウヒは立ち上がり、涙声で訴えた。

「ユウコって呼ばないでください！　大体、なんで私がこんな事をしなければならないのですか！」

涙目で訴えるユウヒは、頭に大きな白いリボンをつけ、矢絣《やがすり》の着物に海老茶《えびちゃ》の袴とブーツという、いわゆる女学生の装い、つまり女装をさせられていた。

しかし、いくら女性の服を着たとしても骨格等で男だとバレバレなのではないか、帝都中の人間が自分を見て笑っているのではないかという不安感が常に付きまとい、ウミナオシケを呼び寄せるには格好の的かもしれないが……しれないが……。

「どうして……どうして……どうして私がこんな……。私は男……私は男……」

ちなみにこの格好は囮作戦中、ずっと強要されている。テーブルの下に座り込み、足を抱えてブツブツと独り言を繰り返していると、ヒビキが寄って来た。

「何ブツクサ言ってんだよユウコ。テメーが蟹の時に帝都でニンゲンからボコられたっつうから、ヤツビッチパイセンが気ィ利かせて正体バレねーように変装させてんだろうがユウコ」

嫌がらせのように仮名を語尾につけて連呼してくる。

ちなみに、この変装はヤツデの提案だった。

蟹のウミナオシケが発生する前に人間と揉めた経緯から、今の囮作戦を人間に知られれば不安を撒き散らすだけだという機関の懸念で『産女の間の巫女と、それを護衛する神凪』という設定にされたのだ。これならばユウヒを囲んでシンレイ、ヒビキ、マガムネが居ても不思議ではない……という話らしい。

（いや、神凪が巫女様と連れ立って歩くなんてしないし、ましてや一軍と呼ばれる神凪を複数引き連れてる巫女様って、違和感しか無い気が……）

人間達は『凄く優秀な巫女様だから、強い神凪が生まれる産女の間を作る為に、守るべき帝都を視察しておられる』と解釈してくれているのか、街を歩くと声をかけられたり拝まれたりした。

『おぉ！　新たな産女の間の巫女様ですか！　貴女方のお陰で、神凪様が我々を守ってくださいます』

『ありがとうございます！　ありがとうございます！　巫女様、強い神凪様が生まれる場所を作ってくださいね！』

『俺の両親を喰い殺したウミナオシケどもを倒しまくる、強い神凪をバンバン製造する産女の間をお願いします！』

どの人間達もウミナオシケの絶滅を願い、死に別れた者の無念を語り、願いを託してくる。

それを知る度に、胸が熱くなり、力が湧く気がした。

（人間様方は、常に不安な気持ちと戦われている……。彼等の為にも、私は己の出来る事を成さねば……！　例え、性別を偽ろうとも……！）

現在の姿を思い出し、項垂れる。

それを理解は出来る。出来るのだが、街歩きしている時も、このカフェー内でも、人間の男達がやたらジロジロ見てはヒソヒソしているので、正体がバレているのではないかと気が気ではなかった。

(しかも何故か女給様達からは睨まれるし、胃が痛い……)

そうしていると、カフェーの扉が開き、シンレイが戻ってきた。

シンレイは店内を見回す前に、此方《こちら》の姿を見つけて近づいてきた。

「シンレイ殿……」

言いかけてユウヒは咳払いして言い直した。

「シ、シンレイさぁん！　見回りお疲れ様です～！」

巫女候補の女学生設定なので、それっぽく見えるように振る舞ったのだが、シンレイは立ち止まってユウヒを見下ろすと、しばしの沈黙の後に目を逸らした。

その行動にユウヒは地味にショックを受けた。

(シンレイ殿……私の格好が似合わなくて気持ち悪いのはわかりますが、そんなに露骨に嫌がらなくとも……)

落ち込んでいると、マガムネが女給を追い払い、ユウヒの目の前の席に移動してくると、シンレイに問いかけた。

「遅かったな。新聞は買えたのか」

「遅くない。買えた。読め」

シンレイは雑に応答すると、テーブルに新聞を投げ置いた。

だが、新聞を見てヒビキが声を荒げた。

「は？　シンシン、テメー、ふざけてんのか？　新聞、一コしか買ってねーじゃん？」

新聞の数え方は一個ではないと教える者が誰もいない中、ヒビキはテーブルを叩く。新聞が跳ねた。

「ソーローパイセンがよぉ、情報収集の為に買えるだけ買えって言ってんじゃん？　つか、おれがジャンケンに負けて買いに行かされた時は売ってるの全部買ってきてやったっつーのに、何サボってんだよテメーコラ！　おれよりサボってんじゃねぇぞコラ！」

ヒビキが激怒してシンレイに吠える。

蟹のウミナオシケの手がかりを求めて聞き込みだけでなく、新聞からも情報収集する事をソウイチロウから命じられていたが、何故かシンレイは一社のしか買ってこなかったのだ。

だがシンレイは表情を変えないまま、無言でマガムネの隣りに座ると、腕を組んで不遜な表情で言い放った。

「その出版社以外はユウヒの悪口ばかりだった」

だから買わなかった、と堂々と言われ、ユウヒだけでなく、ヒビキもマガムネもシンレイの顔を凝視していた。

そしてヒビキがテーブルを更に激しく叩く。

周囲の客の怯えたな視線と、カフェーの店主の涙目の眼差しが痛いが、ヒビキを止めれそうなシンレイもマガムネも我関せずで居る。ユウヒはヒビキを宥めようとするも。彼は止まらない。

「は？　頭ン中の釘で脳味噌イカレてんのかテメェ！　私情で仕事サボってんじゃねぇよボケ！働けコラ！」

ヒビキの言葉に、マガムネは新聞から目を離さぬまま小声で「……貴様が言うな」と冷静につっこんでいたが、幸いヒビキに聞こえていなかった。

ヒビキが激怒しているのは仕事熱心なわけではなく、自分が渋々でも働いた事をシンレイがサボった事に対して『狡《ずる》い』と思っているからなのだろう。当のヒビキはウミナオシケを殺して大きな快感を得たいらしく、それが上手くいかない苛立ちをシンレイにぶつけている。

そしてシンレイはヒビキに対してカエルの面に何とやらで平然として言い返した。

「必要なら自分で買って来い。ユウヒを悪く言う奴に金なぞ出したくない」

「つか、そもそもオマエの金じゃねーじゃん？　ソーローパイセンの金じゃん？」

「違う。アイツの金はオレの金だ」

えっ、ちょ、とユウヒはツッコミかけたが、シンレイは真顔で続ける。

「だから、どう使おうとオレの勝手だ」

まさかの上官の金銭私物化宣言に、ヒビキは途端にスン……と勢いが止まった。

かと思えば、納得したように神妙に頷きだした。

「……あぁ、言われてみりゃあ、そうか。パイセンの金は、おれの金だったわ。つうわけで、酒飲むか」

いやいやいや、違いますよ！　とユウヒは注釈したが、シンレイとヒビキは謎の共通認識によって敵対を止め、更には謎の意気投合の果てにソウイチロウの金で酒や食べ物を勝手に注文しだした。

「ちょ、ちょ、だ、だめですよ！　ああ！　しかも価格の高いものから順に！」

ユウヒがアワアワしている間に、シンレイはメニューを見ながら、あれこれ指差してくる。

「ユウヒは食べないのか？　ぐらたん？　とかいうものがあるぞ。頼むか」

そう言いながらソウイチロウの財布を見せてきた。その光景を見て注文なんて出来ませんよ！と首を振っている間にヒビキとシンレイが次々と注文していく。

「おい、酒あるだけ持ってこいや」

「ユウヒに、ぐらたんというモノと、甘味と果物をあるだけ寄越せ」

女給達が待ってましたと言わんばかりに我先にとシンレイに珈琲や軽食を持ってやってきた。

だが女給達が品物を渡す際に何だかんだと世間話を振るも、シンレイは「ああ」「そうか」「知らん」の三パターンの対応で、すげなく追い返す。

それでも以前は誰から話しかけられても暴言か無視していたのを、ユウヒがそれは良くない、シンレイ殿の態度が神凪全体の印象と思われてしまいますと説明して、ようやく最低限の反応を返すようにはなったのだ。

（それにしても、シンレイ殿はモテるなぁ……）

入店してからシンレイに言い寄る女性が絶えない。

メニューを見るふりをしてシンレイを盗み見ると、窓のステンドグラスを模した部分から降り注ぐ太陽光が色とりどりの煌めきを生み出し、彼の白銀の髪がきらきらと輝いて見える。

神凪で最も強く美しいと称えられる男は、毎日見ていても溜息が出る程の美貌を誇っていた。

自分ですらそう思うのだから、人間から見ると神がかった美しさに感じるのかもしれない。

ユウヒはメニューを置くと、目の前のカップの淵を指でなぞりながら、溜息をついた。

（やっぱりシンレイ殿は凄い……。カフェーの女給様は給料が出なくて、客からのチップで生活していると聞くのに、どの人間様も他のお客を放ったらかして、シンレイ殿に見惚れている……）

ふと視線を感じてカップから視線を上げると、此方《こちら》を凝視しているシンレイと目が合った。

だがシンレイは急いで顔を背ける。また避けられた。

そして彼は唇を噛み締めて、耳の先と頬を少し赤らめていた。

少し前からシンレイとはぎくしゃくしていたが、ユウヒは任務に差し支えが出ては良くないと平常通りの態度を貫いているのに、シンレイは囮作戦を決行してから更によそよそしかった。

かと言ってそれを根掘り葉掘り聞くのもどうかと思った。

（でも、何だかモヤモヤするなぁ……）

シンレイとの関わりが薄くなれば彼の性能に差し支えが出るのだから、彼に嫌われようと性的関係に持ち込むべきだとは思ったが、ユウヒの中の何かが躊躇していた。

（無理矢理に迫って、シンレイ殿から余計に嫌がられたりしたら、寂しいな……）

そこまで考えてから、我に返って頬を叩いた。

（わ、私は一体、何を！　シンレイ殿に嫌われようが好かれようが、そんな事、私などが気に病んでいい事ではないし、そもそもシンレイ殿は私の事は性能維持の為の備品としか……いや、でも、そうすると色々と何かしっくりこないような……？　ああ！　嗚呼！　なんだこれ！）

百面相していると、ヒビキが「きめぇ顔すんなやユウコ」と現実に戻された。

その発言の直後、シンレイが勢いよく椅子を倒して立ち上がった。

そしてヒビキを睨む。

ヒビキはヒビキでシンレイの態度に嬉しそうに立ち上がり、手の平に拳を叩きつけて愉快そうに口角を上げげた。乱れた軍服の胸元を更に開いて挑発までし始める。

「お？　やんのかシンシン？　クソナオシケどもゼンゼンいなくてキモチよく抜けねぇから、オマエぶち殺して代用すっか！」

「死ぬのはお前だ」

それぞれが手首を振ると、骨の刃や電撃を発生させた。

周囲の客や女給が悲鳴を上げて避難している姿に、ユウヒは急いで割って入る。

「ま、待ってください！　仲間同士で争っていけません！」

しかしヒビキに胸倉を掴《つか》まれた。

「うるせぇ！　ブチ犯すぞコラ！」

視界の端でシンレイが目を見開き、ヒビキに襲いかかろうとしていたので、ユウヒは声を上げる。

「ぶ、ぶち犯してくださって結構ですから！　ですから、どうかその御力は、帝都の皆様を守る為にお使いになってください！」

そう叫んだ時、ふと見たシンレイの表情は何故か酷く傷ついたような色を浮かべていた。

思わずこちらの胸が痛くなるようなシンレイの表情に目を逸らせずにいると、それまで黙って新聞を読んでいたマガムネが口を開く。

「五月蠅《うるさ》いぞ。騒ぐなら外でやれ」

マガムネの発言に、ユウヒはマガムネが新聞を熱心に読み耽る姿を示した。

「あ、あの、マガムネ先輩は、さっきから真面目に新聞で情報収集なさってますから、どうか二機ともマガムネ先輩を見習って……」

だが、よく見るとマガムネの視線は新聞のとある箇所しか見ていなかった。

視線の先は今週の帝劇の演目についてだった。ウミナオシケに関する情報とかではなかった。

シンレイとヒビキが同時に表情で『情報収集してるのかコレ？』と訴えてくるので、いたたまれない気持ちになってくる。

「マ、マガムネ先輩……？」

問いかけると、マガムネはフッと笑い、新聞を手で叩くと乾いた音を立てる。

「此度の演目は、なかなかに善い。昨今は低俗な喜劇ばかり再演されていたが……」

確かに、ウミナオシケが帝都を荒らすようになってから、演劇も小説も絵画も何もかもから恐怖を連想させる内容が機関によって禁止され、喜劇ばかりになっていた。恋愛小説すら悲恋は許されず、どれも全て幸せな結末になるように検閲まで入っていたのだ。

恐怖を感じればウミナオシケが寄ってくると言われている為、人間達の文化は『楽しいもの』『不安を打ち消すもの』しか流通を許されなくなっている。

マガムネはそれを常々『つまらん』と言い放っていたのを思い出していると、彼は続けた。

「恐怖も不安も、全て人間が持ちうる才だ。それを理解も許容もせず、ただ否定し、己の性能を無為に低下させるなぞ、俺からすれば己の構造を知らぬ欠陥生物としか思えぬな」

どういう意味なのだろうかと聞き入っていると、ふとマガムネと目が合った。

だが此方《こちら》の反応を見たマガムネは意地悪く口元を上げると、話題を変えてくる。

「久方ぶりに母上が好まれる舞台が揃っている。血沸き肉躍る、英雄譚だ」

戦国時代の演劇のようだった。戦国の世の話は、勇猛な武将の活躍を描く事で、見る者を勇気づける為、禁止されていなかった。

しかし産女の間が観劇に行く……？　と、相変わらずのマガムネの狂気に首を傾げてしまう。

(マガムネ先輩を製造した産女の間の巫女様は、やんごとなき身分の御令嬢だったという話は聞いた事があるけど……)

巫女は祈りを捧げた産女の間が完成すれば、例外なく山奥の寺に送られ、そこで生涯を過ごすはずだ。昔はマガムネは自身の製造場所に関わった巫女を母と慕っているのかと思ったが、どうも産女の間自体を母親と思っているように思える。

(う～ん……。ヒヨコが最初に見たものを親と思うような現象かな？)

脳内にヒヨコが笑いながら長銃をぶっ放す姿を思い浮かべていると、ヒビキが両手にスプーンを握った状態でライスカレーを頬張りながら喋りだした。

「つか、結局ウミナオシケども何処に逃げてんだよ？」

「そ、それは私も知りたいのですが……」

あの蟹のウミナオシケの発生から、それなりの知性を持ったウミナオシケは姿を現さなくなっている。困惑していると、シンレイが呟く。

「……まるで、ウミナオシケどもが此方《こちら》の動きを把握しているようだな」

その言葉に心臓が跳ねた。

(神凪に裏切者……、やはり、居るのか……？)

眠らせていた猜疑心に心を乱されているユウヒは、カフェーの扉が開いて、入店してきた者達の姿に思考を中断させる。

「ユウヒ！　シンレイ！　定時補給にきたよ！」

ベニマルと何機かの神凪が集団でやってきた。ユウヒら囮部隊の戦血切れを防ぐ為に、基地から派遣された『戦血の輸送』部隊だった。そんな彼等にユウヒだけが立ち上がって敬礼する。

「も、もうそんな時間でしたか！　お疲れ様です！　でもベニマル殿が補給部隊とは、珍しいですね？」

久々に顔を見れて嬉しかったのだが、ベニマルは不満げに頬を膨らませた。

「……そりゃあ、ボクは体が小さくて戦血の保有量が少ないけどさぁ……。ハクマルや他のヤツみたいにデッカくて保有量が多いのじゃなきゃ、補給役として力不足って言いたいわけ？」

「あ、も、申し訳ありません！　そういうわけでは！」

配慮の足りなさを詫びると、ヒビキが声を上げ、弾かれたように立ち上がった。

「おい、マジかよ！　今日はベニ太かよ！」

「ヒィッ！」

ベニマルが短く悲鳴を上げて此方《こちら》の背中に隠れた。一度ヒビキに吸血されて投げ捨てられたのが怖かったらしい。

だがヒビキは意気揚々と歩いてくると、怯えるベニマルの横を通り過ぎ、補給部隊の中でも最も見目が良い青年の襟首を掴《つか》んだ。

そしてヒビキは相手が声を出す前に近くのテーブルに投げるように押し倒すと、舌なめずりした。

「カレーも美味ぇけどよぉ、やっぱ戦血が無ぇと生きてる気ぃしねぇよなぁ〜？　ベニ太は血ぃ少ねぇから、食いでが無ぇしよぉ」

言いながら俎上《そじょう》の鯉《こい》状態の青年の軍服の襟元を暴く。ヒビキに選ばれた神凪は青ざめて震えていた。恐怖心が人間よりも鈍いはずの神凪をここまで怯えさせる程、ヒビキの表情は獰猛で好色だった。

マガムネもヒビキに続くようにして補給部隊の中から一機を選んだ。マガムネのは保有戦血量で選んだのか、最も大柄な者だった。

ヒビキとマガムネに指名された神凪は、これから与えられる苦痛を想像しているのか、暗い顔で彼等が補給し易いようにテーブルやソファーに横たわったまま動かない。

血を捧げるだけの存在に成り果てた者達にヒビキとマガムネが圧し掛かる。

ヒビキとマガムネが口を開く。そして二機は眼前に晒された首筋に深く噛みついた。

「……ッ！」

「ア……」

喉笛に喰らいつかれた神凪は顔を歪め、声も出せずにいたが、身悶える獲物の足をヒビキは無理矢理に抑えつけている。溢れる戦血が空気に触れて劣化しないように音をたてて啜《すす》っては、わざと痛みを与えるように更に深く歯を立てる。

ヒビキに戦血を奪われ続ける神凪はサディスティックな行為が生み出す痛みに、しきりに目玉を蠢《うごめ》かし、激痛で気絶しかかっている。

その傍でマガムネはソファーに横たわる神凪に馬乗りになって喉笛に噛みつき、喉を鳴らして戦血を補給していた。ヒビキより大人しい補給行為に見えたが、吸い尽くされた神凪が反射的にマガムネを押し退けようとした途端、マガムネの拳が眼下の神凪の頬を打ち払った。

ごきり、と首から鈍い音をたてて昏倒した神凪に、マガムネは口元の戦血を拭いながら舌打ちした。

「……戦血の入れ物風情が俺に触れるなよ」

そんなマガムネに、ヒビキは己の下で気を失っている神凪を床に投げ捨てて笑いだした。

「やべ、マガちん、エグすぎねぇ？　おれらの為に戦血を持ってきてくれた雑魚君なんだからよぉ、もっとネギル？　ねぎらう？　してやんねぇとよぉ～こいつら、それしか価値ねぇからよぉ～」

そう言いながらヒビキは床に転がる同胞を踏み越えて席に戻ると、酒を飲み始めた。

あまりに非道な振る舞いだったが、店内は異様な熱気に包まれていた。

いつの間にかカフェーには大勢の女性客が入店しており、此方《こちら》を取り囲むように席についている。

そして誰もがヒビキとマガムネの残酷な行為をうっとりと見つめている。

人間達は美しく暴力的な男が、同じく美しい男を捻じ伏せて意のままにする姿を見世物のように楽しんでいるのだとわかった。

(通常カフェーは男性客ばかりだというのに、神凪の補給行為の時間になると帝都中の婦女子の人間様が集まってくるのは、これを見たいからなのか……)

カフェーに入り切らなかった女性達は窓の外から期待に満ちた眼差しを向けてきた。

さながら動物園の珍獣扱いだが、ヒビキは周囲の婦女子に、淫靡な笑みを浮かべて手招きした。

「マジでニンゲンのメスってヘンタイ揃いかよ？　こーゆー時、お前らの道徳心的に引くモンじゃねぇの？」

ヒビキの罵倒に女性達は何故か甲高い嬌声を上げていた。

そんな熱狂の中、ヒビキとマガムネに選ばれずに済んだ神凪達は、ほっと安堵《あんど》しているようだ。

補給待ちで残っているのはユウヒとシンレイだからだろう。

ユウヒはベニマルに促され、彼から戦血をわけてもらう事にした。一応、今のユウヒは巫女の変装をしているので、人目につかない場所に移動してからと取り決めをする。

ベニマルは笑顔で頷き、両手の拳を握り締めながら小声で告げた。

「うん！　ヒビキやマガムネだったらイヤだったけど、ユウヒなら乱暴にしないから良かったよ！　それじゃあ、後はシンレイだけだよね」

ベニマルがシンレイに補給行為に入るように告げると、シンレイは無言で頷き、一番近くに居た神凪を指差した。

「これでいい」

ベニマルに告げるシンレイに、言われたベニマルは眉を寄せた。

「ちょっと！　テキトーに選ばないでよ！　シンレイは戦血の消費が大きいけど、図体がデカいからいっぱい補給できるんだよ？　もっと大きいのを選んで、いっぱい補給しといた方がいいんじゃない？」

ベニマルの忠告にシンレイは首を振り、淡々と答える。

「感覚的に、そんなに減っていない。だから、どれでもいい」

シンレイは見世物にされるのが嫌なのか、早く終わらせたいようだった。

そして衆人が見入る中、シンレイは長い髪を耳にかけると、選んだ男がソファーに横たわるのを待ってから、その体に覆いかぶさった。

シンレイの長身が補給対象に迫り、彼の形の良い唇が開く。ユウヒはそれを黙って見ていた。ここ数日、繰り返された補給行為。

(何度も見てきた……)

シンレイの唇が、白い歯が、赤い舌が他者に触れる様を。

そしてどの神凪も最後にはシンレイの神がかった美しさに見惚れ、戦血を啜《すす》る舌の動きに酔い痴れ、苦痛と共に悦楽の表情を浮かべているのも。

胸の奥の何かが疼いた。その指も舌も唇は、ずっとユウヒの体にだけ向けられていたのに。

シンレイの下で、既に蕩けた笑みを浮かべている神凪の首に、唇が触れる刹那、シンレイが動きを止めた。

周囲がざわつき、ユウヒを見ている。振り返ったシンレイも此方《こちら》を見ていた。

シンレイの真紅の瞳に見つめられ、ユウヒは我に返った。

「あ……」

ユウヒの指は、無意識にシンレイの上着を掴《つか》んで止めていたのだ。

「あ、れ……？」

己の奇行に戸惑って手を引こうとしたが、指は凍りついたようにシンレイを離そうとしない。シンレイの体が離れそうになると、指は力を込めて、彼を引き寄せようとする。

「お、おかしいな、あれ？　あれ？　す、すみませんすみません！　どうして……わ、私、何でこんな、おかしくなって……」

何が何だかわからずに涙目になって混乱してしまう。

（わ、私は何を？　シンレイ殿をどうして止めてるんだ？）

そうしていると、シンレイが此方《こちら》に向き直ろうとしたので、指が離れた。

シンレイが立ち上がって近づいてくると、動揺していた脳内が何故か落ち着き始めた。

彼の瞳に映っているのは周りの人間でもなく、並み居る美しい神凪でもなく、ユウヒだけだった。

それが胸の内に何故か仄暗い喜びを満たしている事に気づく。

だが、これが何なのか理解できずにいたユウヒの体は、シンレイによっていきなり抱き上げられた。

「えっ？」

急に視界が変わり、ユウヒの視界にはシンレイの顔と天井だけが映る。

シンレイの逞しい胸板に触れると頬が熱くなったが、シンレイは酷く焦っていた。

「……お前、体の調子がおかしかったのか」

「え、え？」

自分で自分の状態がわからなくなっているので何も言えずにいると、シンレイは歩きだした。

広い歩幅の早足で店内を横切ったシンレイはカフェーの扉を蹴り開ける。

後方から呼び止める同胞も、唖然とする人間も無視して、ユウヒを抱えたまま跳躍《ちょうやく》した。

ふわりと浮く体と、着地の衝撃にユウヒがシンレイの首にしがみつくと、シンレイは屋根の上を走りだす。洋風建築の屋根も和風建築の屋根もお構いなしに走るシンレイの軍靴が瓦を何枚も剥がしては駆け抜ける。

速度的にはユウヒより遥かに遅かったが、重量を感じる踏み込みは力強い鼓動のようだった。だが、このままでいいわけはないとユウヒは首を振る。

「シ、シンレイ殿？　あの、申し訳ありません、ど、どこへ？」

「喋るな。舌を噛むぞ」

シンレイは建造物を次々に飛び越えながら、基地へと向かっていた。

まさか任務の最中に勝手に帰還するつもりなのだろうか？

「シンレイ殿！　任務の最中ですから……」

皆の元に戻るように訴えかけるも、シンレイは戻ろうとしない。その頑なな様子にユウヒは、説得が困難であると判断し、直ぐにソウイチロウに脳内報告を開始した。

（隊長！　ソウイチロウ隊長！）

呼びかけると、間を置かずにソウイチロウが応答した。

【どうしたユウヒ？　というか、お前達、ユウヒ以外の誰も自分に報告してこないんだが！　報連相はキチンとしろと皆に……】

（申し訳ありません！　それがシンレイ殿が私を抱えて帰還しているようなのです！）

【何だと！　ユウヒ、お前、怪我でもしたのか？】

ソウイチロウが驚愕する声が脳内に直接響いたが、何故か負傷の有無を聞かれたので否定した。

取り急ぎ、現在地を伝えつつも現状を報告する。

そうして少しの沈黙の後、またソウイチロウの声が聞こえてきた。

【……駄目だ！　シンレイの奴、意図的に交信を無視している！　ユウヒを抱えて持ち場を離れるなど、お前の負傷以外に考えられないんだが……】

そんなわけがないと否定しかけた。

兵器としての戦力増強の為の性行為ですら、ずっと拒まれているのだ。シンレイにとっての自分の価値は、もう無いのだと……そう思っていたユウヒの傍で、シンレイの声が聞こえた。

「お前の存在より重要な任務など無い」

（えっ……？）

駆けるシンレイを見つめると、彼は凛とした声で告げた。

「お前と引き換えにしたいものなど、何もない」

屋根が途切れた辺りでシンレイが裏路地に下りた。

直ぐに移動を再開させようとするシンレイにユウヒは下ろしてほしいと頼み、何とか解放されたが、それでもシンレイの両腕はユウヒの細い体を支えるように触れていた。

その優しい手つきは閨《ねや》で抱くものとは違うのに、何故か同じ温もりを感じてしまう。

言葉足らずな彼の真意を知りたくて、ユウヒはシンレイに問いかけていた。

「ど、どうして……私などを……？」

そう問うと、シンレイの指が頬に触れた。冷えた頬を熱い体温が包み、シンレイが此方《こちら》を見つめる。

「私など、じゃない。ずっと……」

不思議な感覚だった。

風の音も、帝都の喧噪も聞こえなくなり、シンレイの声だけが届く。

シンレイの唇が紡ぐ言葉の先を待っていた刹那、ユウヒの全身に刺すような緊張感が襲いかかるのを感じた。そして気づいた時にはシンレイを激しく押し倒していたのだ。

「ユウ、ヒ……？」

問いかけのように名前を呼ぶシンレイは、その大柄な体からは拍子抜けする程に、体勢を崩した。

だがすぐに、共に倒れ込んだユウヒを庇うように抱きしめた。

ユウヒは自身を庇うシンレイの腕の中で、頭上から落ちる巨大な影に震えた。

「ウミナオシケ……」

巨大な蟹のウミナオシケ二体が、ユウヒとシンレイに覆いかぶさるようにして裏路地を挟み撃ちにしていた。

先程までシンレイが立っていた場所にはウミナオシケの巨大なハサミが通過して壁にぶつかったのか、建造物は無残に凹んでいる。

あのまま立っていたら、シンレイの頭だけが潰されていただろう。

そんな結末を考えて、ユウヒは恐怖に震えながら疑問を口にする。

「ど、どうして……今……」

シンレイが弾かれたように体勢を変え、ユウヒを背に庇うようにしたが、様子がおかしかった。

「……？　……？」

シンレイが何度も手を振っているが、骨の武器が出てこなかったのだ。

「シンレイ殿？　まさか……」

自分の所為で戦血切れに陥ったのかと案じた時、ようやくシンレイの手首からいつもの骨刀の柄が形成された。

まずは左手、そして遅れて右手首から生み出される武器をシンレイが素早く抜き出し、切っ先を敵に向ける。そして二刀流でウミナオシケに斬りかかる。

骨刀でウミナオシケの攻撃を捌《は》きながらユウヒを庇うシンレイの姿に、ユウヒはこれ以上、足手纏《まと》いにならないよう、囮として敵を引きつけようとするも、ウミナオシケがそれを阻む。

「ユウヒ！　動くな！」

シンレイの声に立ち止まる。

囮として動こうにも、脱出経路が無い。

だが、恐怖を感知するはずのウミナオシケは、ユウヒではなく、シンレイという恐怖心が鈍いはずの個体に狙いを定めて執拗に攻撃していた。

シンレイは度重なる攻撃を防戦一方でやり過ごすしか出来ない。

「くっ……」

僅かにシンレイの声が聞こえた。すると、何かが甲高い音を立てる。

「！」

折れた骨刀が宙を回転し、地面に突き刺さった。シンレイは破壊された武器を捨て、脇腹から新たな刀を出していたが、いつも彼を見ていたユウヒは違和感を覚えていた。

（なんだ……？　なんだか……）

振り下ろされた骨刀がウミナオシケのハサミに弾かれる。ウミナオシケの攻撃を刀で防いだシンレイの軍靴が裏路地の泥に沈み込み、体勢を崩しかけ……、明らかにシンレイの劣勢だった。

（やっぱり！　シンレイ殿、調子がおかしい！）

ユウヒらが苦戦した蟹のウミナオシケだが、マガムネが瞬殺したように、シンレイなら互角以上に戦えるものだった。

武器の相性の問題があるにしても、シンレイ程の手練れが苦労する程ではないはずなのに、シンレイの動きは精彩を欠き、練成した武器も脆くなっていたのだ。

岩をも切断する骨刀がウミナオシケの反撃を喰らっては欠け、シンレイは首筋にじっとりと汗をかいていた。

そんな姿など見た事が無かったし、ここ数日の戦闘でも苦戦など……と考えてから、ユウヒは震えた。

もう十数日以上、シンレイと体を重ねていない。

シンレイの機能が落ちてもおかしくない程の長期間だった。だが、誰もそれに気づかなかった。

（そうだ、ここ最近は……最弱のイ型しか、出ていなくて……）

本来、一軍を起用するまでもない最弱のウミナオシケばかりが小出しに出てくる日々。

更に、マガムネとヒビキという過剰戦力によってシンレイはほとんど戦えておらず、弱体化が本人にもわからぬ状態で彼を蝕んでいたのだろう。

そしてマガムネらと離れてから複数発生し、奇襲をかけてきたロ型のウミナオシケ達に、ユウヒは考えざるを得なかった。

本来は虫と同等の知性しか持たぬはずのウミナオシケが策を弄する程に、急速に進化している事に。それに気づいた時、ユウヒは震えが止まらなくなりつつも、ソウイチロウの名を呼びかけた。

(た、隊長！　は、早く……)

だが、そんなユウヒの眼前でシンレイがウミナオシケの一撃を激しく打ちつけられたのだ。

「ッあ！」

シンレイの体は路地に積み上げられていた木箱に激突し、更に壁に叩きつけられて地面に伏す。

血を吐いて咳き込むシンレイに、ウミナオシケがにじり寄っていた。

シンレイを囲む化物達は恐怖に震えるユウヒには目もくれず、昏倒しかけているシンレイしか目に映していない。

そして一匹のウミナオシケがハサミを振り上げた。シンレイの頭部を狙うその動きに、ユウヒは立っていられない程の恐怖にかられながらも、絶叫していた。

「や、やめろ！　やめろ！　ここに、ここに殺したくなるオレがいるだろ！」

シンレイの元に駆け寄ろうとして、半狂乱になって叫び続ける。

それに気づいたシンレイが、ゆるゆると目蓋を開けた。

赤い瞳と目が合うと、彼が何か言っている事に気づいた。

声は聞こえないが『逃げろ』と、告げている。

『お前は、逃げろ』

シンレイの姿に、カムイが死んだ日の事を思い出した。

お前は逃げて、独りで生きろと言われた気がした、あの過去。

何故か、あの時よりも、ずっともっと、怖くて、世界が今にも終わってしまうような恐怖しか感じられない。

ユウヒは泣き叫んでいた。

「やめろ！　彼を殺すな！　やめてくれ！　やめて……」

だが、次の瞬間、水風船を潰すような音が鼓膜を震わせた。

「……」

ユウヒの涙に滲んだ視界の先では血飛沫が眼前を舞い、時間が停止したかのような長い間すら感じる世界の果てに、頭部を潰された男の姿だけが網膜に焼きついた。

ウミナオシケがハサミを持ち上げると、シンレイの首から先が無い体は、まるでまだ生きているように痙攣しており、虚空に向けて伸びた両腕は何かを抱きとめようとしているようだった。

それがシンレイの変わり果てた姿だと頭が理解すると、ユウヒは全身から力が抜けるのを感じてへたりこむ。

「あ……、あぁ……」

壊れたように意味不明な声を漏らしていたユウヒは、迫りくるウミナオシケを前に、逃げる事すら出来なかった。

あちこちから蟹のウミナオシケが忍び寄ってきていた。

それらの異形に囲まれながら、ユウヒはただぼんやりと、シンレイの骸を見つめていた。

ずっと同じ言葉が頭の中を巡っている。

シンレイに嫌がられても彼と寝るべきだった。

自分が囮としての役目も果たせないからシンレイは死んだのだ、と。

「シンレイは、死んだ……」

自分の所為なのに、恐ろしい程に怒りも殺意も湧いてこなかった。

それらは守りたい『何か』を侵され、自身の尊厳を守る為に出てくる意思という武器だ。

シンレイが居なくなった世界に、もう何も守りたいものも、失って怖いものも無い。

ひたすら、無だった。

ただ、シンレイと同じ場所に居たい。それしか考えられなかった。

そんなユウヒの足に、生温かい戦血が触れた。

シンレイの体から漏れた戦血が血だまりとなってユウヒに流れついていた。

まだ彼が自分を守ろうとしてくれているように思えて、涙が止まらない。

「最期まで……こんな私の生を願ってくれるなんて……。シンレイ、私は、貴方の事を……」

ウミナオシケのハサミが体に伸びてくる。自分はシンレイのように頭を潰されるのではなく、生きたまま脳を捕食されるのかもしれないと、ぼんやり考えた。

そして、もしもシンレイも喰われていたなら、化物の体内で共に生きれていたかもしれない。

そんな馬鹿で甘い妄想に耽り、目蓋を閉じた。

（シンレイ殿……申し訳ありません……）

今の自分に出来るのは、せめて同じ場所に逝く事だけだった。

だが、夢想への逃避は轟音の銃声によって断絶される。

頭上のウミナオシケが粉々に砕かれ、吹き飛んでゆく。

仲間の肉片を浴びたウミナオシケが移動する前に、それらも無残に蜂の巣にされる。次々に倒れる異形の屍《しかばね》と血飛沫。

死なずに済んだウミナオシケも移動部位を破壊されたのか、地面に引っくり返って無様に暴れている。何が起きたのかと視線を彷徨わせると、覚えのある声が聞こえてきた。

「ユウヒ！　シンレイ！　大丈夫？」

「テメェ、勝手に帰ってんじゃねぇぞコラ！」

騒々しい音と声に目を開けると、路地の先ではガトリングガンを構えたマガムネが立っていた。

その後ろからベニマルとヒビキ、更に数機の神凪が姿を見せた。

ベニマルが奥に倒れているシンレイを見つけたらしく、顔面を蒼白にさせている。他の神凪達がザワつく中、マガムネとヒビキはシンレイの遺体を見て一瞬、息を飲みはしたものの、直ぐに二機は口角を上げた。

「やッべぇ！　シンシン、アタマ吹っ飛んで死んでんじゃん！　ウケる！」

「なんだ、俺が殺す前に死んだのか？　袖時雨」

言いながら笑みを浮かべたマガムネがガトリングの銃口を向けた。マガムネの行動にベニマルが制止の声をあげる。

「ちょ、マガムネ！　何してんのさ！　ユウヒが居るんだよ？　ユウヒごと撃ち殺す気なの？」

しかしマガムネは「知るか」と吐き捨てる。

「戦う意思の無い者は、全て死ね」

「そ、そんなのって……」

今度はヒビキがベニマルを押しのけると、口笛を吹いた。

「つうかよぉ、シンシンが居ねぇなら、ウミナオシケ独り占めし放題じゃね？　殺しまくりのイキまくりとかサイコーかよ？」

愉し気に嘯くヒビキが快感を待ちきれぬように己の腹を撫でて舌なめずりしながら腕に電撃を発生させ始めた。

マガムネも熱い吐息を漏らし、妖艶な眼差しを敵に向けている。

マガムネもヒビキも既に蟹のウミナオシケを敵として認識した事で極度の性的興奮に移行しているらしく、その目は熱情で滾り、殺害による絶頂を求めて止まない状態へと陥っていた。

今はもう敵を殺して絶頂に浸る事しか考えていないだろう。

そのうちに転がっていたウミナオシケが体勢を整えて、立ち上がりだした。

ベニマルが涙声で此方《こちら》に呼びかける。

「ユウヒ！　お願い！　立って！　立って逃げてよ！　殺されちゃうよ！」

だがユウヒは首を振った。

「シンレイ殿が居ない世界で……彼に逢えない生に、何の価値があるんですか……。それなら、彼と共に死んだ方が、生きているよりずっと……」

涙が頬を滑り、眼下の血だまりに儚く落ちる。戦血に映ったユウヒの姿が落涙の波紋に掻き消された。それが今生のせめてもの救いのように胸に沁みた。

(シンレイ殿……貴方が死んだ後に、己の気持ちを理解するなんて……)

目蓋を閉じ、訪れる死の衝動に備える。

だが、そのユウヒの後方から何かが破壊されるような音と、ふらつくような足音が聞こえた。

ウミナオシケが出したとは思えない音に、思わず目を開ける。

(なんだ……?)

視界の先のベニマルと神凪がユウヒの後方を見て、口を開けていた。

マガムネとヒビキは怪訝そうに眉を寄せている。

彼等は何を見たのかと振り返る。

そこに在ったのは、異形に馴れた神凪すら絶句させる光景だった。

ウミナオシケの群れの中を首無しのシンレイの遺体が歩いていたのだ。

ざり、ざり、と軍靴が土を踏む音が鼓動のように響き、近づくたびに大きくなってくる。

シンレイの体は上半身を揺らし、首の傷口から戦血を撒き散らしながら、両手を彷徨わせて此方《こちら》へと向かっていた。

「シ……シンレイ殿……?」

まさか、何処からともなく現れた寄生蠅の苗床にされたのか?

神凪達の方からは金属音が聞こえた。恐らくマガムネやヒビキらが武器を構えたのだろう。

それに気づいたユウヒは何とか立ち上がると、銃を構えるマガムネの前に立ち塞がった。

そんな事をしてもマガムネは容赦なく味方ごと敵を撃つだろうから、直ぐに理由を話す。

「ま、待ってください！　マガムネ先輩！　よく見てみてください！　シンレイ殿の体には、蛆も蠅もいません！」

シンレイの体には寄生蠅の類が一切見当たらず、それ所か、歩き方が蠅に寄生された者特有の奇妙な歩き方ではない。ふらついてはいたものの、彼の足どりそのものだったのだ。

そうしていると、シンレイの体が立ち止まり、びくんと震える。

そして上半身が大きくのけぞった。

かと思うと、シンレイの姿に誰もが言葉を失った。

「……ふッ……うぅ……」

血に染まった白銀の髪が風に揺れる。

「……はぁ、はぁ……」

呼吸を繰り返す胸が激しく上下した後、シンレイが起き上がる。

その一部始終を見ていた誰もが声を失った。

失われたはずの頭部が、シンレイの欠損部位が再生していたのだ。傷一つない顔のシンレイは瞳を巡らせていたが、ユウヒの姿を捉えた途端、その目元が安堵《あんど》したように緩んだ。

それが、彼が戻ってきた証のように思えて、ユウヒは駆けだしていた。

「シンレイ殿！」

転げるように走る。それすらもどかしくて、ユウヒは地を蹴ると、シンレイの首に飛びついた。逞しい腕にしっかりと抱きとめられる。シンレイはユウヒの様子に驚いていたが、ユウヒは何から伝えるべきかわからないままに、彼を見つめ、涙を流しながら繰り返した。

「良かった……！　良かった！　また、貴方に逢えた……貴方が、居てくれた……！」

シンレイからどう思われようと、彼を失う事が耐え難い程に、自分は彼を求めているのだと自覚した。止まらない想いを口にしていると、シンレイは両目をぱちぱちさせていた。

何か信じられないようなものを見ているような表情だったが、シンレイは首を振る。

「……また、夢か」

そして遠い目をした。

「……夢の中のユウヒは、いつもオレを求める。嬉しいが、目を覚ますといつも……」

虚しい……と、しょぼくれた犬のような姿になった。ユウヒは大慌てで付け足す。

「げ、現実ですよ！　シンレイ殿！　私は貴方の事を愛してます！」

一世一代の大告白のつもりだったが、勢い任せの雑なものになってしまったと反省しかけている間に、シンレイは更に顔を翳《かげ》らせる。

「……完全に夢だな。現実のユウヒは、そんなこと言わない」

「ちょっ」

どう言えばシンレイが現実を見てくれるのかとユウヒが戸惑っていると、ヒビキが土を蹴って怒声を放った。

「そういうのいいから、それよか事態を説明しろや！　なんでテメー、しぶとく生きてんだよ！そこは死んどくトコだろうがよ！」

ヒビキの姿にシンレイは「夢の中にコイツまで居る……わけないな。こんなの夢に出したくない」と、ようやく夢ではないと信じてくれた。

だが、その途端、シンレイはユウヒを見て赤面した。

「ユウヒ、さっき……」

と、言いかけてチラチラこちらを見る。ユウヒも頬が熱くなりながら頷いた。

「は、はい、あの、私は貴方を……」

何よりも誰よりも、シンレイの事は優先したい。

そう決意したユウヒはシンレイにしっかりと抱きつくと、耳元で囁いた。

「あ、あの、どうして私を抱かなくなったのですか……？」

シンレイが、瞳を見開き、かつて見た事がない程に動揺していた。

「それは……俺は、お前を性欲の対象としては……」

否定の台詞にユウヒは口にした事を激しく後悔した。

だが、ユウヒが落ち込む姿を見たシンレイが慌てて続けた。

「俺は、お前を性欲の捌《は》け口としか見ていない、他の者達とは違う！　何より、お前が自身を捌《は》け口に扱われて当然だと思うのは、嫌だった。だから、俺が性能維持の為に抱くのをお前が負担に思うなら、もう触れるべきではないと……お前を傷つけてまで、抱くのは絶対に嫌だと……ただ、そう思ったんだ……」

シンレイの言葉にユウヒは呆然としていた。てっきり、シンレイが性能維持の為に好きでもない相手を抱くのが嫌になって触れなくなったのかと思っていたのだ。

だが、シンレイは例え自分が弱体化しようとも、ユウヒの気持ちを優先すると語った。

それを聞いてユウヒは瞳から、ぽろぽろと涙を零した。

「ユウヒ……？　すまない、俺はまた、お前を傷つけた……」

シンレイが長身を曲げて心配していたが、そんな青年にユウヒは嗚咽《おえつ》まじりに伝えた。

「私が、貴方に嫌がられているのだと思っていました……」

「何故……！」

シンレイが即座に問い返し、動揺していた。だが、それでもたどたどしく気持ちを言葉にしてくれた。

「お前を嫌になるなんて、そんな事、思った事もない。ただ、お前を大切にしたいだけだ。どれだけ触れたくても、抱きたくても、お前が嫌なら……」

その時、ユウヒは自分でも驚く行動をとっていた。

不器用に言葉を紡ぎ続ける男の頬に触れ、唇を重ねていたのだ。

「……ッ！」

まるで数年ぶりの接吻でもあるかのような錯覚に陥る。

シンレイは交わる唇の感触に目を見開いていたが、その唇を割り開くユウヒの舌の動きを誘い水にするように、熱い応酬でもって絡ませ始めた。

甘い唾液を纏《まと》わせた舌が睦み合うように口内を支配する。久しぶりのシンレイの熱と香りに、ユウヒは夢中になって彼を味わった。シンレイもユウヒの体を抱き寄せて貪り合う。

「は……」

「ン……」

お互いの境界線が溶けるような濃厚な接吻が永遠に続くような錯覚に陥りながら、ユウヒはシンレイの事しか考えられないまま、告げる。

「嫌、じゃないです……」

そして改めて告白しようとするも、ユウヒは周囲の視線に気づいた。

ベニマルは耳まで真っ赤になって顔を押さえ、此方《こちら》を見ている。

ヒビキは「おれらナニ見せられてんの？」とキレかけている。

マガムネは無言で銃口を向けているし、他の神凪はザワつきながらも凝視してくる。

数多の視線が集まっていた。

だがシンレイに向き直ると、褒められ待ちの犬のように、ユウヒの言葉を待ってソワソワしている。こんなシンレイを無視するわけにいかなかったが、流石にこれ以上はいけないと思った。

「すみません……貴方の事しか考えられないくらいなのですが、人目がありますので……」

後で二人きりの時にゆっくりと、と説明しておいた。

シンレイは驚きに両目を見開いたまま、何度も頷いて大人しくなった。（長い髪の先が犬の尾のように上下に振られていた）

ヒビキとマガムネが攻撃してきそうであるし、ユウヒも最大の疑問なので問いかける。

「シンレイ殿、どうして頭部を破壊されて生きているのですか？」

シンレイは手を握ったり開いたりして嬉しそうに何かを表現していたが、問いかけられると目を細めて否定した。

「死んでいない」

「で、でも……」

どう見ても頭部が無かったと続けると、シンレイは自身の腹筋を指で示した。

「死んでいない。あの時、脳髄と胴体の臓器の一部の場所を交代させていた。だから死んでない」

「ええ？」

素《す》っ頓狂《とんきょう》な声が出てしまったが、シンレイが言うには、敵が妙に頭部を狙っている事を不審に思い、咄嗟に急所の脳と他の臓器の位置を変えていたという。

ただし、見事に頭部が全壊されてしまい、聴覚も視覚も嗅覚も働かない状態なので事態が把握できず、急いで再生していたとの事だった。それを踏まえてシンレイは言い切る。

「脳さえ無事なら他の部位は代用で作れる」

話を聞いた神凪は誰もがシンレイの異次元の発想と能力に戸惑っていたが、ヒビキだけは「バケモンじゃねーか……」と呆れながらも、シンレイに言葉を投げた。

「つか、それならお前の脳ミソ、常に胴体に入れておけばよくね？」

しかしシンレイはヒビキに冷たい眼差しと共に罵倒を叩きつけた。

「いいわけないだろう。本来、頭部にあるべき部位を無意味に動かせば体の反応に影響が出るし、胴体をやられたら死ぬ。そんな事もわからないのか。だからお前は雷しか出せない馬鹿なんだ」

そこまで言わなくともいい気がする程に罵っていた。

勿論、しっかりキレたヒビキが拳を鳴らし始めるが、ベニマルが間に割って入ると、涙目で喜ぶ。

「でも、良かったよ！　シンレイ！　シンレイが死んじゃったら、ユウヒとハクマルが悲しむし！ま、まぁ、別にボクは悲しくないけどね！」

目元を擦って微笑むベニマルに、シンレイは首を傾げた。

「ベニマル、お前、居たのか。ヒビキの影に隠れていて、小さくて見えなかった」

ベニマルは天使のような笑みを硬直させた後、鬼の形相で跳びはねた。

「むっきーッ！　なんだよ！　ちょっとデカイからって調子にのらないでよね！」

ベニマルが両手を回転させながら殴りかかったが、シンレイの長い腕に頭を押さえつけられて、その手は宙を空ぶっていた。さっきからシンレイの暴言が迸っている気がするが、シンレイはユウヒを何度も見つめながら、落ち着きが無い素振りを見せてくる。

シンレイの白磁のような頬が朱に染まり、瞳が熱を帯びている姿から、彼が発情しているのがわかった。早く発散したいのだろうが、ヒビキやベニマルが話しかけてくるので歯痒かったのかもしれない。

（でもベニマル殿は心配してくれたのだから、少し優しくしてさしあげた方が……）

だが、騒ぐ面々にマガムネが溜息をついた。

「……大神が脳内に五月蠅《うるさ》く通信してくるから駆けつけてみれば、とんだ茶番だ……と思っていたが、そうでも無かったようだな」

マガムネの言葉の後、路地の奥から妙な音が迫ってくる。

まるで虫の群体の足音が不快に響く。

だが、音の正体は直ぐに判明した。それは更に増えた蟹のウミナオシケだった。

それも我先にと押し合いながら大量に涌いている。

ロ型ウミナオシケがこれだけ一度に現れるのは初めてで、ヒビキが呻《うめ》き声を漏らす。

「……マジかよ？　涌きすぎじゃね？　殺しまくれるのはサイコーにしても、戦血もつかコレ？　オレら以外の神凪は、戦血補充用の二軍以下だしよぉ～」

そう言いながらも腕に電撃を纏《まと》わせ、臨戦態勢に入りながら、ヒビキがベニマルに話しかけた。

「おい、ベニ太、サボらず支援しろよ。キモチよくブチ殺しまくりてーからさぁ～」

「い、言われなくても力は使うよ！　それより、この量をお前らだけでやれるワケ？」

ベニマルの台詞にシンレイとマガムネも身構える。

「関係ない。ユウヒの敵は全て殺す」

「フン。貴様らはせいぜい、俺の引き立て役として走り回っていろ。最大の戦功をあげて、その栄誉は母上に捧げる」

そしてベニマルの支援が始まると共に、シンレイが脇腹から真白い骨刀を抜き出す。

マガムネはベルトにつけた腰袋から金属片を手にすると、それをリボルバーへと変えた。

戦闘特化型の三機が襲いかかるウミナオシケめがけて一斉に走りだす。

ヒビキが歓喜の雄叫びを上げながら放った電撃がウミナオシケを昏倒させる。次にマガムネが両手に構えたリボルバーで後続のウミナオシケの目玉を撃ち抜いた。

視界を奪われて混乱するウミナオシケに、シンレイが上空から骨刀で斬りつけ、ウミナオシケの背に浮かぶ急所の顔を破壊しようとする。

だが、破壊音は期待したものではなかった。

シンレイの骨刀は叩きつけたと同時に柄の根元から真っ二つに折れたのだ。

飛び散る白い破片にシンレイが目を見開いていたが、それを見たヒビキが野次を飛ばす。

「テメー！　ナニしてんだシンシン！　クソ雑魚かよ！」

シンレイは刀を肌に戻して体勢を整える。

（シンレイ殿の武器の強度が……！）

ユウヒが案じるも、次にシンレイは踵《かかと》に生やした骨の刃をウミナオシケの甲羅に突き刺し、今度こそ殺していた。

が、今度は踵《かかと》の骨刀を体内に戻せず、抜けなくなっている。

そんなシンレイにまたヒビキががなった。

「オマエ、マッッッジふざけんなよ！　カニナオシケのオカワリがスゲェ来てんのに、おればっか戦ってて、おれの戦血が切れっだろうが！　遊んでんじゃねーぞハゲ！　死ね！」

「遊んでないしハゲてないし死なない」

シンレイは不満げな表情で反論しているが、最前線でヒビキと言い争いながらも、何とか敵とやり合っているような状態だった。

事態を察したマガムネが狙撃の手を止めると、ユウヒに視線を向け、呼びかけてきた。

「おい、三世瀬」

「は、はい！　マガムネ先輩！　囮役が必要ですか？　それとも、シンレイ殿かヒビキ先輩に私の戦血の補充を……」

呼ばれて最前線に向かおうとしたが、マガムネに鋭く睨みつけられて歩を止める。マガムネは冷酷な声音で告げた。

「この場面で囮なぞ要るか。それに燃費が良いだけで小柄な貴様の戦血量なぞ、たかが知れている。大体、今の袖時雨は戦血不足には見えん」

つまり何が言いたいのだろうとマガムネの話を聞いていると、彼は親指でシンレイを指した。

「三世瀬、今直ぐ袖時雨と同衾《どうきん》してこい」

「……ど？　え？　同衾《どうきん》？」

この状況でですか……？　と混乱していると、マガムネは至極真面目な表情のまま繰り返す。

「そうだ。さっさと絶頂させてこい」

「ぜっ……！」

顔を赤くさせているユウヒとは逆に、マガムネは冷静な表情で見据えてくる。

「何を生娘のような反応をしている。貴様らが常日頃、していた事だろう？　何が理由か知らんが、貴様らが同衾《どうきん》を怠った所為で、袖時雨の性能は酷い有り様だ。現状、ヒビキのみで足止めしているようなものだが、アイツの燃費の悪さでは場が持たん」

そこでシンレイが前線から跳躍《ちょうやく》しながら後退してきた。

「ユウヒは絶対悪くない。オレが悪い」

そう告げるシンレイにマガムネはユウヒの胸倉を掴《つか》むと、シンレイにユウヒの体を投げつけるように押しつけた。シンレイは急いでユウヒを抱きとめたが、マガムネの乱暴な振る舞いにシンレイが噛みつく前に相手が先制の言を放つ。

「貴様の劣化ぶりは目に余る。敵ごと撃ち殺してやりたいが、大神と荒雲から無駄に文句を言われるのも癪《しゃく》に障る。だから、さっさと元に戻ってこい」

マガムネは言うだけ言ってから、前線のヒビキの元へと向かった。

その場に残されたユウヒはシンレイの顔を見上げた。

「元に……」

戻す為に、此処《ここ》で……？

振り返ると、後方では戦血補充用の神凪が動揺に包まれたまま待機しているし、傍にはベニマルが……だが、シンレイが死ぬのだけは絶対に嫌だとユウヒが意を決した時、支援中のベニマルが止めに入った。

「あ、あのさ！　ユウヒ、ボク、以前にヤツデから聞いたんだけど、その、ど、同衾《どうきん》……じゃなくて、シンレイの心か体が最高に満たされればいいらしいんだ！　だから、シンレイが凄く喜ぶ事なら、代用にならないかな？　ど、どど、同衾《どうきん》だと、時間もかかるだろうし……」

「い、いえ！　私の羞恥など問題ではありません！　大丈夫です！」

口で処理します！　それでも少しは効果がありましたので！　と言うユウヒに、シンレイは首を振り、提案してきた。

「ユウヒ、なでなでしてみてくれ」

「なでなで？　以前に話されていた、頭頂部を手でこする行為の事ですか？」

「何でそんな卑猥な言い方をするんだ。だが、そうだ。それをしてみてくれ」

シンレイの性感帯は頭頂部だったのかと考えながら、ユウヒはシンレイが屈んで差し出す頭に手の平をのせた。そして、そのままシンレイの頭部を撫でる。彼への想いを込めながら、慈しむように撫で続けた。

「……」

シンレイは無言だったが、こんな行為で性行為に匹敵するような快楽をシンレイは得られるのだろうか？

訝しみながらもシンレイを撫で続けていると、前線からヒビキが激しく転がりながら退いてきた。ヒビキは猫のように直ぐさま四つん這いで起き上がると、舌打ちする。

「クッソ！　戦血が切れやがった！　おい、補給兵！　ナニしてんだコラ！　とっとと来いやクソが！」

ヒビキの怒鳴り声に、後方で待機していた神凪の一機が急いで走ってきたが、そんな青年の顔面を掴《つか》んで地面に叩きつけると、昏倒した同胞の軍服を引き裂いて首筋に牙をたてて補給を始める。

ヒビキが抜けた穴はマガムネ一機で埋めているようだが、リボルバーから再びガトリングガンによる連射でウミナオシケを掃討していたが、異常な発生数を前に、マガムネの戦血が切れるのも時間の問題のようだった。

その間もユウヒはシンレイを撫でていたが、やがてシンレイが「もういい」と顔を上げた。

表情はいつもの無のままなので、シンレイの内面がどう変わったかの予想がつかない。なのでシンレイに問いかけてみた。

「こ、こんなので大丈夫でしょうか？」

心配でたまらなかったが、シンレイは拳を握ったり開いたりしていたのを止めて、首を振った。

「こんなの、じゃない。これがいい。お前がオレを想ってしてくれる全てが、オレは……」

シンレイが此方《こちら》を見つめて、笑った。それは心を満たすように優しく、美しい微笑だった。

「そう、『嬉しい』んだ。今なら、この感覚を理解できる。ありがとう、ユウヒ」

「シンレイ殿……」

胸を温かくさせていると、金属音が響き渡った。

マガムネの足元に金属が転がる。彼の武器練成の能力が鮮血切れで解除されたのだ。

「ちっ！　戦血切れか！」

マガムネがウミナオシケの攻撃を避けながら後退する。戦血補充中のヒビキは口元を血で染めながらマガムネを咎《とが》めた。

「おい！　マガちん、マジかよ！　ありえねーんだけど！　オレまだ戦血の補充終わってねーんだから、そこは死んでも踏ん張れよ！」

「ふざけるなヒビキ！　踏み殺すぞ！」

遂に仲間割れを始めたマガムネとヒビキの傍をシンレイが通り過ぎる。

ウミナオシケの群れが荒れ狂う大波の如《ごと》く迫るのを前にしながら、シンレイが背中に左手を伸ばす。そして背骨と思われる部位から長く太い骨の槍を練成して引き抜くと、それを目いっぱい振りかぶる。

それをウミナオシケの波の中心めがけて打ち込んだ。

信じられない光景だった。

骨槍は凄まじい勢いでウミナオシケを固い甲羅ごと貫き、何体も串刺しにしながら突き進む。更にシンレイの手元で槍は伸び続けているのか、その勢いは後方のウミナオシケすら穿ち、無限に伸びる生きた武器の如《ごと》く敵を倒してゆく。

串刺しにされたウミナオシケは大量の血を噴き出しながら、惨めに痙攣していた。

その異常な殺傷力に誰もが言葉を失う中、槍の刺突を免れたウミナオシケが左右から迫りくる。

「シンレイ殿！」

名を呼ぶと、シンレイは背中越しに頷く。

そしてシンレイが得物を更に押し込むと、貫かれたウミナオシケの体が内部から盛り上がる。

次の瞬間には串刺しにされていたウミナオシケの体が細切れになって吹っ飛ぶ。

「な、な……？」

ユウヒの目の前では、槍が肋骨のように広がっていた。

串刺しにされていた的は骨槍から生えた骨の刃によって内部から破壊されたのだろう。

左右から襲いかかってきていたウミナオシケも路地に展開された骨の刃によって無残な肉片となって転がった。

一瞬にして路地の風通しが良くなっていた。凄まじい切れ味と強度、そして瞬間的に武器を練成する速度は、今までのシンレイの戦闘力から見ても、飛び抜けていた。

「す、すごい……」

ベニマルから感嘆の声が漏れる。ユウヒも驚きのあまり、シンレイが骨の武器を自身の肉体に戻すのをただただ見つめていると、視線に気づいたシンレイが此方《こちら》を向き、頷いた。

「……ユウヒのなでなでは、凄いな」

噛み締めるように呟き、ほぅ、と感嘆の溜息を漏らしていた。

だが、その場の誰もが違うと思っただろう。ユウヒが首を振る。

「違いますよ！　凄いのはシンレイ殿です！」

しかしシンレイはそこに関しては言い負かす勢いで返してきた。

「違わない。ユウヒの手でなでなでされると、体の芯が熱で満たされるようで、お前の為なら何でも出来ると改めて……」

シンレイが早口になっているのをベニマルが中断させた。

「わ、わかったけどシンレイ、今のうちに戦血補充しておきなよ！　あんな大技使ったばかりだし、またあの蟹が出てくるかもしれないんだからさ！」

ベニマルが戦血補充要員の神凪の背中を押してきた。

ユウヒは先程の補助時に自分がやきもちを妬いて邪魔してしまった事を反省していたので、ベニマルの提案に異論はなかったのだが……。

が、シンレイは「いらん」と断り、そこらに散らばっているウミナオシケの肉片を掴《つか》んだ。

「これで補える」

言うなり、止める間も無くシンレイが肉片に喰らいつく。そして皆が呆気にとられている間に、シンレイはウミナオシケの死骸を次々に喰い千切る。幾らか貪った所でシンレイは腹を撫でた。

「少補充完了したぞ」

だが、その瞬間、ユウヒもベニマルもヒビキも突っ込まずにはいられなかった。

「シンレイ殿ォォオオオ？　ウミナオシケなんて食べて大丈夫なんですか！」

「ちょっ、お腹壊すんじゃないの！　ていうかウミナオシケって毒とかないの？」

「オマエ、地面に落ちてるモン拾って食うとかマジで行儀悪すぎだろ」

ヒビキだけ視点が違ったが（そしてヒビキも過去に床に落ちたものを食べようとしていた）マガムネは化物の死骸を嫌そうに足で蹴りながらシンレイに問う。

「お前、頭部を潰されて倒れていた時にオレが殺したウミナオシケの死骸を浴びて、動力となる何かを補充したのか」

マガムネの推測にシンレイが反応する前に、後方から軽やかで甘い声がした。

「やれやれ。隊長殿の応答にユウヒすら応えなくなったと思えば……」

全員が振り返る。表通りには軍馬に跨ったヤツデが居た。

この場に居るわけがない人物の登場にユウヒは驚き、問いかける。

「ヤツデ先輩？　ど、どうして此処《ここ》に？」

一軍を基地に最低でも一機は残しておくように機関から厳命されているはずだ。

なのに、副隊長のヤツデが下馬するとヒールのような軍靴で路地裏へと踏み込んでゆく。

ヤツデは緊張感のない声で、舞台上の役者のような身振りで語りだした。

「隊長殿が、現場にマガムネとヒビキらを向かわせたのに、誰も報告をしてこないし、ユウヒに話しかけても応えない混乱ぶりを案じてね。責任は自分が取るから、現場に行けと出撃させたのさ」

あっ……とユウヒは自身の口を覆う。

「申し訳ありません！　シンレイ殿の事で頭がいっぱいで何も考えられなくて……」

それを聞いたシンレイが、頭の上の髪を猫の耳のように、ぴんと立てて反応した。

「ユウヒ……！　オレもだ……」

シンレイが大型犬のように背後から抱きついて、うなじに顔を埋めてきた。

「ちょ、シンレイ殿！　お、落ち着いてくださ、あっ、どこを触ってるんですか！」

が、それを見たヤツデは明らかにイラッとした笑顔を浮かべると、ユウヒとシンレイの顔面を掴《つか》んで締め上げた。

「そうか！　任務中に持ち場を放棄して勝手に帰還し、上官に報告もせず、裏路地とはいえ街中で全力の電撃と銃撃と謎の骨による虐殺を繰り返して、上官にも報告せず、発情期の猿のように乳繰り合うのに熱心な後輩をもってヤツデは幸せだな！」

顔面を万力の如《ごと》き力でギリギリ締め上げられ、ユウヒとシンレイは暴れた。

「も、申し訳ありません！　申し訳ありま……あだだだだだ！」

「ユウヒ！　おい、ヤツデ、やるならオレにだけやれ！　ユウヒに罪はない！」

その拷問が終わった後、ユウヒとシンレイはヤツデに放り捨てられたが、他の神凪だけでなく、事態を見ていたヒビキとマガムネまでヤツデの暴力性に無言になっていた。

静かになった部下にヤツデは路地の先を指差す。

「キミらが路地裏で大運動会をしている間に、あまりの殺しっぷりに路地裏からウミナオシケの何体かが逃げていた。後を追えばウミナオシケの巣を叩けるかもしれない」

全員の空気が引き締まるのを感じた。

それを見たヤツデは行く先を告げる。

「行き先は帝都の地下水路だ」

第八章　御禁制の宴

ユウヒ達は帝都の地下を流れる地下水路を移動していた。

薄暗い水路内は意外に広い。臥子《ガス》による上下水設備が発展しているお陰か、汚染は酷くないので悪臭がする程ではなかった。しかし湿った空気と鼠が走り回る空間はお世辞にも快適とは言い難い。

先頭を進んでいたヤツデに、真後ろのヒビキが問いかけた。

「おい、ヤツビッチパイセン、マジでこっちで合ってんのかよ？　ここまで来て無駄足とかカンベンしろよ」

ヒビキの問いかけにヤツデは臥子《ガス》のカンテラをかざしながら、背中越しに振り返る。

「ああ。キミらが後先なしに派手に暴れてくれたお陰で、ヤツデは現場が直ぐにわかったし、逃げだしたウミナオシケに糸も結べた」

ヤツデはカンテラを持っていない方の手を掲げると、その小指の先には糸車の錘《おもり》のように彼自身が練成した糸が巻きついていた。糸を手繰れば逃げたウミナオシケの居場所まで行けるようだ。

ヒビキの後ろにはマガムネとベニマルが居り、二機が周囲を警戒しているのがカンテラの淡い光によって浮かび上がる。

マガムネが後方のユウヒと最後尾のシンレイに目を向けてから、ヤツデに声をかける。

「おい、荒雲。戦血の補充部隊どもは足手纏《まと》い故に地上に残してくるのは分かるが、囮役の三世瀬まで連れてくる意図は何だ」

マガムネの言葉にヒビキも続いた。

「それな！　なんで奇襲かけようぜ～って時に、わざわざ敵に見つかりやすいヤツを連れて来てんだよ？　足手纏《まと》いの極みじゃねーか」

「ユウヒは足手纏《まと》いの極みじゃない。殺すぞ」

シンレイが即座に噛みついたが、ユウヒが慌てて落ち着かせる。

だがベニマルは心配げに見つめてきた。

「そうだよ、ヤツデ。ユウヒが居るとシンレイは凄く強くなるけど、またあの大群に襲われたらどうするのさ。ボクもユウヒも実戦向きの能力じゃないんだけど……」

後輩達の疑問にヤツデは溜息まじりに振り返って立ち止まると、肩にかけていた鞄をユウヒに投げ渡した。慌てて受け取るも、ずしりと重くて体勢を崩しかけた。水路に落ちかけた所をシンレイに支えられる。

「な、何ですかコレ！」

「ああ、キミの身を守る為の武器だ」

会話の流れがわからなかったが、ヤツデは糸が巻きついた小指を見せながら語る。

「糸が動かなくなった。蟹のウミナオシケは移動を止めているのだろう。恐らくは巣に戻って負傷の回復の為に休眠状態に入っているのだろうが、そもそもの話、この蟹はおかしいと思わなかったか？」

ヤツデの問いかけにヒビキは反射的に応じた。

「思わねーよ。クソナオシケども自体がオカシサの詰め合わせじゃねーか」

しかしヒビキの傍のマガムネはユウヒを見た後、ヤツデに視線を戻した。

「……そう言えば、帝都中を練り歩いても出て来たウミナオシケはイ型の雑魚ばかりで、ロ型はほとんど出てこなかったな。大型のハ型なぞは姿すら見せなかった。それが、袖時雨が三世瀬を連れて離脱した途端に、ロ型ウミナオシケの蟹が大量に出てきた……」

何かを掴《つか》みかけているマガムネに、ヤツデが更に続ける。

「ああ。ユウヒは気づいていないようだが、ユウヒと共に居ると、視線を感じるのだよ。ずぅっと『誰か』が見ている」

「！」

全員が周囲を見回したが、辺りは侵入した時と何ら変わりない、淀んで停滞した空気だけが漂っている。だが、その巨大生物の体内のような地下水路の中で、ヤツデは自身が経験した内容を説明し始めた。

「初めはシンレイかと思った。ユウヒと一緒に居る事が多いヤツデをシンレイはいつも、飼い主の帰りを待つ犬のような目で見ていたからね。だが……時間と共に、ユウヒに注がれる視線は、おぞましさを増すような空気を増していった。試しに、ユウヒと出撃した時、彼と別行動をとってみたら、見られている感覚は消えた。だが……」

そこでヤツデは軍服の胸元を撫でた。

「別行動した部隊は、ユウヒ以外の全機が殺害され、あまつさえ、寄生蝿によって死せる兵隊にされてしまった……」

ヤツデの胸元には、部下だった者を爆死させた銀の懐中時計があるのだろう。冷徹な副官のふりをしながら、ヤツデはあの日の後輩の死を今も後悔しているのだとわかり、胸が痛くなった。

そんな中、シンレイは痺れを切らしたようにヤツデを問い詰めた。

「勿体《もったい》ぶるな。誰だ。誰がユウヒに敵対している」

「誤解するな。『ユウヒだけが生き残った』と言ったんだ。恐らく『敵』が欲しいのはユウヒだ。ユウヒを殺したいなら、いつでも殺せる。何せ、ユウヒには戦う力が無い」

ユウヒの心臓が跳ねた。鼓動が早くなる胸を落ち着かせるように深呼吸をしていると、ヤツデはカンテラを持つ手で、マスクを押し下げて素顔を見せた。

「偶然かと思ったが、神凪最強のシンレイ、マガムネ、ヒビキと共に居た時は狙われなかったユウヒが、弱体化したシンレイと行動した途端に的確に狙われた事から、必然だったと今ならわかる。敵は、ユウヒを殺したいわけではなく、生きたまま欲しいのだろう」

瞬間的に背筋が凍りつくような錯覚に襲われた。

カムイの死に際の台詞。

自分以外の神凪が狙われる事態。

ヤツデが感じた視線。

情報に混乱する中、ベニマルがヤツデに問いかける。

「そ、それじゃあ、もしもユウヒを此処《ここ》に連れてこず、補給部隊の皆と一緒に基地に帰していたら……」

「ああ。補給部隊は皆殺しにされ、ユウヒだけ奪われていただろう。だが、ヒビキと居る限り、寄生蠅は手を出してこない。なにせ『敵』はヒビキが大の苦手なんだ。相性が最悪だからね」

急に話をふられたヒビキが眉を寄せた。

「あ？　なんでそこでおれが出てくんだよ？　この足手纏《まと》いを欲しがってるキメェ奴なんざ知らねーっつうの」

「いいや、知ってるはずだ。キミは『彼』にとても嫌われていたのだからから。……そう、カムイにね」

ヤツデがヒールを鳴らして告げる。その台詞にヒビキとベニマルが驚愕していた。無論、ユウヒも固まる。

（えっ……？　カムイ、さん……？）

その名にユウヒが反応し、ヤツデに問い詰めた。

「ヤツデ先輩、ソウイチロウ隊長に、カムイさんが死んで良かったって言ってましたが……」

「おや、聞いていたのかね？　盗み聞きだなんて、悪い子だ」

ソウイチロウの靴跡の横にあった靴跡は、ヤツデのヒール状の軍靴だったと今ならわかる。それにソウイチロウがあれだけ砕けた物言いをするのは現状でヤツデしか居ないだろう。

だがヤツデは悪びれもせずに頷いた。

「……ああ。ヤツデはカムイが嫌いだった。可愛い後輩であるキミを苦しめる男は、好きになれないね」

「だからって、死んで良かったなんて……」

「それに関しては謝罪する。だが、嫌いなものは嫌いだ。まぁ、だからといって彼を殺そう等とは思わないがね。優秀な味方を殺せば、困るのは隊長職だし、実際にカムイが死んだ時は難儀した」

確かにその通りではあった。

(なら、ヤツデ先輩は、ただ愚痴を吐いてただけなのか……？)

そう考えた時、水路から大きな水飛沫が上がった。

「ッ！」

全員が水浸しになるも、何とか壁際に距離をとる。すると眼下の水路から蟹のウミナオシケが現れていた。それを見たヒビキが苛立たし気に地を蹴った。

「クソが！　またかよ！　しつけぇな！」

流石のヒビキも蟹は飽きたのか、怒り心頭で電撃を放ちかける。それをマガムネがヒビキの腕を掴《つか》んで止めた。

「止せ！　ヒビキ！　不純物が多い水だとわからんのか！」

「わかんねぇからわかるように言えよボケ！」

揉める二機より前に出たヤツデが手袋を外した皮膚から糸を発生させ始めた。

ヤツデが放った糸がウミナオシケを拘束し、その足を切断してゆく。移動手段をもがれた蟹は水路に落ちていったが、ヤツデがヒビキに告げる。

「そうだ。ヒビキの電撃がある限り、寄生蠅は使えない。だが、電気を通しやすい水に満ちた地下水路に誘《おび》き寄せて水浸しにすれば、ヒビキの攻撃で自身だけでなく味方も感電させられると踏んだのだろう」

ヤツデの言葉を証明するように、羽音が聞こえてきた。

薄闇の中を右に左に、蠢《うごめ》く塊が見える。

まるで統制がとれた軍隊のように、一塊になった蠅が、水路のあちこちから溢れていた。

「寄生蠅……」

ユウヒが生唾を飲みこみ、周囲を覆う蠅を見上げる。ヒビキの電撃を封じるように、水路からは蟹のウミナオシケが攻撃ではなく、暴れ回って水をかけてきた。

シンレイとマガムネが蟹を殺そうと武器を構えるのをヤツデが止めた。

「水路に下りるな。恐らく、罠がある。ヤツデが敵なら、そういう策をとる」

カンテラで照らすと、水路の底には、黒い石のようなものがビッシリと並んでいた。

それが小さな蟹の群れだとわかった途端、生理的嫌悪感にベニマルが嗚咽《おえつ》のような声を漏らし、ヒビキは苛立ちを隠せずに小石を蹴り落としていた。

「ヤツデ先輩！　ど、どうするんですか！」

シンレイやマガムネですら打つ手に迷っている中、ヤツデだけが冷静で居る事が謎だったのだが、ヤツデはユウヒが抱える鞄を示した。

「こうなると思って、持ってきた道具が入っている。直ぐにそれを蠅の近くの壁に投げつけて叩き割りたまえ」

「わ、わかりました！」

急いで鞄を開けると、中には緑色の液体が入ったガラス瓶が仕切られた底に詰め込まれていた。

中身が何かわからないが、一本を手に取り、一番大きな蠅の群れの上部めがけて投げた。投擲《とうてき》した物は狙った位置に当たり、砕けて中身を放出する。

途端、緑の液体は煙となって周囲に拡大する。

どういう仕組みなのかわからないが、凄まじい勢いで場に満ちる緑色の液体に、間近にいたヒビキとマガムネが崩れ落ちるように体を曲げると、途端に激しく咳き込んだ。

「ウェッ！　ゲホッ！　ちょ、おま、マジこれキッツ……ウェオォオエッ！」

「ガハッ！　ゴホッ！　おい！　三世瀬、貴様……ッ！」

二機に殺気だった視線を向けられたユウヒは首を左右に激しく振って全力で詫びたが、彼等より少し離れた位置にいるユウヒとベニマルですら涙目になりかけていたのだ。最後尾のシンレイは鼻をつまんでいたが、両目を閉じて眉を寄せており、嫌そうだった。

だが、その緑の液体を受けた寄生蠅は、ぼたぼたと地に落ち、動かなくなってゆく。死んでいるのだとわかったが、水路に居る蟹は少し嫌がるような動きをしているだけで死んではいない。

「ヤツデ先輩！　こっ、ここ、これ何なんですか！」

謎の武器を投げさせられた事でマガムネとヒビキから殺されそうな扱いを受けたのだが、煙の先に居たヤツデは普段の黒マスクではなく、堅牢なガスマスクをつけていた。

「えええええ？　ヤツデ先輩？　なんでいつもと違うマスクを……ハッ！」

もしかして……と思っていると、ヤツデが同じマスクをベニマルとユウヒに投げてから、しれっと告げた。

「ああ、機関の化学兵器研究所で開発中の新型の毒ガスを失敬してきたんだ。ウミナオシケに毒物は効きづらいが、この胸糞悪いクソ寄生蝿どもならウミナオシケ自体より防毒能力が低いという実験結果から、地方の鉱山で見つけた鉱物毒をベースに……」

何故か喜々として語るヤツデに、マガムネが口と鼻をハンカチで覆いながら激怒しだした。

「能書きはいい！　それよりも化学兵器を使うなら、先に言えぇ！　げほっ！　ヒビキが動かなくなっているではないか！」

ヒビキが床に倒れたまま顔だけヤツデに向けて怒号をぶちまけた。

「ゲホッ！　ヤツビッチてめぇえ！　アタマおかしいのかよコラ！　ナニしてくれてんだクソが！　おれらにもその顔面のヤツ配っとけやゲッホ！　ゴホッ！　オェエッ！」

だがヤツデはヤレヤレといわんばかりに両手をあげたポーズで首を振った。

「悪いが、このガスマスクは三機用なんだ」

おい、ふざけんな！　死ね！　等と罵詈雑言が飛び交っていたが、ヤツデは常日頃、問題を起こしては隊長職を悩ませるシンレイやマガムネ、ヒビキを痛めつけて満足したのか、ようやく真面目な口調に戻った。

「大体、神凪が人間の毒物なんかで死ぬわけがないだろう。ヒヨコみたいにピーピー騒がず、体内の戦血を使って解毒したまえ。その経験が、いつか役に立つ」

ヤツデの意味深な台詞の後、ベニマルがガスマスクをつけ終わってから蝿を指差した。

「あ！　ホントだ！　凄いや！　寄生蝿が全滅してる！」

そのかわり味方も半減している気がしたが、ユウヒがガスマスクをシンレイにつけさせようとしてはシンレイに拒まれている間に、ヤツデが毒ガスを使った意図を話した。

「……そう、これは人間の生息圏である帝都では毒物に耐性が無い人類を殺してしまうので市街戦では使えない。だからこそ今回のような閉鎖空間では寄生蝿に対して甚大な威力を発揮する事が証明された。それに水路から人間の生活用水を汚染する心配もないと、研究所も判断していてだね……」

また何故か楽し気に語るヤツデ。ベニマルが小声で注釈した。

「そういえばヤツデって、拷問とか残酷な世界史の本とか、大好きだったよね……」

目ざとく効きつけたヤツデにベニマルは顔面を掴《つか》まれていた。

これで寄生蝿に襲われた場合は、地下水路に閉じ込めて殺虫する方法がとれるという事だった。

そしてヤツデが他の誰でもなく、ユウヒに寄生蝿対策の兵器を渡した意味も悟った。

（カムイさんを喰ったウミナオシケが、私を……狙って……？）

ヤツデの説明に辻褄は合っているように思う。

そしていつかの帝國劇場の窓から、此方《こちら》を見ていたカムイらしき人影……。

だが、通常ウミナオシケに喰われた者は声も姿も記憶も化物どもに奪われる。その記憶があまりにも強く、ウミナオシケが引きずられたとしたなら……？

（カムイさんは、自分の死の原因になった私を憎んでいるのだろうか……。だから生け捕りにして痛めつけたいのか？　その記憶が負の感情を好むウミナオシケの中で何らかの反応をしてしまった……？　いや、わからない……。そういえば私は、カムイさんの事をほとんど知らない……）

不安になっていると、シンレイが肩に触れた。

「ユウヒ……」

言葉は無くとも、その眼差しから此方《こちら》を案じる温もりを感じた。

シンレイの手に自分の手を重ね、ユウヒは頷く。

「貴方が居てくれる限り、大丈夫です」

それから寄生蝿は出てくる事もなく、他のウミナオシケの襲撃も止まった。

糸を頼りに地下水路を進むと、やがて突き当りにさしかかった。

梯子《はしご》がかかっており、上部にはマンホールの蓋が見える。

蓋は開いており、ここからウミナオシケは水路に下り、帝都中に散らばっていたと思われた。

水路を出た所を襲われた場合を考え、シンレイがヤツデと先頭を交代した。

頭部を狙われても即死を免れる人選のようだが、案じるユウヒにシンレイは手を振った。

「問題ない」

その言葉通り、シンレイは長身とは思えぬ動きで梯子《はしご》を登り切ると、飛びだすようにして地上へと出た。しばらく後にシンレイが顔を出して周囲に危険が無い事を知らせた為、ヤツデを殿にして先へと進む。

そして地下から出た先に広がっていたのは、洋風建築の中庭だった。海外から輸入したと思われる樹木や花が植えられた庭園に人の気配はなく、ところどころに血がついている。

「ここは……」

見覚えがあるようなないような感覚に見舞われていると、少し離れた位置に居たマガムネが歯噛みした。

「……帝劇ではないか……！　おのれ、出来損ないどもめ……！　母上の愛する帝劇を薄汚い死臭で穢《けが》すとは、万死に値する！」

帝國劇場は以前の蟹のウミナオシケが劇場前で大暴れした事でしばらく閉鎖されていたため、中庭から糸を辿って劇場内へと入り込む事となった。糸は建造物の最上階、天窓に続いていたのでヤツデが壁を登り、糸をロープがわりに垂らす手筈となったが、ベニマルが不安げに呟いた。

「ね、ねぇ、これって不法侵入なんじゃない？　いいのかなぁ……」

だがベニマルにヒビキが答える。

「あ？　ニンゲンサマの為に戦ってやってんだからよぉ、つまりニンゲンサマをオマモリする為に仕方なくって事にならね？　つか、おれらに入られんのが嫌なら、テメェらで殺せばいいだけなんだしよぉ。それが出来ねーなら風呂だろうが便所だろうが突撃されても文句言うなってソーローパイセンかヤツビッチが言えっつうハナシじゃね？」

謎の理論な気もしたが、ヤツデに続いて壁を登っていたマガムネの後にユウヒも白壁を進む。

天窓から入り込んだ場所は、客席が並ぶ通常の場とは違う、小規模な舞台のように見えた。

それでいて粗末な場所ではなく、緞帳《どんちょう》も舞台の床も何もかもが豪奢で手入れもされており、つい最近まで人が出入りしたような印象を受けた。

(ここに、本当にウミナオシケが……？)

糸が中の天窓で切れていたので、皆で手分けしてウミナオシケの痕跡を探す事となった。

(この場所に、本当に凄い数のウミナオシケが居るのかな)

ユウヒは天窓以外の窓から外を確認してみたが、見えた景色にまた言い知れぬ不安を抱いた。

その窓から見えたのは、以前にユウヒらがソウイチロウらと共に蟹のウミナオシケと対峙した広場だった。同時に、あの時の窓の人影が錯覚ではないとも感じる。

(この位置にカムイさんを喰ったウミナオシケが立っていて、私を見ていたのか……)

まるで今にもそのウミナオシケに背後から襲われるかのような気がして身震いをする。窓の傍にあった小テーブルに手をついた拍子に、何かが床に落ちた。

ユウヒは足元に投げ落とされた本を手に取る。

表紙には『帝都グランギニョール』という表題が書かれていた。

「……？」

演劇の台本のようだが、頁《ページ》を捲《めく》ってみてユウヒは息を飲んだ。

「これは……ッ」

ユウヒの異変に気づいたシンレイが覗き込んできた。他の神凪も捜索の手を止めてやってくる。皆が絶句するのが空気で伝わってきた。

その台本に書かれていたのは、帝都を守る人造人間達が人を喰らう奇形の物の怪と戦うものの、全員が殺されて捕食され、最終的には防衛網を失った人間も物の怪に喰い尽されて絶滅するという……いわゆる『御禁制』の恐怖演劇だった。

「ま、まさか、御禁制の恐怖をかきたてる演劇を……？　しかも……」

台本の中に出てくる地名も人名も全て現実に存在するものであり、ソウイチロウやヤツデといった神凪の中でも名が知られている者が登場人物として書かれている。そして彼等が無残に死ぬ姿も。

同胞を庇って犬死するソウイチロウや、頭部を損壊されて廃人になるヤツデ、暴徒と化した人間の鬱憤を向けられて殺されるマガムネとヒビキ、戦えなくなったシンレイが機関に処分されて死ぬ姿、そしてウミナオシケに喰い殺されるカムイの詳細が書き連ねられていた。

「っ……」

吐き気を催したユウヒだったが、自分の末路までそこには記されていた。

とあるウミナオシケに囚われたユウヒは、その異形によって全身を凌辱され、快楽の虜ととなってそのウミナオシケの子を孕み続けたと書かれていた。

ユウヒだけは死でなく、化物の伴侶となって永遠に犯され、子を生まされるだけの苗床となった最後を受け入れて歓喜する末路を割り振られていたのだ。

汚らしい異形の触手がユウヒの全身をまさぐり、最奥まで貫かれては欲望を注がれ、ユウヒ自身も搾精されながら快楽を支配されるシーンが何度もあった。

最終的に作中のユウヒは仲間を殺した化物に愛と献身を誓って自ら肉の奴隷となり、雌牛のように乳まで出る体に改造された挙句、化物と化物に産まされた子に搾乳されながら嬌声をあげて絶頂する結末で締められ――。

「う、おぇっ……！」

読んだユウヒは目眩を覚えて口を押さえた。吐きかけた途端、シンレイが手から台本を奪い取る。そして、かつてない憤りを滲ませる激しさで破りつくし、投げ捨てた。

シンレイは破壊の後に、ユウヒの震える体を抱き寄せ、安堵《あんど》させるように背中を撫でてくる。その指先が背に触れるたび、乱れた呼吸が整えられるようだった。

「はぁ、はぁ……」

おぞましいものを破壊され、シンレイの優しさによって少しだけ落ち着いたが、ベニマルは青ざめて震えているし、ヒビキは激怒し、ヤツデまで恐ろしい形相で台本の破片を睨んでいた。

一体これは何なのかという疑問が浮かぶ。

誰もが言葉を失う場に、床が軋《きし》む音が響いた。全員が音の方向を振り返り、身構えるも、そこに居たのはウミナオシケではなく、人間の平野だった。

平野は舞台袖から出てきていた。

此方《こちら》の姿に気づいた瞬間は驚いていたものの、直ぐに唾を飛ばして怒鳴りつけてくる。

「き、貴様ら！　神凪がどうして此処《ここ》にいる！　ここは儂が大金をはたいて手に入れた、専用の場だというのに、何をしておるのだ！」

平野の言葉で察したのか、シンレイとヒビキが進み出る。

「ユウヒで気色悪い妄想劇をしていたのは、お前か」

「テメー！　しょーもねぇモン読ませやがって！　マジブッ殺す！」

今にも殴りかかりそうな二機だが、ヤツデは止めないどころか、一緒に暴力行為に参加しそうな勢いで拳を鳴らしていた。そんな中、マガムネが吐き捨てるように言った。

「ウミナオシケどもを呼ぶとされ、禁制の恐怖演劇……。貴様は劇場の最上階にある特別舞台席で演じさせていたのか。禁制の演劇を恐れ嫌がる役者や劇場の支配人を金と権力で脅して……」

マガムネの責めに、平野は鼻を鳴らして傲岸不遜に眉を顰めた。

「フン！　儂は文化の保護という崇高な意思で帝劇にもそれなりに支援しておるのだ！　その儂に劇場側が誠意を見せるのは当然であろうが！　まぁ、高尚な人間の常識は人形には分から……」

言いかける平野の頬をマガムネが投げたナイフが霞めて地面に刺さる。

「ヒッ……！」

平野は先程までの威勢は何処へやら、攻撃されかけた途端にマガムネの冷酷な眼差しに青ざめて怯えている。そんな男をマガムネは怒鳴りつけた。

「莫迦《ばか》が！　己の下卑た欲求を満たすだけの、いかがわしい宴に耽る愚物の貴様に芸術の何たるかを語る資格など無いわ！」

憤激するマガムネの前にヒビキが踏み込む。

「もういいから殺そうぜコイツ！」

怒りにかられる者達の姿に平野は混乱しているように見えた。基本的に人間に逆らわないはずの神凪が、それも逆らう者が一部居たとしても人間への危害は止める者の方が圧倒的に多い存在が誰も制止に入らない事に危機を覚えたのか、舞台袖に向かって逃げ込んだ。

「あ！　テメ！　待てやコラ！」

ヒビキが舞台に飛び乗り、シンレイとマガムネも平野を追いかける。ヤツデも舞台に乗った。

「まさか全員が本気で攻撃したりは流石にしないと思うが、一応、止めに入るか」

そんなやる気の無いヤツデの言葉が終わるか否かの速度で、何かが舞台袖から飛んできて、床に叩きつけられた。

その凄まじい力で床は割れ、勢い余って叩きつけられた『もの』が転がり落ちてくる。

足元に伏す者達に、ユウヒは息を飲んだ。

「え……？　シ、シンレイ殿？　マガムネ先輩に、ヒビキ先輩まで！」

シンレイもマガムネもヒビキも、圧倒的な力で弾き飛ばされでもしたのか、昏倒しかけているらしく、起き上がる動きまで鈍い。

神凪最強格の三機が一瞬で倒された異常事態を信じられずにいると、今度は舞台袖から平野が顔を出した。

まさか、平野が……？

そんな風に考えたユウヒの眼前の舞台では、平野の生首が落ちた。

「え……？」

続いて、平野の首から下が舞台袖から、ぬらぬらとした太い木の幹のような触手に貫かれた状態で出て来たのだ。

首が落ちた人形がぎこちない動きで歩かされているような、醜悪な光景の後に、新たな触手が舞台床を這い、平野の四肢を掴《つか》んだ後に、力任せに引き千切る。ぼたぼたと散らばる血と肉片、引きずり出された臓物がぶちまけられた鮮血の舞台を前に、ユウヒは動けなかった。

「あ……ぁ……」

先程の残酷劇の内容が脳裏をよぎる。

おぞましい触手によって苗床にされ、ウミナオシケの番にされた自分の末路を。

「う、うわぁあああ！」

立ち竦《すく》んでいると、ヤツデがユウヒの襟首を掴《つか》んで、後方へ放り投げる。

「ッあ！」

ベニマルも同じように扱われたのか、舞台から最も離れた窓際まで転がっていたが、痛みで我に返ったユウヒが直ぐに体勢を立て直すと、軍靴が音をたてた。

少し足を引きずるような控え目な靴音。それは何度も聞いた、懐かしい男が生み出す音。

血染めの舞台の上に姿を見せた男が、此方《こちら》を向いた。

現れたのは、神凪の軍服を身に纏《まと》った、カムイだった。

「カ、カムイさ……」

呼びかけて、ユウヒは口を噤《つぐ》む。

カムイはウミナオシケに喰われ、その力も姿も奪われた。

だから、目の前に居るのはカムイではなく、カムイの皮をかぶった異形の化物なのだ。

その証拠に、どれだけカムイを装っても、その背から生えた幾本もの触手が蠢《うごめ》き、蛇が鎌首をあげるように、シンレイらを狙っている。

だが、それ以外は生前のカムイそのものだ。彼は口を開いた。

「久しぶりだな、ユウヒ」

どくん、と心臓が脈打った。声も口調もカムイそのものの流暢《りゅうちょう》さで、化物じみた歪な顔とカタコトの口調を期待していたユウヒを無様に揺さぶる。だが、ユウヒは頭を振り、声を荒げる。

「五月蠅《うるさ》い！　ウミナオシケがカムイさんのふりをして馴れ馴れしく話しかけるな！　お前が皆を攻撃し、人間を殺したのか！」

しかしウミナオシケは目を伏せるように細めると、長い髪の先端を指で弄んだ。その表情も仕草も、カムイが返答に困った時にするものだった。それすら穢《けが》された事にユウヒは怒りにかられる。

また怒声を放つ前に、ウミナオシケが口を開く。

「ワタシは攻撃などしていない。眠っていたら、そこの人間と後輩達が騒がしく駆け込んできたから、少し撫でて追いだしてやっただけだ」

「嘘をつくな！　撫でただけでシンレイ殿がこんなになるわけが……」

シンレイの名を口にすると、カムイの姿が消えた。

何処に行ったのかと周囲を見回す。すると、真横のベニマルが悲鳴を上げ、ヤツデは振り返って顔を強張らせた。背後から伸びた手がユウヒの体に触れ、そのまま抱え上げられる。

「え？　え？」

それがカムイの逞しい腕だと気づいた時には既に首筋を舐められていた。

「ッ！」

敏感な部位に舌を這わされ、気持ち悪さに体が硬直するも、そのままユウヒの軍服の中に触手が滑りこんでくる。

「ア……」

触手は先端が様々な形に変化するのか、服の中でユウヒの胸の突起に吸いつかれ、臍《へそ》を弄られる。

「ユウヒ！」

シンレイの声が聞こえた。

シンレイにしか許した事のない部位を化物に愛でられ、屈辱と嫌悪で涙を滲ませていると、ウミナオシケが耳元で囁いた。

「……ワタシの前で、他の男の名を呼ぶな」

「な、なに、いって……」

「オマエは、ワタシのモノだ」

「ち、がう……」

耳朶《じだ》を甘噛みされ、耳孔《じこう》を舌で濡らされた。見かねたヤツデが糸を放ったが、それをウミナオシケは何なく掴《つか》むと、逆に力任せに引っ張り、ヤツデを太い触手が薙ぎ倒す。

壁に叩きつけられたヤツデが立ち上がろうとするも、他の神凪と同じく、触手が手足を拘束し、全員が床に縫いつけられたように動けなくなった。それも凄まじい力で締め上げられているのか、骨が折れる鈍い音と、仲間達の呻《うめ》き声が聞こえる。

「ユウヒ！　ユウヒ！」

そんな中でもシンレイだけは床を這いずりながら、ユウヒを救おうとしている。それすらもカムイの姿をした化物は鋭い触手でシンレイの手の甲を貫き、床に繋ぐ。

「ぐっ！」

「シ、シンレイ殿！　シンレイ殿！」

だがウミナオシケはユウヒがシンレイの名を呼ぶたびにシンレイを痛めつけ、ユウヒへの淫靡な苛みを増す。

それでもユウヒがシンレイに向けて手を伸ばし、シンレイも傷だらけになりながらもユウヒを諦めない姿に、ウミナオシケは痺れを切らしたのか、ユウヒを抱えて窓へと向かった。

「ど、こへ……」

ユウヒは際限なく与えられる肉体的な快楽に息も絶え絶えになりながら問うと、異形は笑った。

「薄汚い神凪どもの前で、誰がオマエの男か示す為にオマエを犯そうと思ったが、止めだ」

そしてウミナオシケは更なる絶望の一言を付け足した。

「誰の目にも触れぬ場所で、オマエにワタシの子を孕ませ、番にする。オマエの体がワタシ以外の誰も受け入れられないように、ワタシの為の肉体に作り替える」

「そ、そんな……！」

そんなのは絶対に嫌だ！

ユウヒは泣き叫び、逃げようともがく。

だが、細い体を締め上げる触手の力は増してゆく。そのまま何処かへ連れ去られるかと思われた時、ウミナオシケが動きを止め、呟いた。

「こ、れは……？」

化物が振り返る。

部屋の中を横たわる触手に、シンレイの能力である刀が突き刺さっていた。

それもただの刀ではなく、骨と肉で構成された大型の刃物は毒々しい緑色に染まっている。

寄生蠅を殺す為の毒物を体に取りこみ、毒素を濃縮させた肉と骨で作った刀は、ウミナオシケの触手を腐らせ始めていた。

そして触手の影から忍び寄ってきていたシンレイが飛びだしてきた。

肉体のほとんどを猛毒の武器作成に使用したシンレイの体は人間の子供くらいにまで縮んでいたが、それでもシンレイは小さな骨の刃物を突きだし、ウミナオシケの顔を貫いた。

「ッ！」

顔面を刺されたウミナオシケはユウヒを腕から落とし、そのユウヒをシンレイが受け止める。

「ユウヒ！」

「シ、シンレイ殿！」

シンレイは子供の小さな腕でありながら、ユウヒを抱えたままウミナオシケから距離をとる。

ウミナオシケの触手の拘束が解けた事でヤツデやマガムネらも起き上がっていたが、当のウミナオシケは、顔を押さえたまま、ふらつく足取りで窓に寄りかかる。そして、此方《こちら》を見つめた。

「ユウヒ……」

まるでカムイが生きていた時のように、切なげに名を呼んだ後、体勢を崩した化物は、その身を窓から転落させたのだった。

第九章　鬼畜の所業

あれから直ぐに窓の下を見たが、地上にウミナオシケの死骸は無かった。

(逃げたのか……？)

血の痕が点々と続いていたが、それだけしか痕跡は残されていなかった。

そして……。

突然のウミナオシケカムイ型との遭遇で既に部隊は満身創痍《まんしんそうい》だった。

シンレイは肉体の大半を失って子供の姿になっているし、ヒビキは床に座り込み、マガムネは折れた腕を押さえて仏頂面だった。ベニマルとヤツデは比較的損傷の度合いが低いように思われたが、やはり誰もが負傷によって傷口から戦血が漏れだしている。

神凪は人間や生物のように自然治癒能力が無い為、産女の間に戻るしか損傷の修復ができない。

「おい、ヤツビッチパイセン、マジもう今日は帰りてーんだけど」

ヒビキが珍しく弱音を吐いていたが、ベニマルも隣りで何度も頷いた。

「またあの触手の人が出てきたら、ボク無理だよ〜」

泣き言を漏らさざるを得ない状況だったが、ヤツデはソウイチロウと連絡をとった後、にこやかな表情で手の平をぱんぱんと叩いた。

「よし、じゃあ進軍を続けるとしようか！」

「「「は？」」」

ヒビキとマガムネとベニマルの声がカブっていたが、ヤツデは手を叩いて急かす。

「ヤツデは止めたのだがね、隊長殿が『普段から空気を消費するだけの風船アタマ野郎どもがサボってんじゃねぇぞ！　テメェらのクソみてぇな愚痴をひり出すケツ穴以下の口を俺様の剛直でファックしてメス犬にしてやろうか！』と、酷くお怒りでね……」

絶対嘘だ！　とユウヒですらわかったが、シンレイがそのままソウイチロウに連絡したらしく、ソウイチロウから脳内に【そんなこと言ってないし思ってないぞ！】と必死の弁明がきた。ヤツデも疲れているのかもしれない……。

そんなヤツデは道具袋から金属製の容器を幾つか取り出し、それを皆にわけながらマッチの準備をし始めた。手渡された金属容器の中には妙に臭う固形の石鹸のようなものが入っていたが、ヒビキが容器を叩きながら文句を言う。

「いや、これ無理だろ？　つか、他に神凪いねーのかよ？　あと何だよこのクセー石鹸は」

あまりの臭いに、シンレイまで猫が靴下を嗅いだ時のような顔をしていたが、ヤツデはナイフをマッチの火で焼きながら告げた。

「ああ、それは我が国と同盟国が共同開発したばかりの、神凪専用レーションだ」

れーしょん……？

聞き慣れない横文字に戸惑っていると、マガムネが「……携帯糧食《けいたいりょうしょく》か」と言ってから、容器をヒビキに渡した。

「ヒビキ、食え」

「は？　いらねーよ！」

怒るヒビキにベニマルも自分のレーションを彼の膝に置いた。

「ボ、ボク、小食だから、ヒビキにあげる！」

「は？　いらねーっつってんだろ！　マジこれ臭いだけで確実にヤベェ予感しかしねぇんだけど、開発したヤツ、テメーで食う前提で作ってねぇんじゃねぇのか！　つか、いてぇなヤツビッチ！傷口を焼いて塞ぐの止めろっつってんだろ！」

ヒビキは元気そうに見えるが、ウミナオシケに一番激しく殴り飛ばされたらしく、損傷が酷い。

そのレーションを食べると失われた戦血を幾らか補充できるらしい。

が、神凪同士の補給行為よりも遥かに劣る、いわゆる気休めレベルのものだと小声で言っていた。

ヒビキは激マズレーションを作るより、傷口を原始的に塞がなくていい技術を開発しろと憤っていたが、シンレイは黙々と食べている。

「シンレイ殿……。お、美味しいですか？」

好き嫌いが無いユウヒですら躊躇する異臭を放つ食べ物をコンニャクでも食べるようにヌルヌル食べているシンレイに問いかけると、彼は首を左右に激しく振った。

「……腐った内臓を食べる方がマシな味がする」

「う、うわぁ……」

「でも、お前を守る為なら、何でもする」

「シ、シンレイ殿……！」

ウミナオシケに拉致されかけた時も、シンレイは我が身を犠牲にしてまで助けてくれた。そんな愛しい男にユウヒは自分に出来る事は何か無いかと考え、シンレイの隣に座ってくっついてみる。

「どうした？　寒いのか？」

シンレイが此方《こちら》を見上げて、子供特有の丸い目をぱちぱちさせていたが、そんな彼にユウヒは意を決して告げた。

「先程はありがとうございます」

「気にするな」

子供の顔でクールな反応にまたトキメいたが、ユウヒは両手を握り締めて力説する。

「でも、あの時のシンレイ殿、凄く格好良くて雄々しくて立派で……なんて素敵な方なのだろうと、改めて最高に痺れました……」

「……そうか」

シンレイの頭頂部の毛が、猫が喜んだ時の尾のようにピーンと立っていた。素っ気ない無表情だが、かなり嬉しかったらしく、頬を赤くして、また此方《こちら》をチラチラ見ている。

そんなシンレイにユウヒは寄り添い、問いかけた。

「あ、あの、だからシンレイ殿に何かお返ししたくて……。嫌だったら言ってくださいね？」

前置きしてから、シンレイの頭を撫でた。途端に、シンレイの瞳がとろんと緩む。相当に気持ちいいのか、まるで喉を鳴らす猫のようで……。

（猫、といえば……）

思いつきで、シンレイの顎の下を撫でてみると、シンレイは「ぅお……！」と聞いた事がないような声を漏らした。そして彼が猫だったなら、かなりの大音量でゴロゴロいっていたであろう程に、ユウヒの手つきに酔い痴れている。

「シンレイ殿？　ここですか？　ここがいいですか？　ふっふっふ」

あまりに気持ち良さそうなので調子にのってなでなでしていたら、いつの間にかシンレイが体に覆いかぶさってきていた。

「あ、あの、シンレイ殿……？」

少年の体なのでいつもの圧は無いはずなのに、シンレイは瞳に熱を滲ませて呼吸を乱していた。

「ユウヒ……抱いても、いいか」

「えっ」

高鳴る心臓を持て余していると、ヤツデが割って入った。シンレイが殴りかかっていたが、手がヤツデに届かず、怒っている。

「はいはい、続きは基地でやりまくりたまえ。じゃあ、補給も終わった所で、恐らく地獄絵図となる場所の捜索だ。覚悟を決めたまえよ」

何故ヤツデが一呼吸を置いたのか、わかったような気がした。流血が乾きかけた舞台の床には大穴が開いており、カンテラで照らすと、人影のようなものが見えた。

ウミナオシケが触手で破壊した時、ヤツデは何となく違和感を覚えたらしい。

一同が頷き合う。

そして万が一の事態を考え、負傷の度合いが大きいマガムネとヒビキを残し、奈落へと降りた。

足を踏み入れた瞬間……。

「……！」

ユウヒは妙な臭いを感じて鼻を覆う。恐らく人間には判別がつけられない程度の臭いだろうが、人間よりも五感が鋭い神凪ならば直ぐに気付く濃度だった。

（なんだ？　この血のような……でも少し違うような妙な臭いは……）

傍らのシンレイを見上げると、彼も眉を寄せて鼻に皺を寄せて牙を剥きだしにしていた。まるで犬の威嚇する姿だと場違いにも連想したが薄闇の中を進んでみる。

（此処《ここ》に何が……）

そう考えながら皆で内部を捜索する。

だが、奈落には劇場の者も居たらしく、隅で仕事をしている人間を見つけた。

奈落に放置された小道具を片付けているらしく、忙しなく整理している。

「あ、すみません……」

そう声をかけたユウヒだったが、相手が振り返った瞬間、ユウヒとベニマルは悲鳴を上げた。

「ユウヒ？」

シンレイらが駆けてくる音が聞こえたが、ユウヒは目の前の相手の恐ろしい姿に思考が停止していた。

相手は恐らく女性のようだったが、髪はほとんどが抜け落ち、禿《は》げた頭部と顔の境目がつかなくなっている。そしてその顔は目も鼻も、白い『何か』で埋まって機能していなかった。口だけは開け放たれていたが、そこから覗く口内に歯はほとんど残されていない。

目と鼻を潰している『何か』は、虫の卵に似た集合体のようだった。

その卵のようなものが孵化《ふか》した中身が、喉の奥から口を伝って産まれている。

それは広場で神凪が殺し尽くした蟹のウミナオシケの小型になる前の姿だった。

「あ、あぁ……」

ユウヒは口を押さえて後ずさる。最初に『仕事をしている』と感じたのは、その規則正しい動きから感じたものだったが、女性が上げ下ろししていた『モノ』は、床に横たわっている、同じく変わり果てた姿になった女性達の体から這い出てくる超小型ウミナオシケの集合体だった。

苗床から次々に生み出されるウミナオシケを『仕事する女』は働き蟻のように取り出しては機械的に移動させている。それらは床に転がる女達の足や股に集められていた。

『床に横たわる女』達は機械的に動いている女よりも更に悲惨な姿をしていた。

ほぼ全裸に近い体の皮膚のあちこちが蠢《うごめ》いているが、その腹部は大きく膨れ上がり、彼女らの両脚の間には何かが動いており……それは人間の赤子だった。

正確には産み落とされた人間の赤子の脳をウミナオシケの幼体が喰らっているので、動いているように見えるだけだった。

ウミナオシケの苗床にされた上に、産まされた赤子はその化け物どもの生餌にされている彼女らは、それでも死なぬように最低限の意識は残されているのか、鼠の鳴き声のような音を口からウミナオシケの幼体と共に漏らしていた。

あまりにも非人道的、惨たらしい光景にユウヒは目眩を覚えて足をふらつかせたが、倒れる前にシンレイに腕を掴《つか》まれ、支えられた。

「シ、シンレイ、殿……」

その強い力と肌の温度に、幾らか正気に戻ったユウヒがシンレイを見上げる。

シンレイはウミナオシケに利用された女達の姿を目にした後、静かに告げた。

「……ソウイチロウを呼ぶ」と。

そう話すシンレイの声を聞きながら、ユウヒは見覚えのある着物を身につけた女性が部屋の片隅で蠢《うごめ》いているのを見た。ヤツデも奈落に広がる惨状に言葉を失っていた。

「これは……ッ、なんという事だ……」

「……」

超小型ウミナオシケ達は人間で例えるなら赤子よりも前の胎児の段階に近いらしく、攻撃をしてこない。だが、そんな弱い個体でも人間の赤子を食べ続けて知性を得た事でロ型の蟹のウミナオシケとなったのだろう。蟹のウミナオシケの甲羅に浮かんだ死に顔が赤子ばかりだったのは、此処《ここ》で人間に子を産ませ、それを捕食し続けた事を意味していた。

ヤツデは判断に迷っているように見えた。蟹のウミナオシケに寄生された人間は無理に引き剥がすと直ぐに死んだ。一縷の望みをかけて生け捕りにした個体は機関の研究所に送っていたが、此処《ここ》の女達は体の大半をウミナオシケに喰われており、生命維持に必要な臓器程度しか残されていない皮袋も同然の状態だった。

そして繰り返される地獄のような生によって全員が心を破壊されており、もはや意思疎通の会話も成り立たない。人として生きる見込みのない女達を研究所に送った所で、死ぬまで実験に使われる末路が待っている事は神凪ならば容易に予想がつく。

だが、だからと言って「では殺して楽にしてやろう」と即決できる者が此処《ここ》には居なかった。

誰も答えを提示できなかった。

ユウヒも何が正しいのか、どうするべきなのかが全く分からなかった。

命を奪った方が救いとなるのかもしれない。

だが、それを肯定できない。人間の命や権利を決めれる立場に、神凪はいない。

ヤツデはソウイチロウと会話していたようだが、やがて何とか絞り出すような声で告げた。

「機関に……報告し、指示を待つ……」

方針が決まった所で、基地から応援として駆けつけた他の神凪達が女性達を担架に乗せて布をかけて運び出す事となった。

劇場の入り口の階段に座り込んだユウヒは憔悴しきった顔をしていた。

ソウイチロウとヤツデが今後について話し合っている声を聞いていると、神凪達の中で一機だけ普段と変わらぬ素振りを見せていたシンレイが話しかけてきた。

「ユウヒ」

「何でしょうか……」

ショックで疲れ切った顔で応えると、シンレイは隣りに座ると、運ばれてゆく棺《ひつぎ》のような担架の群れを指差した。

「駄目ですよ。人間様を指差したりしては」

注意したが、シンレイは率直な感想を口にした。

「ウミナオシケは大地から生み出される物の怪と言われている。本来は奴等に自然繁殖する力は無い」

シンレイの台詞に、近くに居たソウイチロウとヤツデも反応した。

「そんな力があれば、ウミナオシケはもっと増えている。それが出来ないから、今までは過去のデータを元にして、ある程度は発生数に予測がつけられた。だが、今回のこいつらは人間に産卵し、増殖しているように見えた。まるで人間が畑で育てた作物を収穫するように」

シンレイの言葉の後、生温い夏の風が吹いた気がした。

空には濁った曇天が拡がり、激しい夕立を想起させるような湿り気が周囲を埋め尽くしてゆく。ぱらぱらと地面に雫《しずく》が落ちて染みを増やしていった。

それを見ているしか出来ないユウヒに、シンレイは告げる。

「ウミナオシケに、何かが起きている」

声は激しく降り始めた雨音に飲みこまれる事なく、ユウヒの耳に刻印のように焼き付いた。

第十章　この戦いの結末に安寧など存在しなくとも

帝國劇場の一件は神凪内部だけでなく、機関をも揺るがす事態であった。

機関に多額の出資を続けていた平野による御禁制の演劇の個人的な上演問題は、平野一族からの高額の賄賂《わいろ》によって揉み消されてしまった。

劇場を訪れた女性の何人かが姿を消したのは、悪辣《あくらつ》な知恵をつけたウミナオシケに拉致され、ほとんど使われていない奈落で苗床にされていたからという神凪の調査報告書は、機関が『証拠不十分』として却下した。

あの蟹のウミナオシケに寄生された人間や、苗床として生かされていた女性達の中で研究所から出て来られた者は居ない。どう扱われているのかすら分からない。

ソウイチロウやヤツデは何度も足を運んで被害者の状況を知ろうとしたが、研究員から門前払いを受けている。

今も被害者の家族は行方不明になった者を探し続けている。そう思うと、事件そのものは解決したのに、人間の心の傷だけは開いたままで、ユウヒはいたたまれない気持ちになった。

こんな悲劇を繰り返してはならないとソウイチロウらは更に決意を固める事となった。

上層部は連日のように議論を重ねては、その場にソウイチロウやヤツデを呼び出している。

だが人間達が欲しいのは具体的な対策の為の情報ではなく、神凪による『大丈夫です。我等が全てを解決します』という無責任も甚《はなは》だしい言葉のみ。責任の所在を決めたいだけのようだ。

実直なソウイチロウは真正面からウミナオシケの危険性や今後についてを話しては機関に煙たがられていたが、搦《から》め手が得意なヤツデは裏から何らかの手を回したらしく、夕方から明け方にかけて出没するウミナオシケへの対応に特化していた神凪の体勢は変化を迎える事となった。

『限られた人数で更に交代制となるのは、またお前達に大きな負担をかける事になる。すまないが、この国の最後の砦である帝都に住まう人々の平和の為、何とか堪《こら》えてくれ』

宿舎の一室でそう話すソウイチロウは同胞からの信頼が厚く、そんな彼に異を唱える者は居なかった。

昼間のウミナオシケ発生時への対応の為、戦血の補充間隔が見直されたり、食事や睡眠といった神凪にとって生命維持に絶対的な必要性は無くとも生存活動の精度に関わる行動、更には風呂や洗濯等が見直されたりと、様々な変化も起こった。

それでも、あの特段マズい上に臭うレーションだけはソウイチロウやヤツデがどれだけ言っても、なかなか誰も利用しようとはしなかったが。

あれから昼間にウミナオシケが出たという通報は無い。機関による情報統制が行われているのか、人々は相変わらず夜は息を潜め、昼間は活発に働いている。

ソウイチロウは注意喚起の為に真実を伝えた方がよいと考えたようだが、いたずらに民心《みんしん》に不安を植えつければ、ウミナオシケに知覚され襲撃されるリスクを高める事もまた事実だ。ソウイチロウはその板挟みに苦しんでいるようだ。

今日は、ヤツデが精神的疲労が濃いソウイチロウをはじめ、目まぐるしい変化に順応しようと努力する同胞を演劇で慰労してくれるとの話で、ユウヒは再び帝劇に出向く事となった。

その前に戦血を補充しておこうと、自身が生まれた産女の間に向かうと、既に補給中のシンレイが背中にコードを挿した状態で赤い水の中に座り込んでいた。

「シンレイ殿、先に補給中でしたか」

話しかけながらユウヒが軍服を脱いでいると、水音がした。ぺたぺたと、濡れた足が近づく音に振り返る。背後にシンレイが立っており、此方《こちら》を見つめていた。どきりと胸が高鳴る。

「シンレイ殿……？」

問いかけると、後ろから伸びた手が体に触れた。

「あ……」

脱ぎかけた軍服すら愛でるような手つきに、思わず甘い声が漏れた。

だがシンレイはそれ以上を行わず、問いかけてきた。

「……ユウヒ、抱いてもいいか」

シンレイとは、あれから帝劇での事後処理で擦れ違いが多く、ずっと共に過ごせずにいた。

久々に予定が合ったのだが、ユウヒは顔を赤くさせながら頷く。

「……私も、今なら、貴方と私だけになれるかと思って……」

シンレイが目を見開いた。ユウヒもずっとシンレイと抱き合いたいと願っていた。

シンレイの頭を撫でるだけでは、自分の中の何かが飢える程に、彼を求めていたのだ。

「ふ……」

「あ……」

産女の間の赤い水の中で、お互いに生まれたままの姿になり、抱き合っていた。

シンレイの体を赤い水が伝い、ユウヒが濡れた手を彼の肌に滑らせると、シンレイは微笑み、唇を重ねてきた。

「ん、ん……」

夢中で舌を絡ませると、どちらのものかもわからぬ唾液が滴《したた》り落ちる。

久方ぶりの逢瀬はシンレイの欲情を昂らせたのか、既に彼の雄は硬く張り詰めており、その肉は早くユウヒの中に入りたいと訴えるように、此方《こちら》の腹筋にすりつけられる。そしてユウヒのものもシンレイに発情した事で勃ちあがっており、お互いの柄が擦り合う。

最も敏感な部位を触れ合わせているだけで達しそうになる中、シンレイは熱で蕩けた眼差しで、笑みを浮かべていた。言葉も表情も不器用な男が、神凪特有の発情の歓喜を浮かべるのは、自分との情事だけで、まるで話にきく人間のようだと思った。

人間は敵を見ても発情しないらしいが、その感覚はいまだにわからない。神凪は生まれながらに、殺すべき敵を見つけては性欲を抱き、その息の根を止める事で達する。

人間によって作られた、人間を模した生物。

まるで、神が人間を作った話と同じだと思っていると、シンレイの指が胸の突起を弄んだ。

「あ、あ」

大きな指が先端まで扱くように動き、ユウヒが感じる度に、同じ場所を強弱をつけて責めてくる。

そして漏れる声と反応で、シンレイは此方《こちら》の快感を察しているのか、ユウヒの乳首はシンレイによって性感帯として開発されてゆく。更には胸に舌を這わされ、甘噛みされた。

「あ、はぁッ」

片方は指でこねくり回され、もう片方はシンレイの舌の感触でくすぐられる。シンレイの口内で転がされた突起は、時に吸われ、時に舌で転がされ、そして歯で柔らかく、ぎちぎちと噛まれる。

その度にユウヒはのけぞり、シンレイに媚びるように甘い声を垂れ流していた。

「シンレイ殿……シンレイ殿……」

名を呼ぶと、目の前の雄は妖艶に笑う。与えられる快感に肉体が慣れる事など許さないように、シンレイは次から次へとユウヒの体を快楽に沈めようとする。

そして胸への愛撫だけで何度も達していたユウヒとは違い、シンレイのものはいまだに欲望を留めたままで、その高まる熱を吐き出したいと訴えるように、ユウヒの後孔に先端をあてた。

早く欲しいとシンレイに訴えたが、彼は長い指から戦血を滴《したた》らせながら、ユウヒの窄《すぼ》まりを押し広げる。その行為で中に戦血が入り込み、シンレイの指で広げられた内部に生温かい戦血がじわじわと広がってゆく。

（あ、　きもちいい……）

戦血は下の口から注がれても満たされるらしく、ユウヒの体に生命力が漲る。シンレイは久しぶりの行為なので気遣ってくれているようだが、彼の指が中を何度も出入りする感覚にすら、シンレイの全てを欲して飢えた今のユウヒには、おあずけを食らわされた犬の気分のようだった。

ユウヒはされるがままに体をヒクつかせ、爪先まで快楽に震わせては耐えていた。

（は、早く……早く……、貴方が、欲しい……）

シンレイの舌も指も汗も唾液も雄の部位も精液も全て全て欲しい。

それしか考えられず、ユウヒは開いた足をガクガク震わせながら、シンレイを待ち望み、もう数えきれない程に吐精した自身の精液が産女の間の戦血に混ざるのを見ていた。

だが、そんな淫らな姿に、シンレイが笑む声を漏らした。

劣情で濁った思考のまま彼を見つめると、シンレイも同じように発情したまま、呟いた。

「挿れたい」

その一言にユウヒは悦楽の笑みを浮かべて何度も頷いた。

「あ、は、はい……！」

シンレイは笑っていたが、きっと発情期の獣よりも瞳を爛々とさせていた事だろう。だが、もうシンレイと繋がる事しか考えられないユウヒは、彼の体にしがみついて蕩けた目でねだった。

「シンレイ殿の、は、早く、ほしい……」

ほぐされた蕾は咲き誇りたいと雄を求めるように、淫らにヒクついており、それをシンレイに跨って彼の太股にすりつけて伝えると、シンレイが押し殺した笑い声を漏らした。

「……こんなに、欲しがるユウヒは初めてだ」

愛し気な声にユウヒは恋心を昂らせたが、下肢の窄まりに何度も触れていたシンレイの剛直が、ようやく宛がわれる。待ち望んだ結合が与えられると理解したユウヒは言葉すら紡げずに、はぁはぁと吐息を繰り返す。そして尻を掴《つか》まれ、かきわけられた先に、指とは比べものにならない質量がユウヒの奥へと押し入ってきた。

「ッあ……！」

シンレイに跨ったまま貫かれ、ユウヒはのけぞる。

内側の媚肉を抉《えぐ》るように押し拡げるその雄の部位は、まるで自分専用の場所だと誇示するように、ユウヒの中に己の形をわからせるように抽挿を繰り返す。それがたまらなく気持ち良かった。

「あ、あ、あぁっ！」

甘い声を漏らしながらシンレイに揺さぶられていると、シンレイは舌なめずりし、獰猛な瞳で更に突き上げる。なのに痛みなど微塵も無く、まるでシンレイに犯される為に誂えられたような穴にユウヒは蕩けた笑みで、シンレイの動きに合わせて腰を振る。

お互いの動きが噛み合うと、ユウヒ自身ですら知らない最奥の快感が電撃のように体の末端まで走り、その快感にユウヒは身震いする程だった。

痺れる甘い感覚に言葉すら紡げなくなり、ユウヒは呆けた笑顔で唾液を滴《したた》らせながら、嬌声の合間に愛しい男の名を呼び続ける。

「シンレイ、シンレイ……」

どれだけ呼んでも足りない程の感覚に陥る。シンレイに穿たれていたユウヒは、あまりにも強い快楽と安心感に、生まれる前は彼とこうして一つの生物だったのではないかと錯覚する程だった。シンレイもそう思ったのかはわからない。だが、シンレイも満足げな表情でユウヒを抱き続け、やがてユウヒの内部で淫らに扱かれる己の剛直が限界に達したらしく、その最奥に大量の白濁を放った。

シンレイの射精と同時にユウヒもまた達し、快楽の余韻に震えていると、産女の間から伸びたコードが蠢《うごめ》いていた。

滞在中の神凪の戦血が枯渇すれば反応して自動的に出てくるようだが、そのコードがシンレイの背骨の下へと繋がる。ユウヒの体にもコードが伸びてきたが、それを掴《つか》んだシンレイが、濃度の高い戦血を滴《したた》らせるコードを見せてきた。

「ユウヒ……一緒に……」

シンレイが求めているものがわからなかったユウヒは、彼を見つめていたが、シンレイはユウヒの中から己のものを引きずり出すと、シンレイのものの形に広がった後孔にコードの先端をあてた。

「シ、シンレイ殿……？」

まさか、と問いかける前に、シンレイも熱にうかされた笑みで誘う。そしてユウヒは戦血を吐き出すコードを己の腹の中に収められ、初めての経験に、喘ぎ声を撒き散らしていた。

「あッ、ぎっ、まっ、まって、あ、あぁあ！」

シンレイの肉とは違う、硬質なモノが奥を出入りし、戦血を注がれる。中に出されたままのシンレイの子種と混ざった戦血が、結合部位からピンク色の液体となって逆流してきた。

シンレイはユウヒをコードで犯しながら、己の背骨から全身に注がれる戦血を感じて、興奮していた。

「ユウヒ、ユウヒ……ああ、これで、同じだ……」

「あ、な、ナカ、なかに、まざっ、あぁああ！」

同時に戦血を注がれながら獣のように睦み合うユウヒとシンレイだったが、シンレイの手でコードが出し入れされ、腹の中を金属の先端で突かれ、ユウヒはあられもない声をあげて絶頂を迎えた。

そしてユウヒの痴態を見ながら、コードで犯していたシンレイも、背骨から注がれた戦血に促されるように、恍惚とした笑みを浮かべて果てる。

そうして、揃って産女の間の水の中に倒れ込んだ。

「はぁ、はぁ……」

「はぁ……」

それでもユウヒはシンレイを求めてて手を伸ばし、シンレイもユウヒを抱きしめて口づけした。

そしてユウヒは再びシンレイの逸物によって奥深くまで貫かれ、何度も中に吐き出され、時間を忘れて繋がり合ったのだった。

◆

数刻後、ユウヒはシンレイと共に帝國劇場を訪れていた。今回は観劇の客として、である。

ユウヒは貸し切りとなったホールの一席に座りながら、きょろきょろと辺りを見回す。

「え、演劇を観るのは初めてです……。人間様が演技を見せてくださるなんて……！」

少し興奮気味に隣りの席のシンレイに話しかける。

「そうか」

洋装のシンレイは短く返事をしたが、素っ気ないわけではなく、此方《こちら》を見つめて次の会話を待っているように見えた。

そしてシンレイの耳が、少しだけ赤い。照れているのだとわかったのは、彼の横顔に見惚れていたユウヒの眼差しに気づいたシンレイが此方《こちら》に視線を向けた途端、赤面したからだった。産女の間では何度も交わり合って遅刻しかけたくらいだというのに、この初心な反応はどういう事なのか。

「シンレイ殿、目を逸らされると寂しいです」

シンレイの袖を引くと、彼は少し驚いて此方《こちら》を見つめた。

「……ち、違うんだ。その、すまない、お前を見ると……」

「見ると？」

先を促すと、シンレイは顔を押さえながら、降参したように告げた。

「……抱きたくなる」

その言葉にユウヒも赤くなり、どぎまぎしていると後ろの座席のベニマルとハクマルが話しかけてきた。

「ちょっと、シンレイ！　ちゃんと舞台の方を見なよ！　ユウヒの方を見てたら観劇の意味ないじゃん！」

「シンレイは、おしばいみるより、ユウヒにーちゃをみてたいんだよね」

ハクマルは後ろの座席から手を伸ばしてシンレイの長い髪を引っ張って遊んでいた。

シンレイはされるがままに放置していたが、その光景は大型犬が無愛想な猫にちょっかいをかけられているようで微笑ましい。今日は全員が軍服ではなく、絶対に私服で来いと言われていた為、ベニマルはハクマルと色違いの帽子をかぶり、ベストとシャツにズボンといった洋装姿だった。色違いでお揃いの帽子にハクマルは大喜びし、ベニマルは嫌がりながらも帽子を大切に撫でている。

「観劇では帽子は取りたまえ。野暮に見える」

ハクマルとベニマルの後ろの席から、ヤツデが笑顔で声をかけると、ベニマルとハクマルは同時に帽子を脱いで、同じ仕草で膝の上に置く。

それを見たベニマルが赤面して頬を膨らませた。

「ちょっと！　真似しないでよハクマル！」

「え、ええ～？　ご、ごめん、ベニマルにーに……」

ベニマルが照れ隠しで怒った姿を真に受けたハクマルがションボリしながら謝り、そんなハクマルにベニマルは、ばつが悪そうに口籠っている。

微笑ましい双子の姿にヤツデの隣席のソウイチロウが双子の頭を後ろから両手で撫でた。

「こら！　今日くらいはお互いの心に正直になって、仲良くするんだ！」

頭を撫でられて喜んで頷くハクマルと、頭を撫でられて嬉しそうなのに照れて素直に言えないベニマルは表情とは裏腹に嫌がる素振りを見せている。

後輩の姿を微笑ましく見ているソウイチロウは落ち着いた配色の和装だったが、ヤツデは派手な柄の和装の上にコートのようなものを身につけた格好だった。

普段から気苦労が多い二機だが、今日ばかりは羽を伸ばしたいらしく、どちらの表情も柔らかく見える。ソウイチロウが頷いた。

「しかしヤツデが、こんなに金を持っていたとはなぁ〜。給料は同じはずなんだが」

感慨深げに話すソウイチロウにヤツデは椅子に背を預けるようにして得意げな笑みを浮かべた。

「ヤツデはこう見えて倹約家なのだよ。キミは手持ちがあればあるだけ、後輩に土産を買い与えるから四六時中、懐が寒い。金は貯めて、使うべき時に派手に使う快感を大人の嗜みとして覚えたまえ。まぁ、キミが職を失って貧した時はヤツデが飼い犬がわりに飼ってやってもいいがね」

そう話してソウイチロウに悪戯な笑みを向けるヤツデ。だがソウイチロウは口を尖らせていた。

「いや、あのな？　広く誤解されているが、自分の合成生物は犬じゃないぞ！　狼だ！」

反論するソウイチロウに、ユウヒの前の席に居たヒビキが振り返る。

「それ犬じゃね？　狼って、ニンゲンに飼い慣らされて犬になったんだろ？　じゃあ犬じゃねーか」

ヒビキは前の座席の背もたれに足を乗せているという最低な座り方だった。しかもズボンに下駄、なのに上半身は裸に羽織を着ただけという、入り口で拒否されなかったのが奇跡のような格好で、ユウヒは劇場側の忍耐や配慮を感じてしまった。

ヒビキは観劇にも全く興味が無いらしく、文句ばかり言っている。

「あ〜、昨日の夜、出撃したばっかなんだよ。ねみー、だりー。つか、普段の慰労？　っつーんなら肉食わせろよ肉をよぉ〜」

「五月蠅《うるさ》いぞ、ヒビキ。黙るか死ぬか死ね」

そのヒビキの隣りに座っていたマガムネが苛々した口調で止めた。マガムネは黒のスーツ姿だったが、最も舞台がよく見える席を強く希望したあたり、かなり楽しみにしていたようだ。

だが不運にもクジ引きで隣りの席がヒビキになったのが相当に不満らしく、滲み出る怒りの空気が真後ろのユウヒにまで届く。そしてユウヒの眼前でケンカが始まりだした。

「お？　マガちん、やんのか？　殺し合いやんのか？　あぁ？」

「やらん。死ね」

「やろーぜ！　死ぬのはお前な！」

退屈していたヒビキはマガムネがケンカを売ってきたので殴っていいと考えたのか喜んで立ち上がりかけたが、後方からソウイチロウが叱り、ヤツデが糸を飛ばして床に縫いつけるように引き倒して拘束していた。

そうしている間に、舞台が始まった。

光が溢れる舞台の上を役者達が洗練された動きで立ち振る舞い、感情がのった台詞は瑞々しくて本物《げんじつ》のようだった。

（わぁ……）

思わず目を輝かせて見入ってしまう。

神凪という存在を扱った演劇だと聞いていたが、シンレイ達が近くに居るのに、舞台の上ではシンレイやソウイチロウと呼ばれた存在が彼等を模した台詞や動きをしているのは不思議に見えた。

今回の話は平野侯爵が見たがった残酷劇ではなく、今、最も人気の神凪と産女の巫女の恋愛ストーリーらしい。

産女の間の巫女とほとんど関わる事が無い神凪からすれば、巫女を守ってウミナオシケと戦う流れには違和感はあったが、きっと帝都に暮らす人々はこういったものを見たいのだろう。

周囲の者達も脚本や演技の良さで舞台に釘づけらしく、幕が開いて秒で寝落ちしたヒビキ以外は誰もが真剣に見ている。

実際の神凪達の姿とは違って脚色が加えられている感じだが、シンレイやヒビキをそのまま出せば恋愛など成り立たないからなのだろう。

（凄いな……。ヒビキ先輩が少し不良だけど実は捨て猫を拾う優しい人みたいになってるし、シンレイ殿はクールで知的で空気が読める参謀キャラになって……いや、もう顔以外に原型が残って無い気が……）

何故かハクマル役は語尾が「〜ッス」となって肉弾戦を行っていたり、マガムネ役は母上の「は」の字も出さず、巫女に花を差し出して口説く性格にされていたが、きっとそれも必要な演出なのだろう。

ハクマルとベニマルは此方《こちら》の椅子の背もたれにかじりつくように前のめりになっている気配がしたし、前の席のマガムネは役者の演技が気に喰わない時は腕や足を組み、気に入った時は顎に手を添えて集中しているようだった。

舞台では巫女と神凪の恋愛が佳境を迎えていた。

「シンレイ様！　生きておられたのですね！」

巫女役の女優がシンレイ役の男優と抱擁をかわしていた。

舞台の上のシンレイはウミナオシケとの戦いで死んだと思われる中、生還して恋人に逢いに来たという展開だった。

ユウヒは観劇前にシンレイから悪気なく「最後は全員死ぬらしいぞ」と最悪な事を言われていた為、いかなるシーンを見ても最終的に皆死ぬのかと憂鬱になっていたが……。

苦難の果てに、戦血を失って倒れるシンレイに女優が縋りついて接吻していた。

「死が二人を別つとしても、私が貴方を愛した記憶は、この命ある限り死にません」

それは観劇を見慣れた者には陳腐に聞こえる台詞だったかもしれない。

だが、ユウヒは瞳を瞬かせた時、涙が頬を伝っている事に気づいた。

（死が……別つとしても……）

愛した者と死に別れても、片割れは生きる事が正しいのだと言われている気がした。

（私の願望は……許されない、いけない事なのだ……）

誰にも気づかれていないと思っていた。

だが、そのユウヒの涙を拭う指があった。

顔を上げると、隣りのシンレイが此方《こちら》を心配そうに見つめていた。

「シ、シンレイ殿……！　舞台を！　舞台を見てください！　巫女様とシンレイ殿の恋愛物語ですから！」

「え」

小声で伝えたが、シンレイは首を振った。

「最初から見てなかったから、今見ても話がわからん」

舞台を全く見ておらず、此方《こちら》ばかり見ていたらしい。

驚いているとシンレイは更に続けた。

「巫女もどうでもいい」

「ええ？　で、でも、この間、中庭で巫女様と親しそうに話してたじゃないですか」

ぼそぼそと話すと、シンレイは頷いた。

「お前は人間の顔を覚えるのが苦手だから分からなかったのだろうが、あれは前夜に妹を殺された姉の方の人間だ」

クラゲのウミナオシケに妹を喰われた少女は、ウミナオシケを殺す神凪の力となりたいと産女の巫女として志願したらしい。その巫女の選別として基地を訪れた時にシンレイに話しかけてきたという話だったが……。

「姉の人間は、皆を守る為に恐怖と戦いながらも駆けるお前を尊敬していると言っていた。皆は誤解しているが、本当に勇気があるのはお前のような存在なのだと。あの人間は、よく分かっていると思った。オレはそれを聞いて、もっとその話をしてほしいとも思った。何故だかよく分からないが、お前が皆から褒められている話を聞いていたいと感じる」

シンレイが親し気に笑っていたのは、自分の話題だっからだと知り、ユウヒはどう反応していいか分からなかった。

考え込んでいると、シンレイは自身の指を濡らすユウヒの涙に唇をあてていた。その指が再び、此方《こちら》の頬に触れ、唇の形を確かめるようになぞる。

「オレの命も、魂も、全てお前が望むように使えばいい」

「え……」

真紅の瞳を見つめ返すと、シンレイは静かに、だが力強く告げた。

「それがオレの、生きる喜びだ」

触れられた場所から熱が生まれるような錯覚に陥る中、シンレイの唇が重なろうとした。

その狭まる視界の中、ベニマルとハクマルが目を指で覆いつつも凝視している見えた。

ヒビキとマガムネが振り返って此方《こちら》に引いた目を向けている姿も見えた。

それで我に返った。

「んんぐっ！」

注がれる視線に耐えかねて思わずシンレイを振り解こうとして頭突きしてしまっていた。

「あ、わ！　シンレイ殿！　すみませんすみません！」

顔を押さえるシンレイに謝ったが、周囲からは容赦なく野次が飛んできた。

「マジこういう公共の場で何してくれてんのお前ら？　引くわ～」

と一番言われたくないヒビキに罵倒される。

マガムネからは「盛りのついたケダモノどもが！　観劇中だぞ！　死ね！」と罵られた。

ベニマルとハクマルからは、それぞれ「……サイテー」「いまの、なぁに？」と、分かっている反応と分かっていない反応が飛んで来る。

羞恥で消え入りたくなる中、最後列で事態を見ていたヤツデは爆笑したいのを必死で堪えて肩を震わせている。ソウイチロウはまるで年頃の我が子が恋人と睦み合っているのを見つけた人間の父親のような複雑な顔をしていた。

皆の反応に耐えきれなくなったユウヒは顔を左右に振る。

「ち、違うんです！　これはその、何か違うんです！」

下手な言い訳を繰り返しつつも、ユウヒは自然と笑ってしまっていた。

それは隣りの席の男が、顔を押さえつつも無邪気な笑みを浮かべていたのが見えたからかもしれない。

そして周りの同胞も皆、同じように微笑んでいる事に気づいた。

孤独だった昔は、誰かと感情を共有できる日が来るとは思わなかった。

どうか、彼等のこの笑みが絶えぬ日々が長く続くようにと願わずにはいられなくなる。

例え、この戦いの結末に安寧など存在しなくとも。

この作品に対する皆様のご意見・ご感想をお待ちしております。

おハガキ・お手紙は以下の宛先にお送りください。

【宛先】

〒150-6019 東京都渋谷区恵比寿4-20-3 恵比寿ｶﾞｰﾃﾞﾝﾌﾟﾚｲｽﾀﾜｰ 19F
（株）アルファポリス　書籍感想係

メールフォームでのご意見・ご感想は右のＱＲコードから、
あるいは以下のワードで検索をかけてください。

アルファポリス　書籍の感想　検索

ご感想はこちらから

本書は、「アルファポリス」（https://www.alphapolis.co.jp/）に掲載されていたものを、
改題、改稿のうえ、書籍化したものです。

「お前《まえ》が死《し》ねば良《よ》かったのに」と言《い》われた囮役《おとりやく》、
同僚《どうりょう》の最強軍人《さいきょうぐんじん》に溺愛《できあい》されて困《こま》ってます。

夕張さばみそ（ゆうばり さばみそ）

2025年 3月 20日初版発行

編集－飯野ひなた
編集長－倉持真理
発行者－梶本雄介
発行所－株式会社アルファポリス
〒150-6019 東京都渋谷区恵比寿4-20-3 恵比寿ｶﾞｰﾃﾞﾝﾌﾟﾚｲｽﾀﾜｰ19F
TEL 03-6277-1601（営業） 03-6277-1602（編集）
URL https://www.alphapolis.co.jp/
発売元－株式会社星雲社（共同出版社・流通責任出版社）
〒112-0005 東京都文京区水道1-3-30
TEL 03-3868-3275
装丁・本文イラスト－笹原亜美
装丁デザイン－しおざわりな（ムシカゴグラフィクス）
（レーベルフォーマットデザイン―円と球）
印刷－中央精版印刷株式会社

価格はカバーに表示されてあります。

落丁乱丁の場合はアルファポリスまでご連絡ください。

送料は小社負担でお取り替えします。


ISBN978-4-434-34339-1 C0093